见梅思迁

王瑾琦——著

敦煌文艺出版社

图书在版编目（CIP）数据

见梅思迁 / 王瑾琦著. -- 兰州 ： 敦煌文艺出版社，
2019. 2（2022.1重印）
ISBN 978-7-5468-1705-7

Ⅰ. ①见… Ⅱ. ①王… Ⅲ. ①随笔－作品集－中国－
当代 Ⅳ. ①I267.1

中国版本图书馆CIP数据核字(2019)第035122号

见梅思迁

王瑾琦　著

责任编辑：李　佳
封面设计：古涧千溪
版式设计：孟孜铭

敦煌文艺出版社出版、发行
地址：(730030)兰州市城关区读者大道 568 号
邮箱：dunhuangwenyi1958@163.com
0931-8152198(编辑部)
0931-8773112　0931-8120135(发行部)

北京一鑫印务有限责任公司印刷
开本 787 毫米×1092 毫米　1/16　印张 23.5　插页 2　字数 300 千
2019 年 12 月第 1 版　　2022 年 1 月第 2 次印刷
印数：1 601~3 600

ISBN 978-7-5468-1705-7

定价：86.00 元

作者简介：

王瑾琦，作家、音乐人。17岁辍学北漂，之后南漂，做过音乐制作人、摇滚乐手、建筑策划人。2006年南漂深圳期间，跟随古琴演奏家姚亮老师研习古琴。后游学于江浙，做「上海天蟾」票友多年，2010年回兰开办「兰山琴馆」从事古琴教学，致力音乐、诗词创作至今。主要音乐作品有《刺秦·大殿》、《Kepler-22星来客》、《悲风操》、《濋源寺》、《让世界感受庐山》等三十余首。文学作品有《兰山诗草》、《桃胡集》等书。

自序

　　如果把今人送到古代去，是很孤独的！并不是今人不适应古代而感到孤独，古人原本就是孤独的。

　　从人口、交通、生活节奏诸多方面都会应验我的说法，而且是越往古走越孤独，想想到了鸿蒙之初，盘古开辟天地之时，你身于其间，那是何等的孤独！读书可以消遣孤独，我抱着《唐诗三百首》至少读了十年，这并不是虚张声势，唐人"吟成五个字，用破一生心"，其实够读一辈子的。

　　《见梅思迁》是由以往阅读唐诗的一些笔记凑集而成。禽流感时期我在读杜甫的"恨别鸟惊心"，非典时期我在读李商隐……后来想着整理一下，如果不整理再过几年可能就没兴致了。整理之后才发现这是非常有必要的，这些诗句不会再像以前那样时不时蹦出来影响我的生活，这么一整理，亭亭整整，我把它们还给唐人。

　　我是秋至先搁笔，春来且对茶，这部书稿就这么磨蹭了五年才完成。陈婉俊的《唐诗三百首》、喻守真的《唐诗三百首详析》、付庚生

一一

的《杜甫诗论》、金性尧的《唐诗三百首新注》给了我很大依靠。我买书从不去书店，而是在夜市地摊儿上碰到什么就读什么，去书店像是去相亲，去地摊上乃为邂逅。"邂逅相遇，与子偕臧"，我相信和书的缘分，也相信能进入地摊儿的旧书都是好书。

《唐诗三百首》是中国流传最广的诗歌选集。感谢孙洙与他的继室夫人徐兰英为我们选了这么好的三百首诗，若后人再从万首唐诗中选三百首，料也不出其左右。

唐代的诗人，有生逢盛世、一生坦途的，也有世所不容、屡遭贬谪的。但要让我给唐代诗人画像，无论是哪位诗人，我都想不出他攒眉蹙额，一脸苦寂的样子，想到的总是从容，即使在漂泊中也是"富态"的。看初唐的诗都有一种赏花苞的感觉，似乎觉得馥郁，仔细闻却也闻不到什么，它吊足了胃口，利用了期盼，不需多少事，也不需多少意，自是一派格古意浓的世态人情。从初唐到晚唐，诗歌越来越往内走，像是一个把什么都看透了的怨妇。

唐代是个浪漫的时代，人们更愿意被风流统治，似乎风流对于老百姓才是最有安全感的。盛唐诗人的诗是无论如何也无法与后世混淆的，很明显，他们笔下的山水还没有变成园林，树木还没有变成盆景。从诗面上看，盛唐诗人的诗，虚实交替很平衡；从诗外看，盛唐诗人还没有把青山明月占为己有。

诗的用处是什么？古典小说、评书里常常说"有诗为证"，而后接着一首诗就出来了。原来诗还有这个用处，可以用来佐证，证明我们活过。诗不像史可以任人篡改，诗是发自人内心的印证，当然可以拿来为现实佐证。唐诗在今天读并不感人，因为我们活在一个大彻大悟的时代，我们或许只能透过唐诗去回忆：等待是一种美、阻隔是一种美、孤独是一种美、距离是一种美……

虽然唐人也说"莫思身外无穷事，且尽生前有限杯"，但注意这不是洒脱，这是蹉跎。

《见梅思迁》起初叫《广武门诗话》，叫《广武门诗话》是因为我家住在广武门。广武门在兰州，兰州是古金城，古金城位于丝绸之路，丝绸之路这个名字有诗意，真正丝绸还是江南的好。2011年我从上海回到兰州，趁着古琴比较火开办了"兰山琴馆"混口饭吃，2012年开始整理这部诗话，因此一度又叫作《兰山诗话》，之所以后来定为《见梅思迁》大概是觉得住在哪里并不重要，况且在诗话里我曾把唐诗比作梅花，把宋诗比作杏花。

　　我写书不是为了"以飨同好"或"求其友声"，我就指望着写了书能卖两个钱儿，想起以往读唐诗时而咽噱，时而沾巾，那就权当对过去读唐诗的一个回忆。

　　且作拙懒人序。

王瑾琦

2017 年 11 月

目录

一一

中　唐

晚 唐

走得太远了吧你！

《渡汉江》
宋之问

岭外音书断，经冬复历春。
近乡情更怯，不敢问来人。

一个深爱自己故乡的人一定是有见识的。

桃李遍天下，桃树和李树也是有见识的，落地生根。以往午间新闻偶尔会报道某种稀有植物灭绝的消息，电视的右上角还会打出它的图片，我看到一点也不觉得惋惜，那些灭绝的植物通常都有一个共同点，就是奇丑无比，没有桃李那么妖艳。

"妖艳"这个词好，给人证实了"妖"的健康，所谓心慈则貌美。

现在分析，有些植物濒临灭绝的原因可能是它们根本不爱自己的故乡。一个热爱故乡的人无论走到哪里，都会津津乐道故乡的风物；一个不爱故乡的人寸步不离，也会说这里的坏话。我就是听了许多年兰州的坏话才决定留在兰州的。

诗人深爱自己的故乡，如今我们常常能看到唐人用故乡的地名来称呼诗人：张曲江、柳河东、韩昌黎、孟襄阳……诗人出门去做官了，又成了韦苏州、岑嘉州、王江宁、柳柳州……用出任的地名来称呼自己，多好的地方官啊。不独唐人如此，宋人也如此，"在下山东郓城黑宋江"，不独官如此，盗亦如此。中国人都是热爱故乡的，很少听到过日本人说"在下大阪川端康成"，也可能是中国太大了，一不小心就会走丢，故乡一定要记牢了。

我对孟浩然的好感起初就源于"孟襄阳"这个称呼。孟浩然游了一趟荆楚，回来后说"山水观形胜，襄阳美会稽"，在他心里故乡永远是最美的，孟浩然和陶渊明一样都恋家。宋之问走得太远了，一个人要走多远，回来时才会"近乡情更怯"呢？与孟浩然相同的是他也深爱着自己的故乡，心中有爱才会"怯"嘛，这个道理就像见到了心上人才会紧张一样。

说到要见心上人，大半夜的忽然来了精神。

《诗经·郑风·东门之墠》中有"其室则迩，其人甚远"句，这里边有远近，这是对心上人的心理距离和现实距离所产生的反差之美。痴情往往来源于距离，距离没有了也就不再痴情了。《诗》中《蒹葭》"溯游从之，宛在水中央"如此，崔护的《题都城南庄》如此，李商隐的《无题》如此，陆游的《沈园二首》也是如此。

宋之问的"近乡情更怯"是心里与故乡产生了距离，这距离像一层窗户纸马上就要被捅破，换句话说，是宋之问从"怯"中准确地抓住了这种距离即将消逝时的紧张美，这就不只是自我的痴情了，这里还有对故乡的深情。

回头再来看"经冬复历春"和"岭外音书断"是不是就别有一番滋味呢？

他才是真正的"谪仙人"

《回乡偶书》

贺知章

少小离家老大回，乡音无改鬓毛衰。

儿童相见不相识，笑问客从何处来。

李白被贺知章认作"谪仙人"，李白自己并不知情，贺知章却明明白白，贺知章像是开了天眼，如此推测，他肯定要比李白更有见识。

流落日本的贺氏《孝经》我见过，贺知章的书法是没有锋芒的，虽然从形态上看有，但这也不是刀剑的那种锋芒，更像草锋叶芒。草锋叶芒不足以造反起义，也不足以杀身成仁，这么一来我便认定他的书法是没有锋芒的。

贺知章的书法有人间景致又有仙宇气象，仙宇不知何年，人间恰似十月。木叶始脱，他似乎在用仙人的毛笔书写着人间秋意，时时能听得到萧瑟之声，笔下的沧桑就在这木落之际，就像他的"少小离家老大回"。看来"谪仙人"不独李白，从此，贺知章自己的身份也暴露了。

说到书法，唐代诗人的书法都不错，李白"字思高笔逸"；王维工草、隶，"书画特臻其妙"；白居易《丰年》、《洛下》两帖与夫杂诗，笔势翩翩；元稹"楷字盖自有风流蕴藉"；柳宗元"善书，当时重其书，湖湘以南士人皆学之"；贾岛"善攻笔法，得钟、张之奥"；杜牧"作行草，气格雄健，与其文章相表里"；李商隐"四六稿草，笔画虽真，亦本非用意，然字体妍媚，意气飞动，亦可尚也"；李贺"能疾书"，"手笔精捷"……

宋人的字我喜欢苏、黄，米、蔡从来不看。黄庭坚的字本着一股天地造化之气，时而苍峰万嶂、岁月静美，时而如临绝壁、仕途险恶，有入世之气却无烟火味；苏东坡的字时而朝阳山野、只知肉味，时而暮色残江、万物摇落，无入世之气却有烟火味。

清代金农的书法有李商隐"梦为远别啼难唤"的味道；八大山人的书法尽是鸟兽虫鱼之姿；王文治似得刘方平的俊秀，又得二王的天然；黄易的字如溪涧石子，光滑鲜亮，既得石之坚润，又有水之柔澈，似乎还有程砚秋的脑后音……

近现代的书法，我对吴昌硕、齐白石颇感兴趣。吴昌硕的字怎么写都有金石之音，齐白石的书法是李邕的骨头穿着何绍基的袍子，郑板桥的逸是其风流，金农的拙是其神采，何等的老辣天然！

继续话诗。

"笑问客从何处来"，单看这一句就像是刚刚进入一座破庙，看到那些面目狰狞的金刚护法，甚至有些恐怖。"儿童相见不相识"就不一样了，这句中有温柔的时光在。把"笑问客从何处来"放到"儿童相见不相识"之后（出于儿童之口），这么来看多狰狞恐怖的东西放在时光中也会变得老实温厚。这两句本是一句话，不能分道扬镳，我只是做了一个实验。我有时候读书读到无趣时，喜欢颠三倒四地读，读贺知章的"囊中自有钱"时，觉得这个句子暴发户也可以写得出来，但看到前一句"莫谩愁沽酒"，一下子觉得何其雅致，如此读即可获惊喜也。

这位叫贺知章的"仙人"显然要比李白犯的事儿小一点，他的有生之年正赶上唐代最好的一段时光（生于贞观之治之后，卒于安史之乱之前），李白位列仙班之时想必也没犯多大的过失，顶多是给玉帝上折子的时候把"洒"写成了"酒"，只是上天对神仙的要求太高了。想想沙悟净当年只不过是失手打碎一个琉璃盏就被贬下流沙河，好多人原本就"只羡鸳鸯不羡仙"，知道这些事之后就更不肯求仙问道了。

贺知章告老还乡时已经八十六岁了，玄宗把镜湖剡溪边上一块风水宝地赐给他养老，并写诗与他送别："遗荣期入道，辞老竟抽簪。岂不惜贤达，其如高尚心。寰中得秘要，方外散幽襟。独有青门饯，群僚怅别深。"据诗中所述，贺知章回家后做了道士，玄宗令六卿百僚供帐东门祖饯，这个乡还得足够体面。别人做道士叫出家，他做道士是回家，自不同凡响。

此时的贺知章正处于一个既能与儿童交流又能与鬼神交流的年龄阶段，所以他写的《回乡偶书》老辣之极，读来似面山临渊，海田胡越……种种感受都会有，我随便做了一个实验，就见到了金刚法王和村野童稚，这一切却都在平常老者的温厚语中。

儿童相见不相识，笑问客从何处来。

贺知章一路迤逦归乡，到时却反主为客，这像个人生感悟，尽管初来乍到，却有苍苍云泥之意。

洗不掉的铅华

《独不见》
沈佺期

卢家少妇郁金堂，海燕双栖玳瑁梁。
九月寒砧催木叶，十年征戍忆辽阳。
白狼河北音书断，丹凤城南秋夜长。
谁谓含愁独不见，更教明月照流黄！

沈佺期的"卢家少妇"占尽唐代丰韵又兼齐梁姿色。"卢家少妇"我不关心，我关心的是"郁金堂"和"玳瑁梁"。

以前的人有风度，连物件都会跟着优雅。什么冰绫窗、鲛绡、雨幔、凫鼎、鸭炉、麝香枕……不单看着好看，叫着也好听。美无处不在，诗意也无处不在，即便苏轼、苏辙的老爸用车的部件给他们起名字，也觉得雅致。今天要是谁的爹娘老子给孩子起个"李雨刮"、"刘备胎"，那就贻笑大方了。这显然不是人的问题，只是物件的名字变得生硬了。

明代对诗歌的评论真是千奇百怪，什么见识都有，多奇怪的说法在明代也不足为奇。其中多少有些自我陶醉的乐趣，陶醉起来倒也能冒出许多精妙的见解。明代的陆时雍在《诗境·总论》中对沈佺期的议论就很精妙：

沈佺期吞吐含芳，安详合度，亭亭整整，喁喁叮叮。觉其句自能言，字自能语，品之所以为美。

这里的"觉其句自能言，字自能语"就是美文。另外一位明人杨慎则拿沈佺期和崔颢做了一个比较，做这个比较的前提是自宋以后，读书人爱为唐诗觅"压卷"。他说："以画家法论之，沈诗是披麻皴，崔诗是大斧劈皴也。"这么说来我就明白了，就是马远和黄公望的区别。

中国画用水墨、宣纸，确实太讲究了，崔、沈虽皴法不同，但都古朴、干净，且有力度。崔、沈写的格律诗还有个共同的美感：还带着乐府、歌行的味道。

沈佺期的"卢家少妇"上杂《扬之水》之悲，下开唐闺怨之贞……一闭眼还有薛平贵、王宝钏。

薛平贵、王宝钏？戏曲，就是荒诞。

男人就应该哭哭啼啼

《登幽州台歌》
陈子昂

前不见古人，后不见来者。
念天地之悠悠，独怆然而涕下。

男人就应该哭哭啼啼的，这么说可能会让许多本来就没什么安全感的女性更没有安全感。一个时代缺乏安全感，不独女性，男人也一样，而且是拥有越多的人越缺乏。

我认识三个爱哭的男人，动不动就流眼泪，我看也没耽搁他们什么事儿。这三个男人是刘备、唐僧、陈子昂。

徐元直走了，刘备看着他的背影，哭成了一个泪人儿，竟然叫人砍掉前边那片林子，因为阻隔了他的视线。唐僧初出长安时，遇到一只老虎，当场就吓哭了，在他经历了重重磨难快到西天时，听说前边还有个妖怪，依旧吓得直哭，似乎人生磨砺对他来说与修正果没关系，他要继续保持怯懦本色。陈子昂登幽州台，走着走着，突然发觉"前不见古人，后不见来者"，他像个走丢的孩子，"哇"的一声哭了出来……

唐代不独陈子昂，大概除了要面子的玄宗以外，其他男人都喜欢哭鼻子，但唐代不缺乏安全感。在唐人的诗歌里，用眼泪结全篇的比比皆是，如白居易《琵琶行》、杜甫《登岳阳楼》、孟浩然《与诸子登岘山》等。

我想，陈子昂《登幽州台歌》里的"古人"，也一定是像庄子那样见过大鱼大鸟、有着天地一样胸怀的人，这才会导致诗人后来"怆然而涕下"，如果不是这样，这"古人"只是祖宗，那这首诗竟成了唏嘘人生苦短的牢骚，简直叫人讨厌。

有些诗好，是由于诗中比兴如何高妙，意境如何爽远，其中的意境也好，比兴也罢，都是有很严谨的技术作支撑的，但有些诗好，只是因为写他的人格调高。

荀子说："昔者瓠巴鼓瑟而流鱼出听，伯牙鼓琴而六马仰秣。"（《荀子·劝学》）这句是说："过去一个叫瓠巴的人鼓瑟，水中的鱼儿也会浮出水面来听；伯牙鼓琴，正在吃草的马儿也会仰起头来。"当代人显然会带着坏笑听这个故事，但咱们可能忽略了一件事情，不是鱼和马听得懂音乐，而是像瓠巴、伯牙这样有极高音乐修养的人，平素性情就如同他们的琴格一样古朴温和，众生自然也都喜欢他们，说不定伯牙出来倒垃圾，马儿见了也仰秣。

当然还有另外一种可能：鱼和马的素质一年不如一年了，当年的鱼、马还有些闲情逸致。

念天地之悠悠，独怆然而涕下。

诗人有时候大概也没想着要写诗，只是出去采些菊花回来酿酒，采着采着，倏尔看到了南山，那就写下来吧："采菊东篱下，悠然见南山……"偶然一次登台，走着走着，倏尔想到古人，就小小的怆然涕下一把，也记了下来。真是有些话不禁说出，竟成了千古名句。

陈子昂"独怆然而涕下",显然是他与那些有见识、有性情的"古人"同病相怜,这种人刚好又稀缺,他很孤独,于是就会"念天地之悠悠"。

陆机《感时赋》中说天悠悠而弥高,天地什么时候"悠悠"过?只有诗人们念其"悠悠",故而谓之"感时"。江河不舍昼夜地流,用现代科学的解释是水循环,唯独孔夫子见到了,说这多像逝去的人生啊!这是个多么多情的男人。如若不是庄子讲了那个大鱼大鸟的故事,我们大概只知道大鱼大肉,永远都想不到"北溟"去。他们都是有见识的人,也是孤独的人。

刘备哭哭啼啼,但并不软弱;唐僧哭哭啼啼,但不会退缩;陈子昂哭哭啼啼……男人们放开哭去吧。

唐诗在唐代最感人

《送杜少府之任蜀州》

王　勃

城阙辅三秦，风烟望五津。

与君离别意，同是宦游人。

海内存知己，天涯若比邻。

无为在歧路，儿女共沾巾。

一个人的文化程度越高，就越不容易相信未来。

以往听一些老先生慨喟当代艺术不懂得节制，惋惜现在的年轻人都不读诗了。我以为这不是人的问题，也不是诗的问题，问题在唐诗今天读起来并没有它当初在唐代时那么感人。

天涯若比邻。

诗贵在反面落笔，"天涯若比邻"一句之所以感人只因为它是反说，天涯怎么可能若比邻呢？古时候，每一次离别都有可能是生离死别，故而感伤至极，发此"天涯若比邻"慷慨之语，聊以慰藉。越是"若比邻"就越是"难相见"，读来感人肺腑、催人泪下。而今天，早上我还在深圳，下午就到兰州了，所以"天涯若比邻"一句是正说。真的"天涯若比邻"了，有何感人处？

城阙辅三秦，风烟望五津。

五律最讲究停逗、次序，王勃的"城阙"、"风烟"自有风致。五律篇幅虽短，但字句之中能消磨岁月，音调虽有节，但鳞隙之中能容纳大千世界。在几个字之中藏山移月，这是唐人的功夫。看王勃"城阙"、"三秦"，"风烟"、"五津"，这地理上的波澜有多大！而被"辅"、"望"二字炼化入送别之情当中，便是境界。确切说，就是"辅"、"望"二字使"境"有了"界"，总不失温厚儒雅。

王勃是"初唐四杰"中最有才气的，可惜和李贺一样，才活了二十六七岁，如若能活个七老八十的，唐代可能就没有杜工部他们的米和面了。这位"唐韵"的开拓者之一，从这起句十字之中就能看得出近体诗的味道来，渺渺茫茫，以景写情，开阔广远。同样是送别题材起句写景，李白的"青山横北郭，白水绕东城"只不过是状眼前景。

以前有许多人觉得近体诗的平仄会限制语言的自由天然，但有时候诗人大概也是为了对付平仄的"限制"，尝试着一颠倒，山不转路转，你不走我走，诗竟然就四通八达了。

你就不是搞政治的那块料

《在狱咏蝉》

骆宾王

西陆蝉声唱，南冠客思深。

不堪玄鬓影，来对白头吟。

露重飞难进，风多响易沉。

无人信高洁，谁为表予心！

咏物诗是一定要托物言志的，就像凡·高的《向日葵》。

贞元初，与韩干齐名的画家韩滉画过一幅《五牛图》，乃传世神品，寻咀画中滋味，他哪里是在画牛，分明是在画世情百态。韩滉也是在咏物言志，寄托了自己的意趣。

诗人深陷囹圄却不忘制述，真慷慨！要么是苦中作乐，这都是习性所致。李白在狱中作诗上崔相，犹有所诉；刘长卿在狱中作《罪所上御史惟则》、《狱中闻收东京有赦》云云，纯属苦中作乐；苏东坡在狱中作诗赠子由，似乎另有所托；文天祥被俘时写下了"人生自古谁无死，留取丹心照汗青"，那真是气荡千秋，高风亮节。

来说骆宾王的《在狱咏蝉》。

骆宾王在诗人里算是比较有政治头脑的，他跟徐敬业闹"革命"的时候就已经想好了退路，这使他的死成了千古之谜。传言他和徐敬业起义失败后都被杀了，但是若干年后宋之问却在灵隐寺又一次见到了他。

彼时宋之问正在灵隐寺旅游，夜晚觅诗，反复地吟咏着"鹫岭郁岧峣，龙宫锁寂寥"，自觉起得高调，想觅下句（有时候起得太高，诗人自己都接不上），这时候，只听闻一位老僧随口和了一句"楼观沧海日，门听浙江潮"，第二天去寻老僧，老僧已经离开了，有寺里知情的人士给他透露，这人就是骆宾王。

骆宾王既然怕暴露身份，要连夜逃走，那何苦又要对那个瘟神的句子？八成是一时技痒。这事要是宋人说的我坚决不信，肯定又是宋人的鬼故事，但这事记在唐人孟棨的《本事诗》中，这么一来我就信了，唐朝什么事都有可能发生。

"楼观沧海日，门听浙江潮"，接得也不甚高明，看来什么事久不做都会退步。我还是觉得他的"鹅、鹅、鹅"写得好，并非好在什么动态、色彩，好就好在他对鹅的关注。

骆宾王在他七岁之后还干过一件名扬千古的事，就是写了《讨武曌檄文》。他和武则天有一段故事，我以前在越剧里看到过，忘了叫什么名字，应该不是《武则天》就是《骆宾王》。在武则天这样资深的老江湖看来，他只不过还是个诗人，怎么能斗得过这个女人呢。古人云："好男不跟女斗。"这并不是在吹嘘男人的风度，而是在告诫子孙，女人是动物里最危险的，女人干的事情是无法预判的。就像武则天给自己立无字碑，就像冯太后把自己葬到金陵（还用二妃做诡辩，她简直就是个散文家）……

骆宾王的《讨武曌檄文》受到武则天的大力褒奖，就像陈琳的《为袁绍檄豫州文》被曹操赞赏一样。但与当年陈琳的《为袁绍檄豫州文》相比，骆宾王的《讨武曌檄文》简直就是气血两虚。

骆宾王《在狱咏蝉》原诗并序，在我看来他的序比诗写得好。原序如下：

余禁所禁垣西，是法厅事也，有古槐数株焉。虽生意可知，同殷仲文之古树；而听讼斯在，即周召伯之甘棠，每至夕照低阴，秋蝉疏引，发声幽息，有切尝闻，岂人心异于曩时，将虫响悲于前听？嗟乎，声以动容，德以象贤。故洁其身也，禀君子达人之高行；蜕其皮也，有仙都羽化之灵姿。候时而来，顺阴阳之数；应节为变，审藏用之机。有目斯开，不以道昏而昧其视；有翼自薄，不以俗厚而易其真。吟乔树之微风，韵姿天纵；饮高秋之坠露，清畏人知。仆失路艰虞，遭时徽纆。不哀伤而自怨，未摇落而先衰。闻蟪蛄之流声，悟平反之已奏；见螳螂之抱影，怯危机之未安。感而缀诗，贻诸知己。庶情沿物应，哀弱羽之飘零；道寄人知，悯余声之寂寞。非谓文墨，取代幽忧云尔。

在序中，他和蝉大相径庭。虽然也是自比，但终究不相干，这么一来，反而形成了一个画面，有些像丰子恺画的那种。在这个画面之中，只剩下他与蝉，什么都不必说，自有一分高洁清寂的比喻在，而在诗中就不一样了，赤裸裸的以蝉喻己，毫不含蓄，反而像一个熟透的果子，没有什么口感了。

咏物诗虽要寄托自己的趣味，但也要真切、物我相映才好，一旦露骨反而失了风雅。这么看来，骆宾王入狱的原因大概不只是有人陷害，是他自己太暴露了。要知道社会对政治家的要求是很高的，越是接近盛世，这种要求就越高。

骆宾王生于贞观年间，正是唐朝走向全盛的时候，当时的王、杨、卢、骆似乎都任重道远。

青的爷爷——蓝

《和晋陵陆丞早春游望》
杜审言

独有宦游人，偏惊物候新。
云霞出海曙，梅柳渡江春。
淑气催黄鸟，晴光转绿蘋。
忽闻歌古调，归思欲沾巾。

"富二代"、"官二代"是时下比较流行的词，你听说过"诗二代"没有？

"十年树木，百年树人"，我们的鼎祚社稷、经济文脉就是这么一代一代传承下来的，连诗人也多有传承。在唐代，诗人与诗人之间的往来唱和，有一部分直接就是"串亲戚"，我们随便来串个门儿：

韩偓是李商隐的外甥；王绩是王勃的叔爷；韦庄是韦应物的孙子；司空曙和卢纶是表兄弟；李益是卢纶的妹婿；杜荀鹤是杜牧的私生子；司空图是司空曙的孙子；柳中庸是萧颖士的女婿；杨凌是韦应物的女婿；柳宗元又是杨凌兄杨凭的女婿；卢仝是卢照邻的子孙；孟郊是孟浩然的后人……这还是就我所知的一些亲戚。

杜甫是个典型的"诗二代"，不对，应该是"诗三代"了。杜家的诗一定是有家学的，杜甫自己都说诗是他们家的事（"诗乃吾家事"）。据说杜甫儿子的诗也很好，可惜没能流传下来，或者还有一种可能是诗也不过三代。

宋人王彦辅在《尘史》中说："杜审言，子美之祖也。唐则天时，以诗擅名，与宋之问相唱和。其诗有'绾雾清条弱，牵风紫蔓长'，又有'寄语洛城风月道，明年春色倍还人'之句。若子美'林花带雨胭脂落，水荇牵风翠带长'，又云'传语风光共流转，暂时相赏莫相违'，虽不袭取其意，而语脉盖有家法矣。"

杜审言自是"中兴之祖"，他与李峤、崔融、苏味道交好，又与沈佺期、宋之问唱和。杜甫是在杜审言去世后四年才降生的，虽说很遗憾没能见到爷爷的面，但这些祖辈诗人深深影响着少年杜甫，杜甫茹古涵今、积众流之长，很大程度上源自于这些祖辈的铺垫。有人就说杜甫的集大成和孔子一样，都是赶上了。

杜审言是西晋杜预的后世子孙，杜预的祖父杜畿已是曹魏名臣，杜预更是在平蜀伐吴战争中卓有功勋的人物。以杜家这样的家世，杜审言狂傲也在情理之中。杜审言还有个儿子杜并，在唐代也上过头条。

《新唐书·杜审言传》中记："司马周季重、司户郭若讷构其罪，系狱，将杀之。季重等酒酣，审言子并年十三，袖刃刺季重于座，左右杀并。季重将死，曰：'审言有孝子，吾不知，若讷故误我。'"

这天，十三岁的杜并怀揣一把匕首，去行刺参他父亲的大臣，结果被乱刀砍死，就连被刺之人周季重临死前都感叹，早知道杜审言有这样的孝子就不告他了。这是杜甫的二伯干的事儿。

古代杀父杀母之仇不共戴天,《礼记·曲礼上》:"父之仇,弗与共戴天。"杜并一定是受过很严格的教育。

武则天知道这件事情之后赶紧把杜审言放了,武则天对待这种事一贯是这个态度:"求忠臣必于孝子之门。"徐元庆杀赵师韫的案子若不是陈子昂写了《复仇议》,她也要放了那个孝子。既然有这么贞孝的儿子,这一定是满门忠烈,后来的宰相苏颋还亲自为杜并撰写了墓志铭。

杜审言的《和晋陵陆丞早春游望》被明代人誉为"初唐五言律第一"。此诗起句明豁高逸,颔联"曙"、"春",一字一句,有包罗万象之气。这就是杜家诗的气度,这是沈、宋写不出来的,杜甫五律之中不见涯涘之处便承接杜审言此脉。前后"独有"、"忽闻"安顿全篇,"意起笔起,意止笔止",格外清健,与中两联互为明暗。中两联虽然都属于"物候新",但却深具变化,由巨入细,自成消息。清人顾安说:"'出海'、'渡江'便想到故乡矣。"实际上只第一句就已经叫人想到故乡,所以结句"归思"气脉连绵,是早有来历。

"独有宦游人"一句已想到故乡,杜诗家法妙处正在此,读杜甫的"北极朝廷终不改"便觉世事无常,"官应老病休"感慨自古功名求之不尽,"山河在"便知旧日事物已不在。

盛唐

Sheng Tang

古今第一零分作文

《终南望余雪》

祖咏

终南阴岭秀，积雪浮云端。

林表明霁色，城中增暮寒。

每逢大雪过后，我和子雍就相约去登栖云山，这时节山上没几个人，毕竟锦上添花的人多，雪中散步的人少。

祖咏的《终南望余雪》小小一首五绝，竟然地理、气候、光影、人事、冷暖无所不有。怎么还有人事呢？不光是想到"城中"暮寒，这一幕全在"望"中。"城中"这两个字与积雪、林表之间互有远近、物我，在诗中也是最感人的。《终南望余雪》高明就高明在互动到了"城中"，并不是一味在终南山上踯躅，从望到想，"城"也混同在景色之中了。

这"城"里有帝王将相的宫廷宅邸、有千门、有玉辇、有寺庙、有白马、有渭桥、有画梁、有商铺、有郁金香、有廷尉门、有粮仓、有青牛、有罗帏、有阡陌、有娼妇、有飞鹰、有井、有芙蓉剑、有青楼、有柔柳、有秋千、有鹦鹉杯、有渠沟、有酒家、有御史府、有平民百姓家的烟火……有的是激情。

我几乎能看到整幅类似于《清明上河图》那样的手卷，读到的却只有终南山的余雪。小城故事，这一切祖咏先生只字未提，他只写大自然的故事，这些所谓的"人事"是我想象出来的，我还想继续挨家挨户地想下去，想家家户户在这个冬季都有各自的经念，忙活个不停。忙活着，冬天才更有暖意。

"积雪浮云端"，山之高峻可见，"林表明霁色"，日之落晖可见，"城中增暮寒"，万家烟火可见，幸好这些都没有直接说出来。诗人的语言也像雪一样，把世间的故事暂且遮蔽，待读诗的人如春天般把这剩下的余雪融化。之所以说"可见"，是因为读祖咏的《终南望余雪》总是能看到画面，像是记忆中某个冬季的景色，大概就是五代巨然《雪景图》那种，蕴藏着无限喜悦、宁静的气氛。

雪，是能带给人幸福感的。

清代人把祖咏的《终南望余雪》与羊孚的《雪赞》、陶渊明的"倾耳无希声，在目皓已洁"、王维的"洒空深巷静，积素广庭闲"、韦应物的"门对寒流雪满山"并提。羊孚的《雪赞》着力于雪的神韵，韦应物的"雪满山"有丈夫气，王维的雪好在无所寄意，陶渊明的雪落在他的"不合作"上。这些句子被人并提，只有一个共同之处：都是"偶然及之"。偶然下了一场雪，偶然所得，而后各有各的归宿。如果纯粹是咏雪，除了羊孚神奇的《雪赞》之外，我想，那就首推陶渊明的"倾耳"了。这么一场无声的雪，他偏要"倾耳"……

据说《终南望余雪》是祖咏在考场上写的，唐代省试诗的规定是试六韵十二句的五言排律，祖咏写了四句就交卷了，考官问他怎么一回事，他说意已尽矣。

这样的卷子当然考不上功名，但此诗却千古流传。如果此事是真，首先让我赞叹的应该是唐代应试官出的题目：《终南望余雪》。诗以言志，咏此题目必然有所寄托。终南山向来是僧道和隐士们的福地，教举子们咏《终南望余雪》，不知道有没有些《招隐士》的意图在。总之这个题目要是让我写，我差不多就会写成：山上多么多么冷，僧道隐士们赶紧回家去吧！老婆孩子热炕头……但祖咏完全超越了世俗中的事，隐士僧道对他来讲也不在话下。

"朴素而天下莫能与之争美"。十年寒窗，祖咏却在考场里一霎间望到了终南余雪的精神，也望到了自然的大美，考试嘛，现在已经不重要了。

祖咏还有一首七律名篇《望蓟门》，清人说是开了雄浑七律的先河。雄浑一定要气厚才行，祖咏气并不厚，《望蓟门》只是调高情迈，要说雄浑，曹操早早开了所有雄浑的大门。曹操《苦寒行》写"溪谷少人民，雪落何霏霏！"这雪中有一股王气。曹操写什么都有王气。

距今1287年前的那年冬天，祖咏在考场上，他用"终南阴岭秀，积雪浮云端。林表明霁色，城中增暮寒"这四句写尽了长安冬季的故事。

今年兰州的冬天硬是没下雪，让梅花失望了。

陶渊明挖的"洞"

《桃花溪》

张　旭

隐隐飞桥隔野烟，石矶西畔问渔船。
桃花尽日随流水，洞在清溪何处边？

　　"洞在清溪何处边"，这个"洞"说的是陶渊明的桃花源，听上去有些拗口。吕洞宾也有个"洞"，吕洞宾的"洞"是他的房子。

　　陶渊明给后人挖了一个"洞"，陶渊明的这个"洞"通往桃花源，《桃花源记》原文如下：

　　晋太元中，武陵人捕鱼为业。缘溪行，忘路之远近。忽逢桃花林，夹岸数百步，中无杂树，芳草鲜美，落英缤纷。渔人甚异之，复前行，欲穷其林。林尽水源，便得一山，山有小口，仿佛若有光。便舍船，从口入。初极狭，才通人。复行数十步，豁然开朗。土地平旷，屋舍俨然，有良田美池桑竹之属。阡陌交通，鸡犬相闻。其中往来种作，男女衣着，悉如外人；黄发垂髫，并怡然自乐。见渔人，乃大惊，问所从来。具答之。便要还家，设酒杀鸡作食。村中闻有此人，咸来问讯。自云先世避秦时乱，率妻子邑人来此绝境，不复出焉，遂与外人间隔。问今是何世，乃不知有汉，无论魏晋。此人一一为具言所闻，皆叹惋。余人各复延至其家，皆出酒食。停数日，辞去。此中人语云："不足为外人道也。"既出，得其船，便扶向路，处处志之。及郡下，诣太守，说如此。太守即遣人随其往，寻向所志，遂迷，不复得路。南阳刘子骥，高尚士也，闻之，欣然规往。未果，寻病终。后遂无问津者。

桃花源是陶渊明虚构出来的世界。现实越残酷，诗人的世界就越美好，桃花源是一个返璞归真的心灵世界。回到一千多年前，我猜孔子的态度是这样的世界只能存于精神和艺术里，在现实之中还是要有所施舍的。

到了唐代（这是一个追求精神与现实完美结合的时代），诗人们像屈子那样抱有唯物主义精神，开始对祖先挖的"洞"质疑，并把这种质疑与传统放在一起，形成了一种美学，一种有禅意的美学。"更有红颜生羽翼，便应黄发老渔樵"，这种美学似乎是定下来的波澜，无须解释的疑惑。

十九岁那年的王维也写了一首《桃源行》，但他与陶渊明的态度完全不同，他说"自谓经过旧不迷，安知峰壑今来变"；"春来遍是桃花水，不辨仙源何处寻"，这两句写的大有要与时俱进的意气。而杜甫"船人近相报，但恐失桃花"、储嗣宗"春风莫泛桃花去，恐引凡人入洞来"，包括宋人谢枋得"花飞莫遣随流水，怕有渔郎来问津"，这里边都有"恐"在，有"恐"，说明这种武陵源的心境并不真实牢靠。

张旭的"洞在清溪何处边？"打了个问号，既不是"弗告"的心境，也不同于王维的从容，更没有屈子质疑起来那么强硬，它叫人若有所得、若有所失。人生难得一痴迷。他知道古人坑爹，但并不拒绝，张旭是有福气的人，他更大的成就是在书法上。

张旭的书法中有时空感。

李白说他"心藏风云世莫知"，杜甫说他"万里起古色"，尤其是杜甫的这句"万里起古色"，"万里"是空间概念，"古"是时间概念，这里有时空。李白的"心藏风云"说的也是这个时空感。李、杜是何其高的眼光，同时为张旭下了这么高的书评，即便不懂书法也知道张旭书法的境界了。

韩愈在《送高闲上人序》中赞叹得更邪乎："……往时张旭善草书，不治他技。喜怒、窘穷、忧悲、愉佚、怨恨、思慕、酣醉、无聊、不平，有动于心，必于草书焉发之。观于物，见山水崖谷、鸟兽虫鱼、草木之花实、日月列星、风雨水火、雷霆霹雳、歌舞战斗、天地事物之变，可喜可愕，一寓于书，故旭之书，变动犹鬼神，不可端倪，以此终其身而名后世……"

"有动于心，必于草书焉发之"，"天地事物之变，可喜可愕，一寓于书"，看来艺术家都得是痴人，人活得通达了，艺术道路就堵死了。据说张旭有一天在街上看到公主的车驾与担夫争道，从中悟得运笔之法。又一次飞跃是在河南邺县时看见公孙大娘舞西河剑器，并因此参得草书之神。

公孙大娘真是个好老师，不同艺术领域的学生都能从她的剑法中得到启发。

唐代除了公孙大娘之外，还有一位舞剑高手叫裴旻，我们现在常于武侠片或日本动漫中看到一个剑客把他的剑抛向空中，然后叫它乖乖掉入剑鞘里，这就是裴旻的绝活。古书中实有记载裴旻"掷剑入云，高数十丈，若电光下射，漫引手执鞘承之，剑透空而入，观者千百人，无不凉惊栗"。（《独异志》）后来唐文宗还专门下了诏，以李白诗歌、裴旻剑舞、张旭草书为"三绝"。

张旭是个很纯粹的艺术家，如果将来人类发现更多地外文明（当然如果外星人不"文明"那就算了），要举办一场宇宙艺术家作品联展，我想地球应该选张旭的书法去参展，他的书法是生命的符号，是宇宙的波形，肯定不会选吕洞宾的作品。

吕洞宾在中国书法史、诗歌史上的问题在于到处乱题诗。

想你时你在天边

《望月怀远》

张九龄

海上生明月，天涯共此时。

情人怨遥夜，竟夕起相思。

灭烛怜光满，披衣觉露滋。

不堪盈手赠，还寝梦佳期。

对于一个已婚男人来讲，最快乐的时光大概就是老婆回娘家去的那几天。

坐在电脑桌前，开大音量，听着张信哲的《白月光》，品着父亲从云南带回来的"月光白"，何其自在。

"白月光，照天涯的两端。越圆满，越觉得孤单……"听到这一句觉得熟悉，渐渐想到了张九龄。想到了他的"海上生明月，天涯共此时"。

望着天上的一轮明月，能写出"天涯共此时"的人，注定是圆满的，却也是孤单的。李焯雄的这句词似乎是对张九龄"海上生明月，天涯共此时"的情感剖析。其实张信哲是翻唱了韩国的《何月歌》，连编曲用的都是原版，而韩国的《何月歌》又出自日本作曲家松本俊明之手。日本保留了我国唐代很多的礼仪和风俗。

《何月歌》歌词大意是这样的：

"朦胧的月夜里，月牙儿吐露出微微光芒，笼罩了雾色蒙蒙的海岸线，远处的崖上，有个情伤的女孩，与月相望，思念着男孩，浪潮无情地拍打，女孩盼不到男孩的归来，日复一日，女孩把自己盼成了一朵孤单的花蕊，生生世世的等待着……"

这有些像我国那块"与其在悬崖上展览千年，不如在爱人肩头痛哭一晚"的望夫石。东方的美简直就是有"妖"气的，你说都变成石头、花蕊什么的，没个人样了，还等个啥？

距离之中滋生了美。"想你时你在天边，想你时你在眼前……"听完《白月光》，下一首歌叫《传奇》，这首歌被王菲唱出来，顿觉沧海桑田。我想张九龄的"情人怨遥夜，竟夕起相思"，如果说得极不含蓄，就很有可能衍变成这一句。不过在古代，诗中所说的"情人"是有情人，相思也有一半发生在男性好友或家人之间，这听起来不太好接受。如果不是"只是因为在人群中多看了你一眼"或是什么"人面桃花"之类的奇遇，大多数男女之间是父母、媒妁、门第上的事儿，过了门才一边传宗接代，一边培养感情，一夜之间，竟然就有了儿女，也有了责任。这样干的好处在于效率高、节省时间，时间就是生命。

灭烛怜光满，披衣觉露滋。不堪盈手赠，还寝梦佳期。

谢灵运的《怨晓月赋》中有"灭华烛兮弄晓月"句，张九龄的"灭烛怜光满"同有此意，但人总不能永远与明月周旋，诗写到此处，张九龄久远的思绪终于回到了眼下，终究还是这么孤单。"灭烛"、"披衣"就是眼下的事，而"怜光"、"觉露"却还与那远处的明月通着气。至末联"不堪盈手赠"，似用陆机《拟明月何皎皎》中"照之有余辉，揽之不盈手"之意。

"不堪盈手赠"俏；"还寝梦佳期"浑，放在一起，就像泡工夫茶一样，四味中和，回味不尽了。继续品茶……"月光白"，有着断无消息的奇香。

"月光白"是普洱的一种，上片白，下片黑，犹如月光落在弯弯的茶芽儿上。据说此茶要在夜里就着月光采摘，采摘之后还要在月光下慢慢晾干，且采茶的均为当地年轻貌美的少女，故又得名"月光美人"。"月光美人"，多好的名字！品她的人大概也会"竟夕起相思"吧。

张九龄如果与我们生活在同一个时代，肯定不喝茶。他正品着红酒，听着赫本唱《Moon River》……

宇宙那么大，小气点是对的

《芙蓉楼送辛渐》

王昌龄

寒雨连江夜入吴，平明送客楚山孤。

洛阳亲友如相问，一片冰心在玉壶。

小时候，我家住在山上，吃水要到很远的山下挑，一路扬洒，挑回来倒进缸里，用瓢舀着吃。水是山泉水，有时候里边还有小虾，我把它们捞出来装到罐头瓶子里玩儿，如今看到王昌龄的"一片冰心在玉壶"，眼前就浮现出那场景。

虾是很好的动物，看着都面善。以前五泉山上有个看相的道人，给人看腻了，他就给动物看，只苦于收不着钱。

我所喜爱的只限于小虾，并非龙虾，大概是我不喜欢龙，因此厌龙及虾。虾与龙的区别是虾要比龙闲逸。齐白石擅长画虾，我还发现他一个秘密：他画的虾似乎和龙是近亲，虾要比龙温柔许多。一天，齐白石画罢自言自语道："果然个个都成龙去了，南海里焉能容得下那么多。"他的顾虑是有道理的。他自己画着玩时，画得可真多，人家掏钱求他一幅时，一块大洋一只。听姥爷讲，有人钱没给够，他就把一只虾的身子画到纸外边去了，吝啬！这不是世故，就是吝啬，尽管他画的这些虾送出去个个能忘于江湖。

齐白石小气，因为他知道宇宙到底有多大，"海为龙世界，云是鹤家乡"，他给毛主席写的字里是这么说的。这又像一下看到了人世的沧桑，从而谨慎行事。他所从事的事业也同样如此，方寸之中见天地。

他不只画忘于江湖的虾，还画横行一世的蟹、雄霸天下的鸡、跋山涉水的荔枝、千年一结的桃子、随人奔走的山水、金榜题名的灯笼、逢路挡道的竹笋、昨日为马的竹子、天涯为客的木棉、满地相思的海棠、断无消息的石榴、认得故人的桃花、一事无成的老鼠、伤心不言的鹦鹉、信口开河的八哥、款款下腰的蜻蜓、一梦不归的蝴蝶……

我说这么多，只是为了说明齐白石是个小气人。

许多人说看不太懂那些大师的作品，在我看来这些人并不是真看不懂，而是不想懂，这是比较保守的活法。其实看不懂也好，满世界都是假画，能见到真迹的也是有缘之人。见到了还要心到，心到才能与这些天上的大师搭上话。对，伟大的艺术实际上就是个对讲机，它留于世上就是为了与后人搭话，我们需要付出些艰辛才能读得懂。教科书当然不会教你怎么去欣赏艺术，杜甫的送别诗就是写给天地的，而李白的送别诗是写给江河的，书上肯定不会这样说。

写给天地江河的诗，但要打着人情的名义，唐诗多是些人情，也有世故。离别、相见，皆为此身。唐诗中最温情的邮件是"君问归期未有期"，而最浓情的口信是"一片冰心在玉壶"。天高路远呀！人在阻隔时能相思，天地苍茫呀！人在苍茫中能作诗。

王昌龄的送别诗写给谁，是自己？不知道。还是以人情的名义。钱起、郎士元，那就真是做人情去了，稍带着照见自己。

洛阳亲友如相问，一片冰心在玉壶。

我猜王昌龄的"洛阳亲友如相问"，亲友"问"的一定是他的现况吧，而王昌龄转达的却是玉壶冰心，这是诗给人的惊喜。又想到了王维的"应知故乡事"，"故乡事"也应是世故吧，但"寒梅著花未"这一问，又是一个人的性情。还是惊喜，是诗给了人们惊喜。

"既见君子，云胡不喜"，好诗如君子，是能给人惊喜的。诗人的超轶总是逾越世故，但常常又打着世故的名义。诗人不是江海中的鱼鳖，而是山溪中透明的虾。

把天真还给少妇

《闺怨》

王昌龄

闺中少妇不知愁，春日凝妆上翠楼。

忽见陌头杨柳色，悔教夫婿觅封侯。

她"教夫婿觅封侯"，这符合中国国情，这里面有德。

她从古代穿越到现代，阅尽人世，身上写满了沧桑，她才懒得帮衬"夫婿觅封侯"呢。她知道麻雀变不成凤凰，最好直接嫁一个封过的，哪怕是半成品也行。消息一经传开，股价、房价什么的直线上升，正如歌德所说"永恒之女性，引导我们上升"，我们拼了命地制造泡沫，就像是只为赢得与她交配的螃蟹。

直到一天，她在明媚的春光柳色下读着我的文章，突然有些后悔了，薛宝钗刹那间变身林黛玉，原来女性也是可以不负责任的。

这么浮想一阵，王昌龄这一个"悔"字真有趣。

当代中国女性在社会中的地位发生了巨大改变，于是乎我读王昌龄《闺怨》第一句"闺中少妇不知愁"时，也产生了一个新的问题："闺中少妇不知愁"，那现代职场上的女性知不知愁呢？这个问题恐怕一时半会儿还想不明白，可以肯定的是王昌龄明显知愁，要不他怎么知道"不知愁"呢？

唐人总借着"不知愁"写愁，到了宋人那里则愁、愁、愁，这"愁"也就不值钱了。借着处于无为之位的妇女做男权社会的无为文章，诗人自《国风》开始一贯如此，大有"欲以观其妙"的道行，能无中生有，从反面做文章。我少年时是能背诵《道德经》的，后来可能是觉得学了没多大用处，渐渐也就生疏了，现在真想找来重新读读，当作诗话来读。

"不知愁"，这三个字是王昌龄《闺怨》的别趣，也是唐诗特有的趣味。古人做文章通常是不会一开篇就说"愁"的，《诗经》中《卷耳》哪有一个"愁"字？却处处能觉"愁"在，那是因为古人比兴太高妙了，高妙也是对于后来人而言的。《诗经》中的比兴着实都是触景生情，真实无妄的，那样的文章唐人做不了，也不会那样去做。

古人戏谑，说学《诗经》的好处是能多认识几种植物，其实就是在提醒后辈诗中比兴的重要性。可我们能认识的植物还是越来越少。

悔教夫婿觅封侯。

现在看来"悔教夫婿觅封侯"是王昌龄的想法，少妇当时大概只是寂寞。自古"闺怨"这一题材多是借着闺中妇人写诗人自己的愁怨，唯独王昌龄的《闺怨》上来就是"不知愁"，把天真烂漫还给这位"少妇"，这就是别趣。

王昌龄顺手牵羊，把闺中的寂寞写了出来，顺手又牵了一只羊，就把整个封建社会写了出来。这一边是社会，一边是人性，都是顺手牵羊，多好！

灵长类动物

《长信怨》

王昌龄

奉帚平明金殿开，且将团扇共徘徊。

玉颜不及寒鸦色，犹带昭阳日影来。

苏东坡下笔总有一种缠绵，这种缠绵处处可见。我不是坡迷，更不喜欢读宋代诗词，却无法忽略他这种缠绵。

他写"遥想公瑾当年，小乔初嫁了，雄姿英发……"一下笔就把时光追了回来，正当年的公瑾、小乔，这便是他的缠绵之术。

苏东坡最好的句子是"但愿人长久"，人明明知道自己长久不了。"不应有恨"，不是无恨也不是有恨，是从有到无的洒脱，看他说的缠绵不？"不应有恨"，这四个字似乎又可以作为品读唐代诗人宫怨的标尺。怨恨，怨是可以有的，应须怨而不恨，一眼看去，"怨"的"心"是卧着的，"恨"的"心"是竖起来的。

凄凉也是可以有的，王昌龄的《春宫曲》写的就是凄凉，凄凉有时候更近乎大彻大悟，或说大彻大悟在诗中常常以凄凉示人。《诗经》中《柏舟》写得凄凉，但也是彻悟，《柏舟》中的彻悟在"不能奋飞"四个字。"我心匪石，不可转也。我心匪席，不可卷也……"若不是被抛弃，人何尝能这么清楚地看见自己的心呢？看到了自心的执着。

先秦的"不能奋飞"、宋代的"不应有恨"，对于诗人来说，早是人间正道了。

凡事看清楚了，人才会有对策。班婕妤曾作《团扇诗》：

新裂齐纨素，鲜洁如霜雪。裁为合欢扇，团团似明月。出入君怀袖，动摇微风发。常恐秋节至，凉飚夺炎热。弃捐箧笥中，恩情中道绝。

班婕妤美而善文，乃中国历史上少有的才女，以此诗来看，"才"是她的绝望。宫中最能省识人性，她搞清楚了这宫中的事情，此一时也彼一时也，此时赵飞燕得宠，班婕妤为避赵氏姐妹加害，请求供养太后于长信宫，度过她寂寞的一生，这是她的对策。怨，不过是姥姥不疼，舅舅不爱了，写宫怨是诗人们的对策。

古琴曲中有《长门怨》，我最喜欢听查阜西先生弹，查先生弹琴带着文人气，他弹出来的"怨"不恨、不怒、不伤，听起来姥姥不疼，舅舅不爱，其实也没什么大不了。王昌龄乐府《长信怨》中的"玉颜不及寒鸦色，犹带昭阳日影来"也是不怒、不恨、不伤的怨。

玉颜不及寒鸦色。

"玉颜不及寒鸦色"，此乃千古奇句，人不觉为奇。清人贺裳言："尝因其造语之秀，殊忘其着想之奇。"哪里有把人和寒鸦做比的？但他这么一比，也确是楚楚可怜，晚唐人"自恨身轻不如燕"效颦于此。

有一个成语叫"人去楼空"

《黄鹤楼》

崔　颢

昔人已乘黄鹤去，此地空余黄鹤楼。

黄鹤一去不复返，白云千载空悠悠。

晴川历历汉阳树，芳草萋萋鹦鹉洲。

日暮乡关何处是？烟波江上使人愁。

子安当年乘黄鹤过于此，费文伟当年登仙驾鹤于此，这都成了往事。

往事不提，有一个成语叫"人去楼空"，中国人再熟悉不过了，不知是否出自崔颢的《黄鹤楼》。我有时候会想，当初崔颢要是写成"仙人已乘黄鹤去"，后来的成语说不定会是"仙去楼空"，这样似乎没"人去楼空"那么凄凉。

唉，可又想想，谁不知道中国的神仙都是人修炼出来的呢，掩耳盗铃。人可真够贪的，贪恋世间的还不够，连死都要平地飞升，逍遥天外。寻思一番《黄鹤楼》无非也是在刺此事。然而大丈夫只有敦厚的襟怀，不会含沙射影，到了我这俗人意中，竟成了世故。

崔颢的《黄鹤楼》有丈夫气，自古文人多是阴柔龌龊之细儒，故此诗成了千秋绝唱。金圣叹在议论此诗时说得很有意思：

……通解细寻，他何曾是作诗？直是直上直下，放眼恣看。看见道理，却是如此，于是立起身，提笔濡墨，前向楼头白粉壁上，恣意大书一行。既已书毕，亦便自看，并不解其好之与否，单只觉得修已不须修，添已不可添，减已不可减，于是满心满意，即便留却去休。固实不料后来有人看见，已更不能跳出其笼罩也。且后人之不能跳出，亦只是修补添减俱用不着，于是便复袖手而去，非谓其有字法句法章法，俱被占尽，遂更不能争夺也；太白公评此诗，亦只说是"眼前有景道不得，崔颢题诗在上头"……

金圣叹把诗论得真切，像是崔颢作诗的时候他就在旁边站着一样。他还说李白后来登上黄鹤楼，本也想作诗，但看到"崔颢题诗在上头"，只觉得眼前虽有美景，却一句也道不出来。金圣叹最妙的是这一句："既已书毕，亦便自看，并不解其好之与否。"

崔颢写罢，自己也不知道这首诗到底好不好，这是有些创作经验的议论。诗人大多时候的确自己也不知道写出来的诗好不好，若事隔数年拿出来再看，还是很有余地的，那便是好诗了。当然，金圣叹这么说更在乎强调此诗直写目中之景，一气转折却风骨颇高，不计较格律却音调响亮。音调响亮，恰是由于诗中双声、叠韵词多所致，有浩浩如椽大笔顺势而下的丈夫气势。

《黄鹤楼》的另外一个好处是它兼备古体诗的风格。不但是三次出现了"黄鹤"，且首联、颔联都不拘平仄。颔联也不对仗，在近体诗中大概也只有《黄鹤楼》等少数诗歌享有这样的特权。不入律，还如此受人追捧。有人说，崔颢所处的时代正是律诗初步形成的阶段，只有这个阶段才会出现这样的作品。我又想到了杜甫的拗体，同样老辣盘横，贯穿一气，既得古体之汗漫，又有律体的张弛。杜甫晚期的诗歌有意追求于此。这种体格也是有规律的，通常是前半篇拗，后半篇逐渐整饬归正。"若是果有了奇句，连平仄虚实不对都使得的"，真正到了后世，也只有林妹妹通达这个道理。

现在看来，有世故是因为世故之人看到了"人去楼空"，有情怀是因为有情怀之人还有黄鹤、有白云、有汉阳树、有鹦鹉洲和愁。

我们应该重新定义一下"诗人"："诗人"的意思就是能经得起折腾的人。诗这个东西就是来折腾诗人的，同样也是诗拯救了诗人。

别怪诗人多事，黄鹤楼长的就是一副随时都会飞走的样子。

降B调诗歌

《长干行》
崔　颢

其一

君家何处住？妾住在横塘。

停船暂借问，或恐是同乡。

其二

家临九江水，来去九江侧。

同是长干人，自小不相识。

李邕闻崔颢诗名，虚舍邀之，崔颢原想先介绍一下自己，把诗投给了他。李邕看到"十五嫁王昌……"一下子火了，骂道："小儿无礼！"不予接见崔颢。

兴许崔颢在投诗的时候就已经摆明姿态，他是唐代最纯粹的诗人，身上有着彻底的道家精神，一生的事业与那些政治礼教、经史功名没多大关系。

孟浩然的"不才明主弃，多病故人疏"，在玄宗看来那是你自己不上进，赖我做什么？你可能还没搞明白怎么崔颢一句"十五嫁王昌"就被李邕骂为"小儿无礼"了呢？简单讲就好比一个女人忽然站出来说了一句"十五嫁金城武"，"金城武"的公司肯定不干了，出来说她就是个疯婆子。看这情况李邕和王昌也属于同一家"公司"，他们共同维护的就是李邕所谓的"礼"。

古人写这种男女之情抑或嫁娶之类题材的诗，大多除了本身的风俗之外，还有一些更深的寄意在，有时候诗人的这个"郎"会引申到国君或权贵那里去，含风带讽，把那些为统治者工作的人比作"妾"，这当然并不明指，就像《诗经》中的《关雎》影射了后妃之德一样。以我这些年观看《非诚勿扰》的经验，一个人的人生观从这些男女之事中足以一瞥无遗。

六朝的诗句出现类似"王昌"这样的字眼，通常此人不但年轻俊朗，还是王公贵族的化身，所以在写与"王昌"有关的诗时常有"忆东家"、"恨不嫁"之类带着眷慕的词出现，这是封建社会对阶级存在于社会平衡之中的认可。中流砥柱们当然会维护"王昌"，"王昌"就是门第，就是福德，就是大雅。古人说"垂带悸兮"、"佩玉锵锵"，那些贵族旺门总是知书达理，与"王昌"有关的当然也是与"礼"有关的。

崔颢这里一开口就"十五嫁王昌"了，这叫人差点误会"王昌"和村里王家的二儿子没多大区别。至于崔颢后来又说了好多嫁给王昌后那些无聊的富贵情调，来引发人们对荣辱皆空的想象，这完全是初唐的道家精神，李邕说崔颢"小儿无礼"，也是意料中的事。

不过也可以有另一个版本：那是李邕在夸崔颢，"小儿"乃赤子也，"无礼"是不羁的意思，这是夸崔颢有颗不羁的赤子心，崔颢后来的人生轨迹也印证了这一点。看来李邕早就一眼识破了崔颢压根儿是一个做神仙的料，干吗还来跟我们玩儿？干脆就不见他。无独有偶，孟浩然遇到玄宗的那一天并不一定是一生失意之日，而是得了玄宗的点拨，明了自性，实乃一生得意之时。李邕不予接见崔颢，也是对崔颢的迷津指点，否则就不会有后来的《行经华阴》、《黄鹤楼》这样千古快意的诗歌。

想一想，同样是类似的行卷干谒行为，朱庆馀的"妆罢低声问夫婿，画眉深浅入时无"，这就显得含蓄而有礼，不用上来就"十五嫁王昌"吧，然而作为诗歌来讲，"十五嫁王昌"确实是好诗，好就好在它"无礼"。

崔颢最好的诗并不是"昔人已乘黄鹤去"，而是《长干行》二首。我一直以为崔颢的《长干行》二首已超越了世俗的声音，或许天阙的仙姑也在读他的诗，它的格调高到足以令天地间一切有情众生共赏，在他的诗中已经看不到人间的阶级了。

前人说《长干行》二首好在蕴藉风流，好在缠绵快意，我觉得它更妙的地方在你说它无意它却有意，说它有意它却无意，似乎只是诗人采集来的一段对话，未曾动过一笔，真正是《诗品》中所谓的"不着一字，尽得风流"。

其一，有云水相逢的寂寞，"君家何处住"如云，"妾住在横塘"似水，他把"君"和"妾"赤裸裸地放在天地之间。其二，"自小不相识"有不能奋飞的抑塞，但现在已相识了（喻守真说其有"自媒"之意），又有一扫往日的快意。这就像是在父母之命、媒妁之言的封建社会里谈了一场自由恋爱一样痛快。诗意是风流快意，它的体格又是极尽风俗的乐府民歌，最能叫人安心，在我看来风流、快意也需要安下心来风流，安下心来快意。诗人在安与不安之中找到了一种平衡，找到了一种美。

没有人举荐崔颢，他就远离长安浪迹了二十年，自淮楚至武昌、河东，最后一直到了东北。李邕是崔颢人生故事中的关键先生，就像那位泾河龙王在《西游记》中的意义一样。

李邕说"小儿无礼"，崔颢岂止无礼，简直就无行。他是出了名"有才无行"的诗人，当然这方面的头把交椅还是让于宋之问的好。崔颢"无行"，大概主要源于《旧唐书》里的这一句话："有俊才无士行，好蒲博饮酒，及游京师，娶妻唯择有貌者，稍不惬意，即去之，前后数四。"真敢把女人当衣服换！他就没想在唐代，诗人离四次婚是会被写入史书的。

历史是一件说不清楚的事情，还是读诗吧。

笔是他的乐器

《琴歌》

李 颀

主人有酒欢今夕，请奏鸣琴广陵客。

月照城头乌半飞，霜凄万木风入衣。

铜炉华烛烛增辉，初弹渌水后楚妃。

一声已动物皆静，四座无言星欲稀。

清淮奉使千余里，敢告云山从此始。

听了人家几曲古琴就生了归隐之心，有时听琴的比弹琴的讲究。后来，他真还就弃官隐居颍阳东川了。

明人钟惺说这叫"一字不说琴，却字字与琴相关"。唐人有许多描写古琴的诗留了下来，大概都不过李颀此种。李东川是与王右丞、高适、岑参、王昌龄齐名的七言圣手，还是一个很懂音乐的人。

主人有酒欢今夕，请奏鸣琴广陵客。月照城头乌半飞，霜凄万木风入衣。

这首诗一、二句叙事，三、四马上落到景上，这是唐人惯用的一种章法。譬如孟襄阳的《过故人庄》，一、二说"故人具鸡黍，邀我至田家"，三、四马上就落到"绿树村边合，青山郭外斜"，此类举不胜举，大有"寒梅著花未"般的关心。唐代大家下笔，时空感都是非常好的，李颀这首诗也是一、二句交代了人家今晚请他到府里去听琴，马上就接了"月照城头乌半飞，霜凄万木风入衣"两句景，似乎要保证一个时空的完整性。

"风入衣"，一个"入"字中必定是"无我"的，只有着细腻的体察触受。这种炼字的功夫，把文字的意境发挥到了极限，同一个"入"字，在"风入松"中便是"有我"的，还有松的动静；在"风入四蹄轻"，则马之骞腾可见。同样《诗经》中的"翱翔"二字，在《清人》则士兵嬉戏可见，在《女曰鸡鸣》则百姓辛勤可见，在《有女同车》则美人轻盈宛若目前。

"物皆静"、"星欲稀"，两句都是借一步写琴，曲尽其妙。末两句抒自己的情怀，正是绕梁之音。

唐代有个人从不听琴

《听董大弹胡笳兼寄语弄房给事》
李颀

蔡女昔造胡笳声，一弹一十有八拍。
胡人落泪沾边草，汉使断肠对归客。
古戍苍苍烽火寒，大荒沉沉飞雪白。
先拂商弦后角羽，四郊秋叶惊摵摵。
董夫子，通神明，深山窃听来妖精。
言迟更速皆应手，将往复旋如有情。
空山百鸟散还合，万里浮云阴且晴。
嘶酸雏雁失群夜，断绝胡儿恋母声。
川为净其波，鸟亦罢其鸣。
乌孙部落家乡远，逻娑沙尘哀怨生。
幽音变调忽飘洒，长风吹林雨堕瓦。
迸泉飒飒飞木末，野鹿呦呦走堂下。
长安城连东掖垣，凤凰池对青琐门。
高才脱略名与利，日夕望君抱琴至。

　　唐代有个人很不喜欢听琴，他就是玄宗。玄宗曾经不小心听到人家弹琴，赶紧召来花奴给他打羯鼓，解解秽气。

唐代的诗人大都嗜好听琴，以至于唐诗中有关古琴的诗句俯拾即是。我原先想把《全唐诗》中有关古琴的诗汇集起来，但后来发现这个工作量太大，根本做不了。所以，只好找一个不喜欢听琴的人出来。玄宗酷不爱听琴的这个故事出现在唐代南卓的《羯鼓录》中。这件事情显然说得有些夸张了，多半是为了渲染玄宗"性俊迈"。

除了唐人的琴诗以外，关于古琴，明人徐渭讲过这么一件事：

陆君以清才少年入国子，宜其一意于干禄之文也。顾嗜古，已即能为古诗文。又嗜琴，久之得其趣，益与之狎，视琴犹人也。行则囊以随，止则悬以对，忧喜所到，手出其声，若与之语，因自呼曰"友琴生"，人亦以友琴生呼之。余客金陵，友琴生则来访余，问以说。余尝见人道友琴生曩客杭，鼓琴于舍，忽有鼠自穴中，蹲几下久不去，座中客起喝之，愈留。此与伯牙氏之琴也，而使马仰秣者何异哉？夫声之感人，在异类且然，而况于人乎？又况得其趣者乎？宜生之友之也。生请益，余默然，生亦默然。顷之曰："似得之矣，然愿子毕其说。"余曰："生诚思之，当木未有桐时，蚕不弦时，匠不斫时，人其耳而或无听也，是为声不成时。而使友琴生居其间，则琴且无实也，而安有名？名且无矣，又安得与之友？则何如？"君复默然，若有所遗也。已而曰："得之矣，乃今知于琴友而未尝友，不友而未尝不友也。"余曰："诺。"（《徐文长集》）

眼界开阔的人可以看到真实的世界。这里徐渭所说的"当木未有桐时，蚕不弦时，匠不斫时，人其耳而或无听也，是为声不成时。而使友琴生居其间，则琴且无实也，而安有名？名且无矣，又安得与之友"，即是眼界。

回来说诗。李颀这首诗题为《听董大弹胡笳兼寄语弄房给事》，"董大"这个人经常在唐诗里出现，即董庭兰。高适那句脍炙人口的"莫愁前路无知己，天下谁人不识君"就是写给他的诗。

董庭兰是陇西人，是盛唐开元、天宝时期的著名琴师，他除了琴艺精湛以外，还擅吹西域龟兹古乐器筚篥。董兰庭早年师凤州参军陈怀古，学得当时流行的"沈家声、祝家声"，并把其擅长的《胡笳》整理为琴谱，也就有了后来的《大胡笳》、《小胡笳》。现在可以听到的《大胡笳》是由近现代古琴大师管平湖打谱并演奏的。

管平湖的《大胡笳》可谓"引商刻羽，杂以流徵"，愤怨悲切我是没听到，只是一味古雅，好像蔡文姬在胡地过得还很开心。以往听他的《平沙》时，不料听到了山林野鹤，雁鸣变成了鹤唳，平沙也许是游云，这是他的别调。若说张子谦他们的《平沙》是"望断似犹见，哀多如更闻"，那管平湖的《平沙》就是"滞云高不去，隐几亦无心"。

他弹《离骚》有陈洪绶人物的味道。

他把《欸乃》弹成杜甫的"春水船如天上坐"。

管弹琴指力雄强，板眼极好，好到弹出来的每个音都像博古架上的古董摆件一样，庄严肃静，个个可以拿下来把玩，这很适合把《欸乃》反拍的美表现到淋漓尽致。除此之外，管平湖指下的"进复"都有些"夬"的味道，"进"时有李义山"书被催成墨未浓"的深情；"复"时是杜工部"羞将短发还吹帽"的儒雅，更切合《欸乃》的潇洒自适。当代很多琴家也弹《欸乃》，总觉得听不出"欸乃一声山水绿"，但却听到了柳宗元，大概是琴曲中还杂着戚欣之声吧。

管弹奏的《潇湘水云》犹如仙子在云中漫步，水云弥漫，脚步轻快。当别人弹出来的《潇湘》还在望着水云兴叹人生伤多乐少的时候，他就已经望穿云水，一目千里了。从技术层面上讲，有赖于其中浓淡、徐疾的交替，正如李颀在此诗中所说的"言迟更速皆应手，将往复旋如有情"，一切多端的变化在一个流动的气息中运作，这种驾驭能力是很见功夫的。

以前听先生讲"弹琴的时候天龙八部都会来听的"，这让我对古琴心生敬畏。如今读到李颀的"董夫子，通神明，深山窃听来妖精"这句我是相信的，并不是我真会眷睐八部天龙、神明、妖精，而是我相信一门技艺可以精深到无穷无尽的地步。

迦叶为何没成佛？

《春晓》

孟浩然

春眠不觉晓，处处闻啼鸟。

夜来风雨声，花落知多少。

"寒梅著花未"，王维关心花开；"花落知多少"，孟浩然关心花落。

花开花落，人生也不过如此。俗人关心口服床笫，圣人关心黎民苍生，诗人只关心这花落花开、月缺月圆的事儿。众生有情，诗人多情，这一多情反而却似总无情了，这一关心更为可疑，略显得狼心狗肺、变本加厉的幽独。

比起王维，孟浩然更有山野之气。王、孟的诗似乎都像是一种结晶体，晶莹剔透。

据张洎说，孟浩然"之状颀而长，峭而瘦，衣白袍，靴帽重戴，乘款段马……"这是张洎在孟浩然像上的题识，这幅孟浩然像曾为孙润夫所藏（摹本），正是关心花开之人为关心花落之人所绘。"峭而瘦，衣白袍"，这不就像云中松一样吗？王维大概也觉得此人形状养眼，当作风景写生来画了。

清人黄淑灿言："诗到自然，无迹可寻。'花落'句含几许惜春意。"

这个"几许"说得恰贴，得了孟浩然"多少"的好处。惜春是人之常情，春女秋士皆有此心，如果此诗占定了惜春之意，便成个中俗音。妙在"几许"惜春意，剩下的意不可知，晕染出去，这般荡漾开来，孟浩然此诗自是清冷独立，总在"多少"之外。

好诗不在思议、不可言说，观者足以见性。明人唐汝询说："昔人谓诗如参禅，如此等语，非妙悟者不能道。"妙悟者，唐代的诗人与僧道最为友善，唐诗之所以能到达诗歌历史的巅峰，这也与佛教自魏晋以来的毓养密切相关，佛爷就是最高明的诗人，他拈花一笑，遗韵万千，连一个文字都不需要了。迦叶一笑，这多像为诗作序，俗人尚以为迦叶会得了佛义，殊不知迦叶为何没有成佛？便是这一笑偏差了。

当年灵鹫山法会上，还有王摩诘和孟襄阳两位尊者，他们真正会得了佛义，但却难以言说，便跑到唐代做诗人去了。

一个恋家的山野村夫(一)

《过故人庄》

孟浩然

故人具鸡黍，邀我至田家。

绿树村边合，青山郭外斜。

开轩面场圃，把酒话桑麻。

待到重阳日，还来就菊花。

闻一多评此诗："淡到看不见诗。"

晚唐诗人司空图的《二十四诗品》有"冲淡"一品：

素处以默，妙机其微。饮之太和，独鹤与飞。犹之惠风，荏苒在衣。阅音修篁，美曰载归。遇之匪深，即之愈希。脱有形似，握手已违。

明末著名琴家徐上瀛的《溪山琴况》也有"淡"一况。《二十四诗品》本身就是美文，抄上来回味一番，《溪山琴况》则是既在琴理又在哲理，也有古代腐儒的自我陶醉。

开轩面场圃，把酒话桑麻。

孟浩然的这个淡，当然不只是在诗歌语言上，根本还是他的秉性。《过故人庄》刚说了一句"开轩面场圃，把酒话桑麻"，马上就接"待到重阳日，还来就菊花"，没一会工夫，拍屁股走人了。起码他在诗歌中，把逗留故人庄的情景浓缩到了一句。我们重新梳理一下：首联述故人之邀，颔联写门外之景，尾联是后会有期，只有颈联是与故人会，所以我说他在诗歌中"没一会工夫，拍屁股走人了"，这个《过故人庄》过得可真潇洒，这就是孟浩然的"淡"，淡淡地过。

《溪山琴况》中述："舍艳而相遇于淡者，世之高人韵士也。"依徐上瀛的说法，孟浩然这个人就是不"艳"遇，后来就有人称他"孟高士"。

他说下次见面要"待到重阳日"，这起码要等上半年。当孟浩然半年之后再次出现于襄阳城东门外的山郊时，还未必就是来会老友的，诗中明说了，是来"就菊花"的，主要还是看在菊花的分儿上。对菊花的感情比人浓，真如庄子所说："君子之交淡若水。"后边好像还有一句"小人之交甘若醴"。君子之交，没有利益所以淡，小人嘛……就不说了，反正我是根本不赞同这种分法。

想着要说，但却没说"君子之交淡若水"的应该还有孔子，他只是换了一种表达方式。子曰："有朋自远方来，不亦乐乎。""远方"的交情自然是"淡"的。

"有朋自远方来，不亦乐乎"，既然孔子高兴，何不长年住下？

一个恋家的山野村夫（二）

《宿桐庐江寄广陵旧游》
孟浩然

山暝听猿愁，沧江急夜流。
风鸣两岸叶，月照一孤舟。
建德非吾土，维扬忆旧游。
还将两行泪，遥寄海西头。

恋家叫人安心，安心是一种习惯。外地人端起牛肉面都让人看着不放心。

孟浩然的诗中不单这句"建德非吾土"，像什么"风尘厌洛京"、"我家襄水曲"……处处可见，这个孟夫子就是个恋家狂。诗人都恋家，诗人也都爱旅游，孟浩然好不容易出来散散心，却一心只想着家，尽管家一时半会儿是回不去了。

杜甫说"月是故乡明"，这就像自己的孩子怎么看着都可爱，他对故乡的爱不输孟浩然。现代的年轻人大概很难理解这种对故乡的爱，我可以提示一下，就像你爱着一个人。

他乡虽好，终究不及故土，就凭这一点，我想孟浩然受当时的人仰慕不只是诗歌上的造诣，还有他的情操。恋家就有情操了？远观许由，近看接舆，古人还真有这个倾向，有的恋到改朝换代了就绝食，有的住在山里宁可被烧死也不出来，当然这个"家"不单指现实中的，还有精神上的。

家是我们探索宇宙的起点。

这首诗"建德"、"维扬"、"海西头"，这一条线压的有种过眼云烟的快感。

还将两行泪，遥寄海西头。

岑参有"凭添两行泪，寄向故园流"，杜甫有"故凭锦水将双泪"、"别泪遥添锦水波"，可能都是受到了孟夫子的启发。

明代人陆时雍说："三四意象逼削，'一孤舟'，毕竟多'一'字。"明代人评诗似乎有些走火入魔了。清代人孙洙说："（首联、次联）二十字作十五六层，而一气贯注，无斧凿痕迹。""十五六层"，这让我想起了"千张"，北方叫"豆腐皮"。

琵琶变成枇杷，诗成了食，不过也就一音之转，蘅塘退士在讲述它的做法。

横插之美

《早寒有怀》
孟浩然

木落雁南渡，北风江上寒。
我家襄水曲，遥隔楚云端。
乡泪客中尽，孤帆天际看。
迷津欲有问，平海夕漫漫。

　　摩诘像一轮秋月，挂在碧霄，刚刚洗过一样。孟浩然则是江月一色，荡漾着空明。同为月，孟浩然所得，是光与影。

　　山水田园诗，王、孟齐名，孟浩然的"迷津欲有问，平海夕漫漫"自然没有摩诘的"君问穷通理，渔歌入浦深"那么俏。水中的月亮虽说没有九霄的那个实在，但它光影丰茸、澄澈狷介，也是一派古淡。

　　"木落雁南渡，北风江上寒"，这是骚客语。"我家襄水曲，遥隔楚云端"，高调声明了对故乡的迷恋，唯恐人不知。

　　迷津欲有问，平海夕漫漫。

　　此诗虽说结在"平海夕漫漫"上，似乎心中还是有些怨愤的。同为此景，白乐天的"半江瑟瑟半江红"就几乎没有怨愤，这很微妙。

这个"夕"字亦如张祜"潮落夜江斜月里"的"斜月",灵一"清溪流水暮潺潺"中的"暮",杜甫"佳人拾翠春相问"里的"春",有一种横插之美,它使得景致一下子变得时空交错、情景倍至。这种句式上的变化被唐人锤炼到了一个极其自然的地步,这种笔法常常会使诗中的画面突兀到眼前来,加深景对情的弥补。今天一些电影大师的剪辑中也常常能见到这种手法的运用。

假设孟浩然与灵一的这两句只作"黄昏江漫漫"、"傍晚水潺潺"就不是诗了。

西施化妆时的笔法

《汉江临眺》
王　维

楚塞三湘接，荆门九派通。
江流天地外，山色有无中。
郡邑浮前浦，波澜动远空。
襄阳好风日，留醉与山翁。

常看看古人的山水，是可以开人眼界的。去年和两位好友在琴馆喝茶，说到日本二玄社复制的范宽，其中一位感慨道："那哪里是山水，就是世界观！"

古时候，世界显得要比现在大。古人的世界观我很难揣摩，我在欣赏古人的山水时就像一个刚进城的乡巴佬，哪儿哪儿都看着新鲜。古人的天地真宽广，无论是山水还是花鸟，都叫人眼热，也说不出什么名堂来。

看沈周的山水，似与渔夫野樵闲谈，全然不觉有画；看髡残的山水，醍醐灌顶，草木皆现佛光……近代人的山水，我特别留意了一下李可染和傅抱石，他们都在山里画过红旗，不同的是李可染画的红旗好像总飘在山外，而傅抱石画的红旗总淹在山里。

另外还有一些山水画家，像是张大千，在我看来只能算个巨匠，就是有时候皇帝一高兴赏他几个美女做小妾的那种。匠人到了晚年就只能泼墨了，泼墨对他来说是对"线条"的以笈报颁抑或衣锦还乡。谢稚柳画的山就不像我们这个世界的山。黄宾虹看起来就是个醉鬼，但他的酒量、酒风都没有傅抱石好。

傅抱石除了山水之外，人物也是自陈洪绶之后，唯一能称得上大家的。他那个年代的女人哪里知道画眼线啊，可傅抱石给二妃画了极深的眼线，就凭这一点，我说他的人物是自陈洪绶之后唯一能称得上大家的。齐白石也画山水，他的山水是打算要空手套白狼的。

中国画有个常识：墨分五色。

八大山人的"五色"里是生命；石涛的"五色"里是时光。八大喜欢画荷花，齐白石、张大千也喜欢画荷花，可八大画出来的荷花是从天地间长出来的，齐白石的荷花像一个进城的乡下姑娘，张大千的荷花则像一个下乡的城里贵妇。

陆俨少这个人最擅长用中国画里比较难运用的灰色阶墨，他的山水因此有一种"败笔"之美，或者说是衰颓之美，这倒有些像杜甫的笔法，傅抱石用的是岑参的笔法。明代那个花鸟画家徐渭，我看出来他用了些杜牧的笔法。

近现代的中国画家里还有几位让人无法臧否，像黄胄、范曾。黄胄，他在用毛笔画速写，这跟中国画毫无关系。非要点个赞，只能说他的画"气味"很好，驴是骚的，姑娘是香的。范曾，人家说他是画人物的，我一直误认为他是画衣服的，他把衣服的质量画得很好。又想到一个李苦禅，他画的鹰看起来都很温柔，未必想高飞的样子，可以出版在《北京动物园水墨写真集》中。

到底谁用了王维的笔法呢？西施化妆的时候用的就是王维的笔法。

甜彻中边(一)

《山居秋暝》

王　维

空山新雨后，天气晚来秋。

明月松间照，清泉石上流。

竹喧归浣女，莲动下渔舟。

随意春芳歇，王孙自可留。

有一次，甘肃省博物馆举办了一场历代名画仿真品展，我去观看，看到倪瓒的山水差点没吐出来。由于印刷的时候色彩有些轻微的偏移，这个"洁癖"画家的画竟然"脏"不可耐。倪瓒自己要是看到了，大概不会呕吐，会当场气绝。看看，原来"洁"与"脏"就这么微妙的差别。

王维的《山居秋暝》兼工带写，给人看到的就是一幅很清爽的画面。有时候，会觉得王维的诗像学院派，有时候会觉得王维的画像宫廷派。在我的印象之中，王维几乎没穿过粗布衣裳，即便是道袍，也是上好的料子，永远是那样"垂带悸兮"，我想象不出王维穿上济公的那身行头是什么样子。

摩诘是王维的字，是梵语"vimalakīrti"的省称，意为无垢无尘。大概是这个原因，我刚才想到了那次画展中的倪高士，现在又想到了陶渊明、菊花、妙玉……

虽说《红楼梦》里喜欢琢磨王维的女生是香菱，但我一下子想到的却是妙玉。妙玉是一个有精神"洁癖"的女子，她的下场是被强人劫持凌辱。倪瓒的结局有两说：一说倪瓒临终前患了痢疾，拉天屎地，臭到无人可以靠近；一说倪瓒是被朱元璋扔进粪池淹死的。总之，你越是"洁癖"，老天爷就越要你多体验一下事物的另一端。

无弦琴没弹过，菊花我是种过的。为此还买过一本《怎样养菊花》，书上署名是陶潜。

菊花可不好养，很容易招虫子，像是蚜虫之类的虫子，于是我又捉了一部分瓢虫养在家里。我养菊不是担心"此花开尽更无花"，而是好色。菊花的色好在静、润、清、匀、亮，能与秋阳同媚。泡壶茶整日都可以在那里傻看着，看着看着，看到管鲍分金，看着看着，看到谢陶夐玉。

菊花气味清香，香是由它的茎散发出来的。我和它混得久了还发现了它的秉性：

宁愿抱枝团团死，不肯摩云节节高。

这一点它很像陶渊明。陶渊明爱菊，在陶渊明看来菊有疏野丰韵之美，久观之，美人逊色。

我的一位朋友说陶渊明就是个"死狗"，我很欣赏他的这个说法。王维当然不算有"洁癖"，只能说他是唯美的，故而我将他归到宫廷派里去了。即使我没去过台北，没见过《雪溪图》，更没机会见圣福寺的《辋川图》，我只见过大阪市立美术馆的《伏生授经图》，就深深被伏生的那一把老骨头镇住了。

我想大概后主李煜、宋徽宗赵佶这些人都应该算作他的弟子，他们有一个共同的特点，就是在他们的艺术中缺少了老百姓的日常烟火气。

"天气晚来秋"，所写的不过是"秋暝"罢了，却能觉其中有人在（人才是万物之灵），这么一来，"空"就嫁给了"灵"，真是点石成金。"明月松间照，清泉石上流"，大有"月色如故，江流有声"之境。"竹喧归浣女，莲动下渔舟"，则色、声、香、味、触、法无所不包。

王维确实有很强大的文字作画能力，唐人在"文字作画"这方面，李颀擅长人物，杜甫擅长花鸟，王维擅长山水。"大漠孤烟直，长河落日圆"、"渡头余日落，墟里上孤烟"、"荒城临古渡，落日满秋山"、"江流天地外，山色有无中"、"远树带行客，孤城当落晖"、"竹喧归浣女，莲动下渔舟"、"漠漠水田飞白鹭……"统统是摩诘的画。

妙玉、倪瓒要是两口子就好了，我倒想看看他们俩怎么过日子。

甜彻中边（二）

《终南别业》

王　维

中岁颇好道，晚家南山陲。

兴来每独往，胜事空自知。

行到水穷处，坐看云起时。

偶然值林叟，谈笑无还期。

今天在琴馆与徐老师喝茶，我们从铁罗汉、铁观音一直聊到找对象一事。

徐老师是继林黛玉之后，第二个让我搞不懂的女人，她喝到好茶会流泪，还把喝罢的茶梗埋回山里去。搞不懂的事情我现在就不去较劲儿了，这一点我对自己还是很满意。

找对象我是有经验的。我的想法很简单：女子要择木而栖，男子一定要懂得随遇而安。我的经验不过就是随遇而安罢了——这也并不代表我好打发，苏格拉底曾说："娶到一个好妻子，你可以得到幸福，娶到一个坏妻子，你会成为哲学家。"随遇而安之人自有一份意外的惊喜等着他。择木而栖是夫人之德？古人的道理落在女人身上往往用的是反向思维。择富贵之家而归之，那是因为这位夫人的德可以与之匹配，反正《毛诗序》就是这样说《鹊巢》的。至于随遇而安，这是我从王维的"行到水穷处，坐看云起时"中领悟出来的。

行到水穷处，坐看云起时。

明代评论家陆时雍在他的《唐诗镜》中说："……杜好虚摹，吞吐含情，神行象外；王用实写，神色冥会，意妙言先……"

同是游衍云水之间，杜甫写出了"水流心不竞，云在意俱迟"，王维写出了"行到水穷处，坐看云起时"。杜虚摹，王实写，一个在虚摹中见性情，另一个从实写中证禅理。"行到水穷处，坐看云起时"，这里有什么禅理？是否极泰来的虚空法界，还是梦幻无常的世道人心？我想，应该是一种豁达。佛就得王维这样豁达的人去信才对。他官场得意，情场风流，书画界开宗，诗歌界成佛，你说他豁达不豁达！

偶然值林叟，谈笑无还期。

王维的《终南别业》结在"偶然值林叟，谈笑无还期"上真好。之前一句那么随和，换作别人，结起来非得整出点儿名堂不可，而王维却结在与林叟谈笑上，这正是他阔达之处。

说两个与佛有关的"坏话"，反正佛不会记恨：

明人李介在《天香阁随笔》中写道："（刘振凡）曰：'吾呼汝十数声而汝怒，汝终日呼佛当如何？'方（方克敬）亦为之嗢噱。"方克敬也是豁达的人，故而为之一噱，若换作别的什么居士又要开始讲经说法了。

清代文学家赵翼有一首诗写道："……其教严戒杀，物命固长成。却绝男女欲，不许人类生。将使大千界，人灭物满盈。此其

造化理？流毒逾秦坑。试起'广长舌'，将以何说争？"（《书所见》）

这么看来无论信与不信佛，诗人都是豁达的。

兴来每独往，胜事空自知。

王维的"空自知"像是尝到了些"不可说"的甜头。在《维摩诘经》里，维摩诘以"默然无言"诠释"入不二法门"之境界，王维写"胜事空自知"，这也是入了不二法门。《楞严经》里说"无二文殊"，那自然也无二摩诘，我一直怀疑此摩诘就是彼摩诘，现在看来真是没多少区别。

中岁颇好道，晚家南山陲。

最后看起联。"晚家南山陲"像是对"中岁颇好道"的报答，原来王维句句都好。

甜彻中边（三）

《鹿柴》

王　维

空山不见人，但闻人语响。

返景入深林，复照青苔上。

王维的五言绝句甜彻中边，不可思议。

清人徐增说："右丞笔下是大光明藏。"《鹿柴》这二十字中真空妙有，读来冷暖自知。

既然《鹿柴》让读者冷暖自知，那便没什么好说的了，免得影响他人领悟。清人沈德潜说王维的《鹿柴》"佳处不在语言，与陶公'采菊东篱下，悠然见南山'"同。陶渊明并不佞佛，也不打坐念咒，只是耽酒。我一贯认为陶渊明的"采菊东篱下，悠然见南山"说明了一件事理，就是人得有个嗜好，否则总是被见识所累。

陶渊明嗜好饮酒，也喜欢菊花，用菊花酿酒是他的丘壑能事。一日采菊东篱，倏尔望见南山，纵目许久，心中悠然自得。此南山即是平日里的南山，只是此时的心境不同。

嵇康好锻，隐居山阳，不定哪一日在自家门口的柳树下锻炼时也冒出一句"锻炼山阳居，悠然见柳树"。我家住在黄河边，在这河边收集黄河奇石的人不定哪天也冒出一句"捡石黄河畔,悠然见黄河",多好!这柳树、黄河也是平日里天天见的,怎么就突然觉得这么新鲜?

这么看来,人有个嗜好是好的,若非"采菊东篱下",焉能"悠然见南山"?正是由于他所好之事近于南山。陶渊明记下了这个好心境,他这一"悠然"就悠然了几千年,人家看到都心向往之,看不到的嘛,就继续看不到。

我想,正如陶渊明"悠然见南山"里的"南山",王维所见到的"空山",也不过是他自己罢了。

甜彻中边（四）

《积雨辋川庄作》

王　维

积雨空林烟火迟，蒸藜炊黍饷东菑。
漠漠水田飞白鹭，阴阴夏木啭黄鹂。
山中习静观朝槿，松下清斋折露葵。
野老与人争席罢，海鸥何事更相疑。

古人说"诗魔"这个词很好，凡是有魔出现的地方就可以修道了。

以前黎锦熙先生读王维的"大漠孤烟直，长河落日圆"，他从中悟出"知术欲圆，行旨须直"八个字，现在仍作为西北师大的校训。诗这样读起来就很有趣了，即便有时候悟出来的和诗一点关系都没有。

《唐诗三百首》中选入的诗都是可以给人启悟的。

给人启悟，先得给人留下问题，王维的"野老与人争席罢，海鸥何事更相疑"就是个好问题。先说这里边有两个典故。

第一个"争席"的典故出自《庄子》，《庄子·寓言》说杨朱去见老子，见过老子之后在他身上发生了一个很大的改变，他原先很骄矜，别人见到他都会恭敬相迎，给他让座位，在家里，妻子侍奉他梳洗，连厨房里做饭的老妈子见到他都要停下来，但是见了老子一面回来之后，别人竟然不再敬畏他了，都敢和他抢座位了。老子到底对他说了什么？我猜，他大概是听到了老子说"大白若辱，盛德若不足"，然后开悟了。

另一个"鸥鹭忘机"的典故出自《列子·黄帝》。海上有个好鸥鸟的人，每早出海，鸥鸟都和他一起游玩，数以百计的鸥鸟。他父亲听说之后也想和鸥鸟玩玩儿，次日再来海上，鸥鸟舞而不下。

王维把这两个典故放在一起，他刚好就站在这两个典故之间。

"野老与人争席罢"，他已然变得随和了，年轻时那些自恃的东西，比如说才情，也都放下了，如今与世无争。"海鸥何事更相疑"，这海鸥还是防人，没能像书上说的那样忘机，但似乎这才是海鸥的"天性"，王维既然看到了，同样这也是王维的"自性"。简单说，就是王维看到了一个真实的世界。真实的世界就像一个带着漩涡的黑洞，令人恐惧、不安，于是大家都喜欢梦幻世界，梦幻世界想豆浆来豆浆，想卤煮来卤煮，令人安心。

王维通过这样一个留给后人的问题，肃清了自己，他就是不相信海鸥会"不相疑"。屈原不相信，曹操不相信，杜甫也不相信。

甜彻中边（五）

《酬张少府》

王　维

晚年唯好静，万事不关心。
自顾无长策，空知返旧林。
松风吹解带，山月照弹琴。
君问穷通理，渔歌入浦深。

一杯弹一曲，不觉夕阳沉。

　　弹罢一曲，坐在窗边锉指甲。空气中飞扬着指甲粉尘，我干脆把落在书桌上的粉尘也用力一吹，亿万芥子顿时形成了一个大千世界。这都是闲得慌。古时候，有人看到蚊子飞进蚊帐，他吐一口烟过去，看得出神时竟见到了蓬莱的仙鹤。人一旦要是闲得慌，便能横生出许多异趣来。

　　人闲桂花落，夜静春山空。月出惊山鸟，时鸣春涧中。

　　"人闲桂花落"，我喜欢王维就喜欢在这儿。可惜《唐诗三百首》中没有王维的这一首《鸟鸣涧》，大概蘅塘退士的夫人觉得"人闲桂花落"没有"空山松子落"那么清幽。某些我喜欢的诗

《唐诗三百首》中没有，这叫人很不满，但又想想，某些我不喜欢的诗《唐诗三百首》中也没有，心里就平衡了。

吟一遍王维的《鸟鸣涧》，只觉得"人闲桂花落"这一句有趣。这句小有闲情不言，大有轮回可观。至于后边的内容，可谓顺理成章，我认为就不重要了。其实写诗就是这样，一首诗里就那么一个点能叫你抵达高潮，却要为它做足前戏，哪能处处都好。

松风吹解带，山月照弹琴。

王维在这个时候提到"解带"，也算与弹琴搭调，就像写"山静频看月，茶香未着衣"，在那个情境下赤膊也与茶搭调。类似于陶渊明这一路子的诗，很在乎诗中提到了什么，每个物事似乎都是心的印迹，或者说皆有隐喻，他想说什么其实并不重要，他什么都不想说。

一个人弹弹琴，真好。一曲抚罢，"两耳是知音"，又抚一曲，"近来渐喜无人听"，寻思他白乐天写的肯定比弹的要好。弹着弹着，一时停下了，索性想来几句诗吟吟。我想起了王维的《鸟鸣涧》，好像还有《酬张少府》。

王维说他晚年只喜欢安静，除此之外什么事儿都不关心，这真是个好心境。弹琴需要好心境，心境好了，音色、气韵都会跟着好。

君问穷通理，渔歌入浦深。

人生不是在寻找答案，而是在消磨问题。

红颜劫是劫中善劫、相思病是病中美病

《相思》

王　维

红豆生南国，春来发几枝。

愿君多采撷，此物最相思。

张生见到崔莺莺，一病不起，过去的人似乎比较容易得相思病。

在我看来，古人得这种病也是有目的的，相思病似乎可以治疗其他某些心理疾病，得起来也不失体面，相思病是病中美病。

有些人得了相思病，出现很多病症，看起来很痛苦，其实是自愿的，这事儿往往不为旁人所知，就连他自己也未必清楚。诗人是得相思病的高危人群，或许他们还有别的更大的问题，旁人也不得而知。还有一部分人利用生病来干自己的事业，生病容易使人专注下来。

红豆又名"相思子"，《食性本草》中说"久食瘦人"。关于这个名字有这样一个故事：传说古代有一位女子，因丈夫死在边地，哭于树下而死，化为红豆，于是人们又称呼它为"相思子"。

李商隐用典来成全诗的"脱离感"，王维化而用之。"此物最相思"若不是化典而用，便毫无道理了。明明是人相思，他非说

"此物最相思"，王维用化典来成全诗的"脱离感"。好诗都有"脱离感"，跳出文字，跳出语言，跳出现实，跳出情感……

《食性本草》这类书就这一点好看，"红豆久食瘦人"，看来不光是"相思使人瘦"，一下子给病人壮了不少胆子，看完以后病就好了一大半儿。像是以前抓中药，那一面墙的小抽屉和药名字，仿佛到了另一个世界，看一眼也好一大半儿。如果吃药还不管用，就讲讲迷信吧，迷信有时候也有迷信的好处，明明是自己生病，偏说是沾染了"不干净"的东西，让人觉得造孽的不全是自己，一些未知反而给人留下了指望。

传说那个女子哭死于树下，化为红豆。中国文化里的这个"化"字可不得了，一"化"去，则时空都不能约束他了。《西游记》第一回说孙悟空出世时便用"化作一个石猴"。经我个人研究认为"化"字与"生"字有关——"化"字从"人"从"匕"（"匕"是女性生殖器的象形）。"化"是"生"的另一个版本，就像一部野史，有了这另外一个版本，"生"才不至于尴尬，不至于非要与"死"对着干。古人创造它的意图很明显，是要来模糊"生死"问题，使之还原到没问题或直接被遗忘忽略。

还有一种说法，就像相思病可以治疗其他某些心理疾病一样，"化"可以治疗"生死"，这有点宗教的意思了。这个事情佛爷当年在灵山开会的时候讲过。

《五灯会元》："世尊在灵山会上，拈花示众，是时众皆默然，唯迦叶尊者破颜微笑。"

古文中"花"、"华"通用，"华"字下边的一竖就像是花茎，拈在佛爷手里剩下的不就是一个"化"字吗?

迦叶尊者看到的是一朵花，迦叶尊者笑了，他笑自己没什么文化，根本不需要这个"化"；他笑自己幸亏是位尊者，要是生到人堆里，也是得相思病的高危人群；他还笑即便生到人堆里也不怕，在他看来生、老、病、死都是上天给的礼物，何不笑纳。

王维是透彻的，赏玩起来甜彻中边，我在读他的诗时也格外较真儿。王维的《相思》是被唐代著名歌星李龟年唱红的……闲话且住！说诗。

摩诘此处二十字能移人情，以其用情至真。

香菱学诗

《辋川闲居赠裴秀才迪》

王　维

寒山转苍翠，秋水日潺湲。

倚杖柴门外，临风听暮蝉。

渡头余落日，墟里上孤烟。

复值接舆醉，狂歌五柳前。

"渡头余落日，墟里上孤烟"，这"余"字和"上"字，难为他怎么想来！我们那年上京来，那日下晚便湾住船，岸上又没有人，只有几棵树，远远的几家人家做晚饭，那个烟竟是碧青，连云直上。谁知我昨日晚上读了这两句，倒像我又到了那个地方去了……

这是《红楼梦》第四十八回香菱依照林黛玉的教学大纲初读《王摩诘全集》的感悟。

金陵十二钗中，林黛玉注重诗歌的立意，并指明学诗应从《王摩诘全集》入手，然后是杜律，次再李白七言绝句。以此三家为基础，把陶、应、谢、阮、庾、鲍等人一览，便自有建树。薛宝钗崇尚含蓄清新，写诗就像她的为人一样，总能大方得体又别开生面。李纨是海棠诗社社长，她大抵还是偏爱薛宝钗这路清新别致，却不露声色的诗。贾宝玉的诗空有情怀，格调却不高。林黛玉是世外仙姝，她的诗大抵似李白那种，一味用才气，感染力极强。这是她与生俱来的，是香菱同学没法学的。还有那个与黛玉一时瑜亮的史湘云，她真正是斗酒诗百篇。

香菱学诗，虽说是初来乍到，但毕竟美丽的女孩子都悟性过人。她这半会儿工夫就对王维诗中语言的凝练、对诗歌中"无理"的妙处体悟得有滋有味了。

"大漠孤烟直，长河落日圆"，这是王维的名句。

香菱是这样说的："我看他《塞上》一首，那一联云：'大漠孤烟直，长河落日圆。'想来烟如何直？日自然是圆的。这'直'字似无理，'圆'字似太俗。合上书一想，倒像是见了这景的。若说再找两个字换这两个，竟再找不出两个字来。"

香菱看着新鲜，这是北方常见之景。王维五律的好处香菱说得很透彻了，不劳我们再重复，更无须借品读诗歌来抒情，写一大堆无聊的自我感受陶醉其间。北方沙尘天，大而圆的落日时常于黄昏出现在人们眼前，王维道过一句"大漠孤烟直，长河落日圆"，后来人再见此景，便无言以对。

林黛玉是"咏絮才"，她有办法避开古人。曹雪芹也一定有办法，我一直觉得《红楼梦》后四十回不是遗失了，是他根本就没写完。

一卷不说佛法的经

《归嵩山作》

王　维

清川带长薄，车马去闲闲。

流水如有意，暮禽相与还。

荒城临古渡，落日满秋山。

迢递嵩高下，归来且闭关。

　　宗教有个好处，可以解释人解释不了的事情，不管他说的你接不接受，有解释总是好的，有的一说，人就有了希望。彼岸，就是一种希望。诗歌可以言说语言所不能言说的事情，这也是好的，有的一说，人才不至孤独。

　　王维就是这么一个把宗教与诗歌的好处融会在一起的诗人，实际上他既不像诗人也不像僧人。《过香积寺》里有"泉声咽危石，日色冷青松"句，假设这句中泉、石、日、松都是佛，唯独"咽"、"冷"二字还在五蕴之中。五蕴之中"'受'如浮泡，'想'如野马，'行'如芭蕉，'识'为幻法"。诗，总得留一些脆弱虚无的东西给后人。

　　《过香积寺》，清人张谦宜说"'不知'两字领全章脉"，这是"超旷"的起法，忘了从哪本书看到的，把唐人的起句都汇纳成法。记得刘禹锡写"鹰嘴"茶，以"生怕"二字将之，应同此"不知"之理，可见诗歌脉络是气，骨骼从心。

王维更像个画家，他的另一首《归嵩山作》就是一幅山水立轴。"落日满秋山"，画恐不及，恐画不及。他可以用诗来作画，并且每每将自己也画入图中。我以往还纳闷儿，王维的绘画传世者寥寥无几，何以被誉为南派之宗？现在恍然大悟，对于他来说诗即是画，画即是诗。王维的《归嵩山作》又像一卷经文，这经文不说佛法。

水母这种动物原本是没有眼睛的，它觅食还需要懒一点的虾才行。佛经就是漂浮在海里的懒虾，是说给那些痴人们听的。

王维是千年以前的成就者，他平日把诗当经读。看看他的诗，只是归家时随口说出的眼前景罢了，心中何曾有一事一念？

荒城临古渡，落日满秋山。

这大概就是《首楞严》三昧吧。

归来且闭关。

闭关？这可不是谁想闭就能闭的，没些功夫会被打出来的。

我把"活泼"二字视为家学

《终南山》

王　维

太乙近天都，连山到海隅。

白云回望合，青霭入看无。

分野中峰变，阴晴众壑殊。

欲投人处宿，隔水问樵夫。

　　去年冬天，姥爷说想听我弹琴。我择日抱琴而至，此时已是年后初春。

　　姥爷一生与金石为伴，默默耕耘于方寸天地之中。九十多岁的老人，已然是目浊耳聋，腿脚极不方便。去时他正在午睡，我本想偎于床前，置琴膝上，传音耳边，可没想到他老人家非要人扶他下床，端坐于堂听琴。

　　他坐在我面前，身上散发着比梓桐更古的香气，斜偃拐杖，满是鹤皮的手轻拂了几下洁白的山羊胡须，俨然高古。

　　我把琴放置在茶几上，有些低，他教我用书支垫，反复地调整到适宜的高度，蹾齐书脊，又教我拭净琴上的微尘，这才由我弹奏。弹罢一曲《龙朔操》，又弹了《胡笳》，姥爷说道："弹罢一曲我们喝喝茶，慢慢来。"几曲过后，他轻轻地说："要再活泼一点。"

坐在一旁的姥姥说话了，她对姥爷说："弹古琴就是要沉静，这个老爷子胡说什么活泼一点。"我这会儿似乎回味到了这个"活泼一点"的奥妙。我忽然意识到，原来在中国的传统艺术里，那些看起来虚静、空灵的调调后边，实际上都是极为"活泼"的，一定是别有洞天的。规矩之中的是情理，规矩之外的是无限的想象力，这是传统艺术的法门。

一霎间明白了，王羲之的散漫中有灵秀；吴道子的法度外有豪放；杜甫的工稳里水自流，花自开；八大山人的怨恨中鱼照游，鸟照唱……他们都是"活泼"的。

后来在读《溪山琴况》时印证了此言："五音活泼之趣半在吟猱，而吟猱之妙处全在圆满。"

欲投人处宿，隔水问樵夫。

王维的这两句，现在想想竟也是如此的"活泼"。如果说前几句都是线条，那这一句就是晕染了。王维的语言是清冷的，清冷却不深僻。初读王维的《终南山》，不禁会想到杜甫的《望岳》，此种题材的诗首联总以势胜。杜甫写"诸峰罗列似儿孙"，是言山之宗脉；王维写"近天都"、"到海隅"是就其形势，来龙去脉，认祖归宗，诗人此刻就像堪舆先生一样。

王维的中二联无所不包，山中变化，看山三昧皆在其中，且情景具备，这是王维烂熟的章法。杜甫《望岳》的颔联，则百无聊赖之中气通千里，胸怀一下子舒展了。杜甫深沉，王维奇丽，深沉总在腐朽之际，奇丽藏于清冷之中。杜甫素以工整著称，当然王维的五律也是极为工整的，但他与杜甫的工整完全不同，一个是线性的工整，一个是块面的工整，都占尽形势，雄健之极，此类诗颈联若稍杂一念，其势必损。

现在想来，若是没有那一日祖孙间的雅集，就真的要抱憾终生了。清明时节，姥爷喝了一点小酒就安详地睡去了，去世时与他的老师齐白石同龄。

听琴的人比弹琴的人讲究、懂琴。从此以后，我把"活泼"二字视为家学了。

诗人的自画像

《竹里馆》

王　维

独坐幽篁里，弹琴复长啸。
深林人不知，明月来相照。

　　诗人都有自画像。"举杯邀明月"是李白的自画像，"孤舟蓑笠翁"是柳宗元的自画像，"古调虽自爱"是刘长卿的自画像，王维的自画像就是这句"弹琴复长啸"。

　　"深林人不知"，人所不知者王维却谙熟，这像是猜谜一样，所以有了后句"明月来相照"。

一盆秋水洗衣服

《和贾至舍人早朝大明宫之作》
王　维

绛帻鸡人报晓筹，尚衣方进翠云裘。
九天阊阖开宫殿，万国衣冠拜冕旒。
日色才临仙掌动，香烟欲傍衮龙浮。
朝罢须裁五色诏，佩声归到凤池头。

为什么自古洗衣服都是女人的事情？我总觉得女人是洗不干净衣服的。

除了弹琴之外，我的另一个爱好就是洗衣服，在此可以将心得与妇女朋友们分享一下：

首先，把衣服泡在一个大盆里，支起搓板，点上香……想象这盆子里有衮龙袍、有袈裟、有缁衣、有青衿、有霓裳、有纨绔、有褴褛、有肚兜、有葛巾、有裋褐、有长衫、有百花曳地裙、有大红羽绉白狐狸皮鹤氅……应有尽有，而后把这一盆水当成南华秋水，把这肥皂泡泡当成马蹄风涛，这样洗才干净。

"长安一片月，万户捣衣声"，可惜我家门前不远处没有一条河，洗衣服的时候只能听一听徐立荪的《捣衣》。衣服洗干净了，晾在窗外的竹竿上，现在可以坐下来沏壶茶，读读《诗经》了。

"有狐绥绥，在彼淇梁。心之忧矣，之子无裳"，读到这儿心里顿时踏实了许多。

王维的《和贾至舍人早朝大明宫之作》，前人说好是好，唯一不完美之处是嫌写衣服的字太多了。"绛帻"、"翠云裘"、"冕旒"、"衮龙"，还不包括指代尚衣局的"尚衣"、指代百官的"衣冠"，以及配饰发出来的声响。但从另外一个层面看，也体现出了唐人对实词的大量运用和我国瑰奇的服饰文化。古人太追求完美了，鸡蛋里挑骨头。"服色太多"又有何妨？反正皇帝的衣服都那么好看。

一个导演要拍好一部戏，连道具师都得是很重要的创作人员，好的导演，他的道具也是会"说话"的。王维在写这首诗时，就是要写出一部大型古装宫廷巨制的效果来，他所运筹的这些细节，都是为了渲染早朝的肃穆和恢宏感。这像是有意为千年之后的人而作，确切讲，是王维感受到并意图抒写这种具有朝代感、历史感、仪式感的美，这是他的"眼光"。

我说这像是有意为千年之后的人而作，是因为我们可以通过诗词看到古代的事物，还是很可靠的，怎么也比史更可靠。

唐代上朝大概是这样的：

朝日，殿上设黼扆、蹑席、熏炉、香案。御史大夫领属官至殿西庑，从官朱衣传呼，促百官就班，文武列于两观。监察御史二人立于东、西朝堂砖道以莅之。平明，传点毕，内门开。监察御史领百官入，夹阶，监门校尉二人执门籍，曰："唱籍。"既视籍，曰："在。"入毕而止。次门亦如之。序班于通乾、观象门南，武班居文班之次。入宣政门，文班自东门而入，武班自西门而入，至阁门亦如之……（《新唐书》）

他洒脱得不要不要的

《渭城曲》

王　维

渭城朝雨浥轻尘，客舍青青柳色新。

劝君更尽一杯酒，西出阳关无故人。

当年有人得了一幅教坊奏乐图却不知题名，来请教王维，王维见后说："图中演奏的是《霓裳羽衣曲》第三叠第一拍。"那人不信，请来乐师演奏《霓裳羽衣曲》，停在第三叠第一拍，果然与画中乐师姿态分毫不差。

琴曲有《阳关三叠》，并附以唱词，可为琴歌，乃取王维《渭城曲》之意而造。据说此曲在唐代就已经很流行了，现在古琴曲所传的《阳关三叠》是否就源于唐代，不得而知，该曲哀婉凄凉，有丧乱之音，我以为大概是宋以后的了。

《阳关三叠》只弹得洒脱是不够的，只会说"走吧、走吧"，并不是从容。情深婉，意洒脱，这才是王维《渭城曲》的旨意。

后人议论此诗常用"从容"二字概其气度。古人发明的词都是出双入对的，非叫人咬嚼不可。"容"是包含，"从"是依顺，两者放在一起，这就像是在告知我们，"容"不是只进不出，"从"也不是只出不进的事，能依顺的人心中才有宽裕，一味

"容"不好，一味洒脱更不好，这都是有境无界。

在古代，一次乔迁或许就只能"长大一相逢"，一次离别或许就"生死两茫茫"了。杜甫和李白自那年兖州城分手后就再也没见过。这一刻，我们被渺小短暂的人生感动，这种题材的诗在古代，尤其是在唐代格外盛行。哀婉感伤的不在少，好一点的诗人更用这种距离的产生寄托人世的孤独渺茫。许浑的"满天风雨下西楼"，就偏向于抒发生命的孤独；郑谷的"君向潇湘我向秦"，更侧重抒发道路的渺茫。这是晚唐，盛唐的好处是既包含了晚唐人所发泄的这些孤独和渺茫，也具有盛唐人对待孤独和渺茫的从容。

诗歌的发展好像就是从"有办法"到"没办法"的过程。诗人们在抒发情感的同时也是在感悟人生，耽此一事久之，不异于参禅悟道，所以说诗歌的发展具有"为道日损"的特征也不足为奇。或许可以这么讲，人在对待诗歌上的不从容，就是对待现实的从容。当我们逐渐进入一个没有什么诗意的时代，正说明我们进步了。

唐人没有今人这么透彻，唐人在面对人生的一个又一个离别时，只能写写诗、唱唱骊歌聊以抒发愁苦，要么就干脆喝酒，大家都往大里喝，醒来后你那里是"杨柳岸，晓风残月"，我这里"满天风雨下西楼"，不过如此。

当代的事情还是少议论为妙，我已经想好了，我要是执意回去做唐人，就去灞桥边卖酒，还要在李白家门口开个分店，然后耐心等待他的五花马、千金裘。

王维的《渭城曲》在当时即被唱红，它不仅唱出了盛唐的从容，更用离别寄顿了整个人生的轨迹。试看"渭城朝雨浥轻尘"，这"朝"气少年时有，"客舍青青柳色新"，这"青青柳色"犹如青年，"劝君更尽一杯酒"，这是中年时所具有的深情，"西出阳关无故人"，这是老年的从容。你说它像不像人生？

西出阳关无故人。

伟大的祖国真是地大物博。我去过阳关，一直很想念那头拉车的驴。

隐士，洗个澡回家过年

《送别》

王　维

山中相送罢，日暮掩柴扉。
春草年年绿，王孙归不归？

小时候非常喜欢过年，过年有新衣服穿，有肉吃，可以放炮。现在非常喜欢过年是因为过年这几天安静。

每到春节，城市的街上显得冷清祥和，没了平日的繁华喧器，只有初春和煦的阳光和儿时菜地里的微风。大概上古尧、舜时代的天下就是这个感觉。人都跑哪里去了呢？都在自家。天天过年多好，天下如此太平。

春草年年绿，王孙归不归？

时下正值年关，亿万中国人被春运。我只喜欢被桃花运而不是春运，"春"太泛滥了，有点儿像"国学"，而我是个小气人。大气人热爱漂泊。听到春节联欢晚会向海外华人拜年的时候，我会想到王维的"春草年年绿，王孙归不归？"海外的女同学们都落地生根了，大概是不会回来了。

王维的五绝格调太高！看此诗起句便已立于唐人送别诗之外。他毫不蹀躞于送别之事，也未见依依之情，只是发一个更大的感慨："春草年年绿，王孙归不归？"这确实是个问题，这是一个气接《风》、《骚》的感慨，用唐人的语言说出，这里还有尘劳梦幻和生死轮回。

《楚辞·招隐士》有"王孙游兮不归，春草生兮萋萋"句，明人唐汝询解释说："草绿有时，行子之归期难必。"《招隐士》是描写山中险恶，劝告隐士赶紧回家过年，王维刚好相反，起句便是"山中相送罢"。王维自己是不打算回去的，从他那"遍插茱萸少一人"的少年时代，我便看出他是不打算回去的。

《送别》在王维的大光明藏里是更像诗歌的一首。

李白送人，浮云落日，饮酒赋诗，送的堪称唯美；杜甫送人，自己先哭个恓惶，回去后再写诗聊以慰藉他脆弱的褊性；王维送人，语重心长，送走了也就不再挂心了……

日暮掩柴扉。

这"掩柴扉"三个字极好！这个动作里有寂寞。

如琴中吟猱，此乃细微不尽之处，韵之所在。就像他《杂诗》中的"绮窗前"，细节中含情无限。想这"柴扉"平日客不至时也是自开自掩，而今偏在客去重掩之时，却似含惜别寂寞之意。这么一个习惯动作，被诗人提炼到此处，便有所不同。

杜甫是"煽情"的，王维是"清冷"的。这"掩柴扉"三个字要让杜甫写去，不是"别后见何人"，就成"寂寞养残生"。同样月照，王维顶多写个"明月来相照"便立地成佛了，而杜甫，他竟然就能写成"请看石上藤萝月，已映洲前芦荻花"。

真一个天上，一个地上，一个是皓月万里，一个是千沟万壑，然而他们都有不尽之意。

美女为什么如"云"？

《白雪歌送武判官归京》

岑　参

北风卷地白草折，胡天八月即飞雪。

忽如一夜春风来，千树万树梨花开。

散入珠帘湿罗幕，狐裘不暖锦衾薄。

将军角弓不得控，都护铁衣冷难著。

瀚海阑干百丈冰，愁云惨淡万里凝。

中军置酒饮归客，胡琴琵琶与羌笛。

纷纷暮雪下辕门，风掣红旗冻不翻。

轮台东门送君去，去时雪满天山路。

山回路转不见君，雪上空留马行处。

岑参的笔法有看头，如果用近现代中国山水画家的笔法来做个比喻：盘桓处当如傅抱石，参差处当如陆俨少。

岑嘉州用椽笔恣意点染皴擦，却寸草不失、片云在目，这不正像傅抱石么。气势纵横跌宕，寄情却细秀袅娜，这不就是陆俨少么。如果换成用书法家打比喻，当是吴昌硕写《石鼓文》那种，飒爽纵笔，却一丝不乱，苍劲之中全是阴柔之气。

对于我这样一个做不了诗歌理论的人，只能这样胡拉浑扯。

总之，我认为岑嘉州的七古在唐诗中几乎一骑绝尘。

岑参的确"奇"，但不俶诡。诗歌中的比喻贵在要有想象力，要出奇而有深味。

《诗》曰："出其东门，有女如云。"我们可能听惯了"美女如云"，并不觉得这个"如云"有什么奇怪，其实很多比喻都是很奇怪的。如"云"难道只是形容女子多吗？妙在这云于天上翱翔，女子之轻款可见；云洁白无尘，女子之鲜亮更可知也。若只作形容女子之盛，那除去"云"之外，还有许多可以拿来做比喻的。

谢道韫"咏絮"之事为人乐道，以柳絮比雪，除却两者相似之外，还有一个作用：知春不远。人在冬末春初遇雪，每能开颜，春天就在不远处，此比有深味。写文章同样要让人知道这个"不远处"的事情。但说谢道韫以花比雪不及韩愈以雪比花，这我就不敢苟同了，花在雪前方"不远处"，而雪离花却很远，几乎没了盼头。"盼头"在诗中也很重要，人需要一个盼头，哪怕它如诗、如雪、如花、如絮，有总是好的。有时候美并非美，而是你期盼它，没了这个盼头，诗便成了自说自话。

诗歌中的比喻，有时以形似比，有时以神似比，有时以意境比，没有约束，但有一个原则，要大家心中都能感通，想象力都能够得着，落想出奇，人家又不觉奇怪，如若故作"惊奇"之比，反而令人厌恶。

郑谷的"泪滴闲阶长绿苔"，奇而不怪；杜甫的"斫却月中桂，清光应更多"，这是惊人的想象力。但这出奇的想象力又符合情理，就连"日月笼中鸟，乾坤水上萍"这样具有科幻色彩的想象力，现在来看也不出天文学常识。

李白的想象力刚好相反，李白写出来的夸张、比喻妙在与常识无关，大家同样不觉得奇怪。杜甫以法胜，李白以无法胜。"我欲东召龙伯翁，上天揭取北斗柄"，杜牧学后一种；"女娲炼石补天处，石破天惊逗秋雨"，李贺学前一种，宋人学了个不伦不类。可见文章要写到"意料之外，情理之中"有多难。

忽如一夜春风来，千树万树梨花开。

"忽如一夜春风来，千树万树梨花开"，自古传为佳句，有些人不一定读过岑嘉州的《白雪歌》，但也知道这一句。这是此篇奇绝之处，笔法也最为苍劲。其次的看头在写景，写景处间勾带点，叙事时则近于点染。

岑参的《白雪歌》起四句，奇思飘逸，"散入"、"将军"四句接着又柔婉细腻了。"瀚海"两句远景，"纷纷"两句近景，颇有次第。中间杂一句题事，似中锋勾勒而出，"胡琴琵琶与羌笛"，不作丝毫逗留，如王翰的"葡萄美酒夜光杯"句，盛唐气之所以完固，就在此勾勒之处。

至末四句又落到雪上，令人回味无穷。神至、境至，岑嘉州七古即此种。

对大西北还是不适应

《奉和中书舍人贾至早朝大明宫》

岑 参

鸡鸣紫陌曙光寒，莺啭皇州春色阑。

金阙晓钟开万户，玉阶仙仗拥千官。

花迎剑佩星初落，柳拂旌旗露未干。

独有凤凰池上客，阳春一曲和皆难。

清代的文人迂腐，连看到唐人奉和贾至的《早朝大明宫》也非要给杜、岑、王、贾排个座次。

毛先舒的排序是贾、王、岑、杜，赵殿成和施补华的排法是岑、王、杜、贾，屈复、黄生都是首推岑参，还有像沈德潜那样的，认为杜诗可以不存在。纪晓岚还算清楚，说了一句明白话："……然此种题目无性情风旨之可言，仍是初唐应制之体，但色较鲜明，气较生动，各能不失本质耳。后人拈为公案，评议纷纷，殊可不必。"（《瀛奎律髓汇评》）

我把其余几首诗全部誊上来：

银烛朝天紫陌长，禁城春色晓苍苍。千条弱柳垂青琐，百啭流莺绕建章。剑佩声随玉墀步，衣冠身惹御炉香。共沐恩波凤池上，朝朝染翰侍君王。（《早朝大明宫》呈两省僚友贾至）

绛帻鸡人报晓筹，尚衣方进翠云裘。九天阊阖开宫殿，万国衣冠拜冕旒。日色才临仙掌动，香烟欲傍衮龙浮。朝罢须裁五色诏，佩声归到凤池头。（《和贾至舍人早朝大明宫之作》王维）

五夜漏声催晓箭，九重春色醉仙桃。旌旗日暖龙蛇动，宫殿风微燕雀高。朝罢香烟携满袖，诗成珠玉在挥毫。欲知世掌丝纶美，池上于今有凤毛。（《和贾舍人早朝》杜甫）

古人有时候会把"颈联"写作"景联"，这是因为有一部分唐人的格律诗会在颈联以一笔含有比兴色彩的景致来转折、烘托全篇。岑参此诗景联的"迎"、"拂"两个拟人化的动词逗出七句的"池上客"，景后多用事，且景联的虚字多用拟人化的动词，这是唐诗的一种法度。岑参的奉和与王维的格调逼近，或者说岑、王的气象都属于一类，他们都是拍史诗级大片的。王维的长镜头悠扬，岑参的结构缜匝。杜甫拍的是小成本，他个子不高，站在百官之中几乎就找不到他，因此也抢不到一个好"机位"。杜甫写"九重春色醉仙桃"、"旌旗日暖龙蛇动，宫殿风微燕雀高"，这"龙蛇"对"燕雀"，亦真亦假，动静可不小，你看杜甫离朝堂多远。离得远也有离得远的好处，就是可以分神。离朝堂远的臣子才会观察到旌旗上边的龙蛇在温暖的春风中飞腾、燕雀颉颃于金顶之上……

杜工部正看着出神，就听见一声："退朝！"

经过我这么苦口婆心的一番解释，大概清人就知道为什么杜甫的《和贾舍人早朝》"伤促"、"近俚"、"无朝之正位"了，显然是由于杜工部站在文武朝班列队中的位置距离圣上实在太远。所谓"天颜有喜近臣知"，他自然不可能像人家王维那样，将皇帝的"翠云裘"、"冕旒"什么的都看得那么仔细。但杜甫的《和贾舍人早朝》有别调，人有别调还不及半调子，诗有别调就是好诗了。

王维、岑参大概是来与贾至抢座位的，抢来抢去，不过都是些"无性情风旨之可言"的应制诗，杜甫可没这个心思，杜甫是个老实人，他真没觉得自己能写好这一首，想着能与王维他们唱和就已经可以回去发朋友圈了，好吧，那就随便凑合凑合吧。这反倒好，凑合出了性情。

旌旗日暖龙蛇动，宫殿风微燕雀高。

这两联看似是在写景，实则无所不包。"龙蛇动"有战伐之气，而"日暖龙蛇动"则叫人想到京师喋血之后，疮痍未平。"燕雀高"是一派平和光景，但还是有些微风，蔓蔓日茂，万物复始。整个唐王朝的鼎祚玺运都在这里边。

好在我刚才这一系列联想被工部的"旌旗"与"宫殿"带回现实中，他还是在写景。

杜甫笔下那种沧桑感非王、岑二人所及，贾至在他跟前不过只是个顺理成章的官二代。依我看来和贾至舍人的诗还是杜甫的那一首最好，就因为这个"九重春色醉仙桃"别人都没看见。

养生是下下策

《寻西山隐者不遇》

丘　为

绝顶一茅茨，直上三十里。

扣关无僮仆，窥室唯案几。

若非巾柴车，应是钓秋水。

差池不相见，黾勉空仰止。

草色新雨中，松声晚窗里。

及兹契幽绝，自足荡心耳。

虽无宾主意，颇得清净理。

兴尽方下山，何必待之子。

　　我一直很讨厌"养生"这个概念，叫人误以为皇天后土都没把人毓养好，非得另起炉灶才行。如今也只有"国学"这个词可以和"养生"长相厮守了。

　　"国学"这个词的问题是太"大"。中国的文化、学术从经、史、子、集到诗、剑、戏、茶，从太乙六壬到看相摸骨，从神仙传到房中术，从琴、棋、书、画到酿酒腌肉……什么刻葫芦、斗蟋蟀、说相声、去鸡眼……处处有学问。

　　诸子败家，学什么呢？学孔孟？孔子做王公贵族的艺术顾问是可以的。学老庄？学他做一个rapper，老婆死了拿个盆儿在旁边敲着玩儿？学墨家？墨家根本不用学，早已经在你我血液里了。学法家？那是政府部门的当务之急。不然学离坚白派好了，开发人工智能可能用得上……难怪陈子昂说"前不见古人，后不见来者"，茫茫乾坤，竟无一事可学。实在不行就只能学养生了，尽管养生是下下策。

唐代有一个用诗来养生的人——丘为。丘为算是一个活着就能列入仙班的诗人了，活到快一百岁才寿终正寝。看到丘为的"若非巾柴车，应是钓秋水"，想起了韦应物《寄全椒山中道士》里的"涧底束荆薪，归来煮白石"，真不同于浮世之人的行藏，山人的行迹往往是可以预见到的。

黾勉空仰止。

这一句"黾勉空仰止"，在诗中作一停逗，如碧天一轮明月，忽一抬头倍觉有情。这就像一首商调式的乐曲突然发展出一句以角音为中心的章节，使人突然感到不安。

李白的"无人知去处，愁倚两三松"也有此意。有了这么一个小小的失望，才会使得后来"不遇"的兴致顺理成章地落到实处。就像孟浩然的"愁因薄暮起，兴是清秋发"，"愁"和"兴"都有了，登山就变得闲逸了。这种兴致是很真实的，省却了孟郊"云深不知处"的见识，有别于王子猷"兴尽而返"的刻薄。

《世说新语》记王子猷当年访戴一事，王子猷是"兴尽"的逸致，唐人的"不遇"多显得任性。

丘为"不遇"起来就略为温和一点。

国忧未必大过乡愁

《登金陵凤凰台》

李　白

凤凰台上凤凰游，凤去台空江自流。

吴宫花草埋幽径，晋代衣冠成古丘。

三山半落青天外，二水中分白鹭洲。

总为浮云能蔽日，长安不见使人愁。

一首好诗是能听得到声音的，有的似编钟，有的似胡笳，有的似磬，有的似箫……非要对号入座，杜甫如编钟，王昌龄似胡笳，常健似磬，杜牧似箫……

这么一说又觉得无趣了。

古人大多时候也是无趣的，无趣时就把李白的《凤凰台》拿来与崔颢的《黄鹤楼》放在一起上演《楼台会》，而后众说纷纭。我对这两首诗的感受是：它们是两个不同的调，崔颢是降 b 调，李白似乎有往这个方向靠拢的意思，但他终究还是在 f 调上。

李白有自己习惯的调，这事自然是不能拿来比较的。李白的《凤凰台》与崔颢的《黄鹤楼》有个最大的区别：崔颢像是先有了词，然后根据词来谱的曲，而李白像是在往一首曲子里填词，这说明李白还是没能摆脱《黄鹤楼》。之所以这枝清水中长出的芙蓉、有着独特气质的大诗人会深受影响，主要是李白在诗歌气息上的追求与崔颢略有相近之处。虽说凤凰与黄鹤都属于禽类，但黄鹤的鸣声还是要传得更远一些。

无论是"陟彼高岗"还是"陟彼岵兮"，古人写登临题材的诗就是要站得高，站得高望得才远，发出的"声音"当然也要传得远，恨不能远方的亲人当时就可以听得到，如若还是啾啾细声那就无趣了。元、白是绝对不擅长此种题材的，元、白重点关注的是自家院儿里发生的事情，最多再关心一下别人家院儿里发生的事情，然后有了《莺莺传》和《长恨歌》。到后来苏东坡看出了他们这个短板，于是乎去跟宋朝皇帝商量了一下：能不能走个后门，把我给发配了？

李白是写什么都有民间歌行的调子，像极一只被放生陇西的鹦鹉。但他的绝句除外。

明代人瞿佑议论崔颢的《黄鹤楼》结句时说："'日暮乡关何处是，烟波江上使人愁'，是乡愁，李白的《凤凰台》结在'总为浮云能蔽日，长安不见使人愁'，是国忧，国忧远过乡愁之念。"瞿佑的这个说法并不是站在诗歌的立场上产生的，对于诗歌，乡愁、国忧都有着更深远的映射。若是站在当代知识分子的立场上，国忧是一沓厚厚的钞票，乡愁是才离开故乡又回到故乡……国忧未必远过乡愁之念。

据宋人说，李白登黄鹤楼看到崔颢题的这首诗，苦于"眼前有景道不得，崔颢题诗在上头"。但为了与崔颢一较高下，他跑到金陵凤凰台去题了这首《登金陵凤凰台》。

宋人很有意思，宋人的小气是故意的。

朝阳鸣凤

《早发白帝城》

李　白

朝辞白帝彩云间，千里江陵一日还。
两岸猿声啼不住，轻舟已过万重山。

如果说杜甫是骑着鲁班用木头做成的木鸠上天的凡人，那李白就是王母宴会上吃醉了酒，回家时从茅龙背上掉落凡间的神仙。

这么说似乎太啰唆了，但我也是有目的的。说到"鲁班"，主要是为了说明杜甫的工稳，提到"木鸠"，则是为了强调杜甫的工稳已经到了一种神鬼莫测、浑然天成的地步。说了"凡人"，是为了申明他的儒雅。李白是"神仙"，这个事情唐人早就识破了，他可能还是个靠吐纳功夫得道的神仙。

读李白如观云，读杜甫似看山，李白的东西好就好在杜甫不能道。

朝辞白帝彩云间。

同是迅捷语，杜甫的"即从巴峡穿巫峡，便下襄阳向洛阳"尚属词客意，而李白的"两岸猿声啼不住，轻舟已过万重山"乃是谪仙意。何须去读《蜀道难》，一句"朝辞白帝彩云间"，便知李白是谪仙人。

两岸猿声啼不住。

此诗的妙处却在"两岸猿声啼不住"一句。从现实角度来考虑，猿在山中长啸，不过十里两三声罢了，转联曰"啼不住"，映衬出此"轻舟"经过之迅急。我们今天读来，一边惋慨古时候的生态环境真好，另一方面嘉叹李白确实善于夸张。

从诗歌精神上来说，"哀猿啼一声，客泪迸林薮"，唐代诗人贯以猿啼兴己之悲。当然，有一个好事的"哲学家"刘禹锡指出这是人自己悲伤，不关猿的事。他说："个里愁人肠自断，由来不是此声悲。"他大概是受过离坚白派的影响。

李白此处猿啼则一改往昔，乃是精神上的振奋、喜悦，之所以能达到这样的效果，这与唐人向来"听猿实下三声泪"息息相关，正因它借了千古愁猿啼出的词人悲调之力，诗中的"啼不住"才能令人瞬息千里，有一种扫尽前尘、云开雾散，一下子转悲为喜的轻快。

轻舟已过万重山。

这个句子太洒脱了！读起来好像人间的所有悲愁、磨难一霎间全消散了。

古琴美在"独"

《听蜀僧濬弹琴》
李 白

蜀僧抱绿绮，西下峨眉峰。
为我一挥手，如听万壑松。
客心洗流水，馀响入霜钟。
不觉碧山暮，秋云暗几重。

"如听万壑松"好，好的东西大家都想要。"万壑松"早就被拿去做了琴铭。李白此诗中的"绿绮"也是一张价值连城的名琴，好在它失传了。

"为我一挥手"，单这形态就很潇洒，虽然未听见蜀僧弹琴，倒叫人产生了联想。古人弹琴一定是很好看的，一抹一挑都足韵味，一拨一刺都是优雅的。今人弹琴，琴声很难把我吸进去，于是注意力就落到了姿态和运指上，恍惚看到了银行里的工作人员，右手熟练地在键盘上敲击，绑着橡皮筋的左手迅疾地翻动支票，时不时也"为我一挥手"，一枚公章就盖上去了。

客心洗流水，馀响入霜钟。

弹琴能让人听到"流水"的，他的琴格可谓之"清"；能听得到"霜钟"的，可谓之"宏"。

徐上瀛的《溪山琴况》中有"清"、"宏"二况（事实上到底有没有"宏"我记不清了）。这部琴学经典既好在物理上，又好在哲理上。就拿"清"这一况来说，"清"出于"实"，下指若不实则音"浊"，这属于物理，人心若朴实那也可称得上"清"了，道家常有"清虚"一词，现在看来清实才好，这属于哲学。

上边说的是琴理。古琴的审美很大一部分来自于"独"，李白听到了"流水"、"霜钟"、万壑松风……听到蜀僧未下峨眉峰之前习惯流水一语琴一语，住的茅屋保不定也是白云半间他半间，平日里尽跟这些打交道了。

蜀僧这个"独"不是自闭症，他超越了小我，接近了真我，这时他玩儿的圈子也发生了变化，更容易亲近自然、山水，根本没时间去招呼七大姑八大姨，他甚至觉得七大姑八大姨的发型都不自然，于是七大姑八大姨很生气，觉得他太"独"，找来孔圣人劝劝。孔子来说了一句："慎独！"蜀僧一琢磨，这其中的意思也并不是不能"独"，只是要谨慎，圣人的话也要长点心眼儿才能读得懂。

唐人听琴的诗不少，写的各有各的好，但与李颀相比都是隔靴搔痒。李颀有一种手艺：把音乐转换成文字。其他人只是写听琴的感受或对古琴的理解罢了。韩愈、白居易、苏东坡等人都学过李颀这种手艺，终究禀赋不足，难以登峰。

我一直以为读琴诗能听得到琴的是上乘，只是领略到琴韵或诗人自己陶醉其中的是下乘，李白是下乘，刘长卿也是下乘，李颀是上乘。

谪仙的人间游记

《蜀道难》
李　白

噫吁嚱，危乎高哉！

蜀道之难，难于上青天！

蚕丛及鱼凫，开国何茫然。

尔来四万八千岁，不与秦塞通人烟。

西当太白有鸟道，可以横绝峨眉巅。

地崩山摧壮士死，然后天梯石栈方钩连。

上有六龙回日之高标，下有冲波逆折之回川。

黄鹤之飞尚不得过，猿猱欲度愁攀援。

青泥何盘盘，百步九折萦岩峦。

扪参历井仰胁息，以手抚膺坐长叹。

问君西游何时还，畏途巉岩不可攀。

但见悲鸟号古木，雄飞从雌绕林间。

又闻子规啼夜月，愁空山。

蜀道之难，难于上青天！使人听此凋朱颜。

连峰去天不盈尺，枯松倒挂倚绝壁。

飞湍瀑流争喧豗，砯崖转石万壑雷。

其险也如此，嗟尔远道之人胡为乎来哉！

剑阁峥嵘而崔嵬，一夫当关，万夫莫开。

所守或匪亲，化为狼与豺。

朝避猛虎，夕避长蛇，磨牙吮血，杀人如麻。

锦城虽云乐，不如早还家。

蜀道之难，难于上青天，侧身西望长咨嗟。

李白写"雄飞从雌绕林间"，我非常喜欢这个句子，因为我分不清鸟的雌雄。

"蜀道难，难于上青天"，人活着不容易，李白写蜀道难，也是在写人间行路难。"青天"自是能一目千里，带翅膀的还可以扶摇而上，可地上不是弯弯绕绕，就是沟沟坎坎，哪儿有那么多的坦途给人走。李白的《蜀道难》就像是一篇谪仙的人间游记。

杜甫当年赴成都草堂，途中也发此种感慨："生理只凭黄阁老，衰颜欲付紫金丹。三年奔走空皮骨，信有人间行路难。"我曾沿着杜甫的脚步入蜀，幸亏是在穿越云霄的"蜀道不难"高速公路竣工之前——之所以叫它"蜀道不难"高速公路，是因为我也不知道它的名字。现在读起诗来所历之景宛然在目。

《蜀道难》篇幅虽短，途中景色却无所不包。李白两度入长安，《蜀道难》是李白第一次入长安时所作，他在诗中铺叙有条，"青泥何盘盘"，先是经陈仓道过青泥岭，"剑阁峥嵘而崔嵬"，又经金牛道过剑阁，行程很清楚。

"百步九折萦岩峦"，青泥岭素以岭高雨频、道路泥泞而得名，是古蜀道中最为艰难险阻的一段。唐人当时入蜀多行此道，到了北宋这条道就已被废弃，基本上没人走了。"连峰去天不盈尺，枯松倒挂倚绝壁。飞湍瀑流争喧豗，砯崖转石万壑雷"，人都说此乃李白瑰奇之句，在走过这条路的人来看，实为当时景象。曩昔我过剑门关时，仰望如宝剑一般插入苍天的峰峦，四处崩落的巨石，想过许多形容词，感慨都不过李白的"峥嵘崔嵬"四字。

《蜀道难》在唐代已有一些说法，唐人范摅认为李白作《蜀道难》是为房琯、杜甫二人担忧，怕他们落入严武的虎口；清人沈德潜认为此诗是为躲避安史之乱逃亡蜀地的唐玄宗担忧。而经后人考证了《蜀道难》的创作时间，很可能是玄宗天宝元载至天宝三载所作（公元742年至744年），此时安史之乱尚未发生，房琯、杜甫也尚未入蜀，看来范摅、沈德潜真是替古人担忧了。

锦城虽云乐，不如早还家。

或许是范摅他们看到了"锦城虽云乐，不如早还家"，总觉得这里边在暗示什么事情，于是就找人来对号入座。这句也是全篇的落脚之处，只因它无所暗示、无所影射，才是千古绝响。这里似乎蕴含着诸如"莫是长安行乐处，空令岁月易蹉跎"、"春草年年绿，王孙归不归"等等这类盛唐时特有的温厚警策。

唐人殷璠说："白性嗜酒，志不拘检，常林栖十数载，故其为文章，率皆纵逸。至如《蜀道难》等篇，可谓奇之又奇。然自骚人以还，鲜有此体调也。"他说"鲜有此调"，想必是天宝年间的诗人多是豪门望族，哪里走过蜀道，看到李白的《蜀道难》集体咋舌。

自古以来的仕人群体，所缺的正是李白这种横空出世的人。只有这种人才能让桎梏的文字看到绚丽的色彩，才能让那些作壁上观的仕人看到什么叫"艺术源于生活"。李白写《蜀道难》，他就像导游一样，带着中原那些文人士大夫们体验一把极限运动，玩一次野外生存，感受一下生命的真谛。

李白此诗中"尔来四万八千岁"、"上有六龙回日之高标"、"黄鹤之飞尚不得过"、"百步九折萦岩峦"，处处都夸张到了极致，读来不但不会觉得奇怪，反而为之震撼、感叹蜀道的艰险。杜甫偶尔说了句"霜皮溜雨四十围，黛色参天二千尺"，却被宋人讥谑，直径七尺粗的树高却达"二千尺"，这树是不是太细长了？若杜工部听到了，亦会为之嗫嚅。

"蜀道难"，世道艰辛。若论阅历，我们要比李白老一千多岁呢！慢慢唏嘘。

一个人的实验话剧

《月下独酌》

李 白

花间一壶酒，独酌无相亲。

举杯邀明月，对影成三人。

月既不解饮，影徒随我身。

暂伴月将影，行乐须及春。

我歌月徘徊，我舞影零乱。

醒时同交欢，醉后各分散。

永结无情游，相期邈云汉。

李白《月下独酌》瓣香陶渊明"挥杯劝孤影"，只是他的笔墨更乐于写这个醉酒的状态。

Wadsworth 说："诗是冷却下来的热情。"诗人下笔是极冷静的，冷静到可以照见大千世界，更冷静的时候还可以通过大千世界照见自己。

李白的"兴酣落笔摇五岳"是醉汉话，妙在他醉后他的那支笔却是清醒的，可以将他醉时所歌完整地记录，并且记得不简不繁，不幽不迫，收放有度，卷舒自如。《月下独酌》即如是。

《月下独酌》本是独酌，李白却邀来了"月"与"影"，这在其他诗人显然是办不到的，李白有仙家的背景。月亮，是身外之物；影子，是物中之身。还有这个孤独的"我"，这三者之间的哲学关系诗人当然不论，留着让哲学家们好好混饭去。诗人的旷达在"行乐须及春"上，诗人的孤独在"相期邈云汉"上。

明月、"我"与孤影，竟上演了世间所有的凡情俗态。正是"三杯通大道，一斗合自然"的结果。

《月下独酌》，一场一个人的实验话剧。

见梅思迁

112

女人与梅子

《长干行》

李　白

妾发初覆额，折花门前剧。

郎骑竹马来，绕床弄青梅。

同居长干里，两小无嫌猜。

十四为君妇，羞颜未尝开。

低头向暗壁，千唤不一回。

十五始展眉，愿同尘与灰。

常存抱柱信，岂上望夫台。

十六君远行，瞿塘滟滪堆。

五月不可触，猿声天上哀。

门前迟行迹，一一生绿苔。

苔深不能扫，落叶秋风早。

八月蝴蝶黄，双飞西园草。

感此伤妾心，坐愁红颜老。

早晚下三巴，预将书报家。

相迎不道远，直至长风沙。

结了婚之后"郎"干吗去了？做生意去了。在唐代出"长干"而过"滟滪堆"离开的男人，基本上可以肯定他是做生意去了。

从《诗经·氓》伊始，关于"郎"是靠不住的这件事情被文人们广泛宣传了上千年，像什么"嫁得瞿塘贾，朝朝误妾期。早知潮有信，嫁与弄潮儿"等。"郎"给人留下的印象不是郎骑竹马的郎，而是狼心狗肺的狼。古代的文人们也不知道安的什么心，似乎抱着要商人断子绝孙的夙愿来抒发他们自己对人生的失望。

李白的《长干行》是乐府旧题，题下原有两篇，此为其一。

其二是"忆妾深闺里"。黄庭坚说是李益所作，乱入李白诗中的，原因大概是李益有那个"痴妒尚书李十郎"的外号。不知道黄庭坚有没有别的证据，果真如所说，那这种诗歌的鉴赏能力太高明了。如果不是事实，那么，就是黄庭坚的一个幽默。

古人的幽默感现代人大概很难理解，从李益"散灰扃户"，我想起了另一个有趣儿的事：投梭折齿。

这是谢鲲干的事，他看到邻家女孩是个大美女，就经常试探着挑逗，结果被人家扔出来织布的梭子正好打掉了两颗门牙。谢鲲是堂堂两晋名士，官至豫章太守，一生多少功绩，唐人偏偏就把这件事记载到史书《晋书·谢鲲传》里，向千秋万代的后人讲述谢鲲的性情，这就是唐人的幽默。

李白《长干行》从"郎骑竹马来"句到"一一生绿苔"，突出了青梅竹马之情，用了委婉的"上平十灰"韵；从"苔深不能扫"到"坐愁红颜老"以景起兴，用了比较仓促的"上声十九皓"韵，从"早晚下三巴"到"直至长风沙"，又用了较为淡远的"下平六麻"韵。后来学诗的人可以对每个韵所具有的感情色彩和表现力做一些总结，但诗人当时创作的时候总是有感而发的，不会找好了韵部再去往里边填，何况是李白这样的诗人。

李白的底蕴大半来源于古乐府歌行。看他"十四"、"十五"、"十六"，似见汉乐府《孔雀东南飞》、梁武帝《河中之水歌》。

女儿青春似金，"十四"、"十五"、"十六"，这种流水账般的写法唐人多有效仿，如崔颢《邯郸宫人怨》中就有"五岁名为阿娇女。七岁丰茸好颜色，八岁黠惠能言语。十三兄弟教诗书，十五青楼学歌舞……"

相迎不道远，直至长风沙。

"郎"终于回来了！在外打拼了几千年，"郎"骑着竹马直上云霄，人称"马云"。

是她的贞操,也是她的放浪

《春思》

李　白

燕草如碧丝,秦桑低绿枝。

当君怀归日,是妾断肠时。

春风不相识,何事入罗帏?

晚上陪着家人看一个叫《我是歌手》的节目,听黄绮珊唱《等待》。

我突然有这么一个想法:要是请李白、玄宗、杨妃他们听听是什么情况?他们大概会觉得这样唱歌太不含蓄了,有失风雅。玄宗说这简直就是嘶吼,不过也不一定,这个题目还是好的,等待……

李白的"秦桑低绿枝"是"等待",《诗经》里很多人也在"等待"。唯有等待之人可以看到秦桑的绿枝都低了。

《诗》曰:"旄丘之葛兮,何诞之节兮?"等待的人还看到了旄丘上的葛枝长得那么长。最坏的结果是:人生最美的时刻都在等待。

春风不相识,何事入罗帏?

《乐府诗集》中有"微风吹闺闼，罗帷自飘扬"；《子夜四时歌》中有"春风复多情，吹我罗裳开"。诗的出处我是从不考证的，只是人云亦云而已，但我知道，前者是噤若寒蝉的自恋，后者是摇曳多姿的孤独。

这些看上去都没有李白的"何事"问得好。李白给乐府诗句画上问号，这很像盛唐人的作风。

"春风不相识，何事入罗帏?"这是她的贞操，也是她的放浪。

诗就在"举头"和"低头"间

《静夜思》

李　白

床前明月光，疑是地上霜。
举头望明月，低头思故乡。

"举头望明月，低头思故乡"，你说李白说了什么？不过是个"思故乡"罢了，可说自己思故乡的诗人多了，思到连邮票都贴上去的也有，为何李白这首《静夜思》为人脍炙？

诗就在"举头"和"低头"间。

"举头望明月"，明月多远啊！"低头思故乡"，对于羁泊异乡的人来说，故乡也不近。游子看到明月，容易惹起乡思，可故乡再远有明月远吗？思恋故乡，也许只有游子才会有这样的深情，当明月照见一个殊方游子之时，他"归心折大刀"，他知道明月同时也照着他的故乡和亲人，他甚至能望见故乡在云的另一端。这种"回不去"比道路的渺茫和人世的聚散更远。

现在许多农村的年轻人去城里打工，随着他们年龄的增长，会渐渐觉得最好的地方还是家乡。但家乡已经变了，戏台被拆掉，槐树、桑树、媒婆、神婆都已不知去向。"在世谁非客"，故乡可以回去吗？我想，回不回得去并不重要，重要的是你爱不爱故乡，思不思故乡。

诗人是最爱故乡的人，"举头望明月，低头思故乡"，这爱有多么真；"近乡情更怯，不敢问来人"，这爱有多么浓；"月是故乡明"，这爱又是何等痴。"不知何处是他乡"，唐代的诗人都有恋家癖，只有吃醉了吴姬酿造的酒时才会故作此洒脱语。当代才是李、杜的天下，真正坐实了李、杜"不知何处是他乡"和"莫思身外无穷事"的诗意。

这么一来就变得无趣了，没了对泥土的热情、对草木的热情、对鸟兽的热情、对雨雪的热情、对虫豸的热情、对星宿的热情、对河水的热情、对山石的热情……在一个大彻大悟的时代，唐诗实际上并不感人。

我们或许只能透过唐诗去回忆：

等待是一种美，阻隔是一种美，孤独是一种美，惆怅是一种美，距离是一种美……

一只情商极高的大鹏

《清平调三首》
李　白

其一

云想衣裳花想容，春风拂槛露华浓。
若非群玉山头见，会向瑶台月下逢。

其二

一枝红艳露凝香，云雨巫山枉断肠。
借问汉宫谁得似，可怜飞燕倚新妆。

其三

名花倾国两相欢，长得君王带笑看。
解释春风无限恨，沉香亭北倚阑干。

李白"云想衣裳花想容"，这句诗的好处在于我见过许多版本的解释：

一、"见云之灿烂，想其衣之华艳"；二、"云想变作她的衣裳"；三、云想她的衣裳……好的诗歌往往可以有许多种理解，就像《诗经》那样，给后人想象的空间，或者是给后人找麻烦。

我喜欢读《诗经》，同样乐于看到《诗经》给后人找的麻烦，有时候"麻烦"比诗本身更好看。至于"云想衣裳花想容"，虽说理解有所不同，但大家对这个"想"字还是津津乐道，这种简洁、生动的语言是唐诗的特色。诗贵在对面落笔，如果说美人是如花一般的美人，这并不高明，但要像《西游记》第六十回写玉面公主那样，说美人"如花解语"，便是善于比喻了。

我更愿意把"云想衣裳花想容"理解为"云想衣裳花想容"，而非（见）云想（到）衣裳，（见）花想（到）容，更不可能变衣裳什么的，这么一来诗就不只是有比兴了，还有拟人，就像杜甫写月："兔应疑鹤发，蟾亦恋雕裘。"把无情写得有情。

诗人是最好的裁缝，好的剪裁会使诗歌具有高度的概括美、意象美、简约美、指代美……同样，杜甫的"感时花溅泪"——"感时（见到）花（而）溅泪"，也是得益于高度凝练的语言下使得感情突兀。"云想衣裳"把我们的理解全部都剪掉了，它就是"云想衣裳"，不偏不倚的唐诗语言。

"解释春风无限恨"，李白写名花美人，千古犹新的欢愉景象，写到连"恨"字都带出来了，这也是对面落笔。

清人黄生一见此字便想到了《左传》里的"君非姬氏，居不安，食不饱……"这是晋国的太子说他父亲晋献公如果没有了骊姬，会睡不安，吃不饱……晋献公深爱着骊姬，纵然骊姬有过也不离开她，以致发生后来的晋国骊姬之乱。黄生把这事与李白笔下的"解释春风无限恨"联系在一起，他说本来无恨可解释，若说有，那便是此类事。古人真是警策。

李白的《清平调三首》也有人觉得不厌人意。如清人毛先舒就说："太白《清平调三首》词'云想衣裳花想容'，二'想'字已落填词纤境；'若非'、'会向'，居然滑调。'一枝红艳'、'君王带笑'，了无高趣，小石跻之坦途耳……"（《诗辩坻》）

　　虽说有些诗是远观近看都好，随便你怎么解析，甚至大卸八块，再重新拼凑出来都很好，有些则不然。李白的诗近看常常就是白茫茫一片，而远观时自有卷舒。我以为李白的《清平调三首》，起有"云想衣裳花想容"，结有"解释春风无限恨"，有此两笔即不忝"诗仙"骨骼了，若无此两句，后生可到者就多了。

　　李白的《清平调三首》其一，欲写杨妃之美，却着手云与花，落在花上。其二着手于花之艳，却穿梭于历史之中，落在杨妃之美上。其三花与美人并写，却归到君、扯出恨，落在春风上。如此曲尽其美，使后人再无言以对。

　　《易经》中说："云从龙，风从虎。"同声相应，同气相求，各从其类，这是中国古代哲人开阔的世界观。诗人说"云想衣裳花想容"、"解释春风无限恨"，"风"、"云"在诗人那里成了一种人情。

　　我们今天要向世界展现中国文化，先应该介绍一下中国的"风"和"云"。

哭花了妆的女子

《怨情》

李 白

美人卷珠帘，深坐颦蛾眉。

但见泪痕湿，不知心恨谁。

"美人之恨，盖有不可语人者"，估计明代人唐汝询造了不少孽。

如果不是有李白的诗在，我想，就他这一句也能算得上好文章。唐代善于写闺怨的薛维翰也有一首五绝："美人怨何深，含情倚金阁。不笑不复语，珠泪纷纷落。"与李白此诗仿佛。

美人之恨，有不可语人者。王维写过"看花满眼泪，不共楚王言"，这位美人的泪叫宁王满心可怜，但却又与她"脉脉不得语"，宁王何曾这么孽障过？而张祜写过"一声何满子，双泪落君前"，他真的这么脆弱吗……

"故将别语恼佳人，欲看梨花枝上雨"，苏东坡这个人"老不正经"（这"老不正经"是我听苏东坡一位朋友的老婆说的，详情见京剧《狮吼记》）。苏东坡故意拿离别的话说给佳人，惹得佳人哭成个泪人儿，他这时来欣赏这位好似带雨梨花一般的美人。"哭成个泪人儿"，多少古典小说、戏剧里都这么描述，这"泪人儿"

多可人怜啊！苏东坡赏着这可怜劲儿，诙谐了一把，这是他白乐天般的情怀。

但见泪痕湿，不知心恨谁。

王维赏着这可怜劲儿，一不小心写出了人间的失望；张祜赏着这可怜劲儿，又一个不小心，写出了人间的荣辱。而李白的"但见"、"不知"，则爱恨情殇无所不包，反正都是人间事，他是仙人，只有仙人才会这么冷静、这么决绝、这么事不关己地默默看着世人。

清人马位说："诸人用'泪'字莫及也。"说诸人莫及李白，是因为他人从这美人泪中写出的是些无奈的世间常态，而李白写出来的是世间无常。

有时走在街上，会看见哭花了妆的女子，便想起这诗。

一不小心！把《关山月》弹成了《骂情人》

《关山月》

李　白

明月出天山，苍茫云海间。

长风几万里，吹度玉门关。

汉下白登道，胡窥青海湾。

由来征战地，不见有人还。

戍客望边邑，思归多苦颜。

高楼当此夜，叹息未应闲。

　　我当初读唐诗的时候，有一种很天真的想法，觉得唐诗中的个把字也许是历代的文人不断琢炼出来的，现在完全没了这种念头。后来的文人只会糟践古人炼的字，像杜甫、李白这样的诗人，你能改动他一个字，他就不是杜甫、李白了。

　　李白的《关山月》中"戍客望边邑"一句，还有另一个流传更为广泛的版本是"戍客望边色"（有可能是被传抄时误写成了"戍客望边色"）。不单鲁鱼亥豕，"邑"和"色"写起来也很容易讹误。但还有一种可能，后来人看到了"色"，觉得挺好，反而以为"邑"是"色"的誊抄之误。

　　当然，我也不敢认定李白的原作一定就是"邑"，我缺乏具有说服力的论证，只觉得这个"色"在此处显得太大了，有些分神。

很多人认识到唐人的"风韵"之美，但忽视了唐人的"本分"之美。

唐人炼字颇有法度，这与唐人写字一样。乐府就要有乐府的味道，唐人炼出的字往往最在情理，又是最为质朴的，这样的字才有沧桑感。乐府、歌行更需要语言的通俗流畅，寄意过深，就不是唐人的东西了，唐人是越浅越深，越在情理也就越近乎人性，一旦寄意过深，那就被自我桎梏了。

"望边邑"是"戍客"最朴实的望法，而"望边色"一下就把戍客的苦闷释放了。苦闷时一切都黯然失色，或许也没那个闲情关心"边色"，这里更不需要律体诗那种句间情景"大"、"小"的对比，所以本分的"边邑"是最具韵味的写法。

诗歌这么一字之差就差很多。当然在李白那里不会这么费劲，他是用气在写诗，所到之处都是唯一选择。研究李白炼字没什么意义，反正李白是学不了的，我这是在帮清代的迂腐文人们做分析工作。杜甫也学不了，有些人认为可以学。关于《关山月》，说点别的好了，古琴曲中也有《关山月》，恰好填着李白的词。

古琴曲《关山月》为诸城派琴家王燕卿所传，最早见于《龙吟观谱》。后被王燕卿收入《梅庵琴谱》，成为梅庵派的重要曲目，这并无可道之处。但这里有一件有趣的事儿：诸城琴家张育瑾说此曲乃济南鸣盛社李见忠在大汶口听一歌妓抱着柳琴唱了一支小曲儿《骂情人》后，回来又经詹澂秋、岑体仁等人移植改编而成。济南的鸣盛社对当时也在济南教琴的王燕卿大为不满，认为他是听到了此曲后稍加点窜，更名为《关山月》。

王燕卿当时对此事一直保持沉默。直至九十年后，上述当事人早已经去世，江苏琴家谢孝苹在荷兰莱顿图书馆的高罗佩藏书中，发现了清嘉庆间山东人毛式郁的《龙吟馆琴谱》，真相才大白天下，原来王燕卿所弹的《关山月》果然与鸣盛社的所谓《骂情人》无关。这就是一个琴人的修养，被世人诬蔑，完全可以拿出来证据让诬蔑他的人打脸，但却把真相带进棺材里，把面子留给人家，王燕卿太潇洒了。

到底是《关山月》还是《骂情人》？明代胡应麟评论李白的《关山月》说："浑雄之中，多少闲雅。"

李白雄浑，雄浑中又有哀婉。雄浑时可以称为《关山月》，哀婉时姑且叫个《骂情人》吧。"明月出天山，苍茫云海间"是《关山月》，"高楼当此夜，叹息未应闲"是《骂情人》。我想，这位山东的歌妓，抱着柳琴唱的一支小曲儿《骂情人》和王燕卿所传的《关山月》压根就是一回事，同宗同源。

曲子可以雄浑，可以幽怨，李白的诗也是如此。李白是民间乐府的大成就者，大成就者的手笔通常比较容易被讹传，一来他包罗万象，二来他招人揣摩，要是张籍、王健的诗，后世保准传不讹，传不讹的文艺作品在中国传统文艺之中根本算不上好的。

我弹《关山月》，弹的是蒋凤之的版本。蒋凤之是二胡演奏家，他的《关山月》有小女子气。这就好玩了，这样雄浑古远的题材，用一个小女子的哀婉幽怨拉出来大有古意。蒋与华都是大师，蒋凤之曾在北平大学女子文理学院、河北女子师范学院任过教。

我借鉴了蒋凤之。我想好了，如果人家说古琴乃大雅之音，不应该这么嗟怨多情，那我就干脆说弹的是《骂情人》好了。

听罢《骂情人》，如若再有人遇上负心汉，不如把天上的月亮好好骂一顿。

女人出神的时候

《玉阶怨》

李　白

玉阶生白露，夜久侵罗袜。

却下水晶帘，玲珑望秋月。

女人出神的时候是不可捉摸的，李白捕捉到了这其中的美。

南齐谢朓的《玉阶怨》，不外乎是《诗经》中《终风》之类余响，李白的《玉阶怨》则既未失此种民歌风味，又是一大超越，他使得此种古怨变得无比含蓄，所谓"不言怨而怨自生"。与他的《玉阶怨》相比，陆机的"黄昏履棋绝，愁来空雨面"、谢朓的"长夜缝罗衣，思君此何极"这样的句子都显得情浅语露。

此诗一、二句的"生"与"侵"，两个动词下的极有时空上的孤独感，何用缀言久驻？"玲珑"二字是反衬。这里还有一个次序上的调换，平常语法应当为"望秋月之玲珑"，但诗歌的语法可以是跳跃的、以表达情感为目的的，唐人善用这种置换，如王勃的"风烟望五津"。"望秋月之玲珑"，这不过只是抒情的语言罢了，而"玲珑望秋月"就成了一种"境"。如此寂寞未失，含怨未露。

诗的好处就是能超轶语言之外，使人身临其境，自个儿了办。"却下水晶帘，玲珑望秋月"，此时望月，偏偏又在下帘之后，这个孤独就深了。此诗虽名《玉阶怨》，历代也以怨恨论之，但其中境界远远出于"怨"字之外。

纵览历史上对此诗的评论，元人萧士赟说"无一字怨言，而隐然幽怨之意见于言外"；明人李沂说"不言怨而怨自深"；清人爱新觉罗·弘历说"妙写幽情，于无字处得之"。

可见盛唐法门多在"无一字"、"言外"、"不言"、"无字"中。

一休哥只拜杜甫像

《客至》

杜　甫

舍南舍北皆春水，但见群鸥日日来。

花径不曾缘客扫，蓬门今始为君开。

盘飧市远无兼味，樽酒家贫只旧醅。

肯与邻翁相对饮，隔篱呼取尽余杯。

诗有似脱口而出却叫人百读不厌的，就是杜甫《客至》这种。

这首诗是上元二年春天，杜甫五十岁时在成都草堂所作。成都的"杜甫草堂"我曾经去过，并以文字记录，抄上来几段，凑个字数：

（抄起！）不必问人，杜甫草堂我自己是可以找到的。它在"浣花溪水水西头"，这只是个大概的方位，详细地址是"万里桥西宅，百花潭北庄"。

进入草堂，几只栖鸟，一座古塔。眼前碧塘枯菏，没有冉冉香的红蕖。穿过"竹高鸣翡翠"的花茎，看到"才深四五尺"的秋水，环抱着杜甫草堂。工部说他这里"舍南舍北皆春水"，秋天来，相必要换成"秋水"了。少了日日来的群鸥，却有流连忘返的游人，少了羸瘦的少陵野老，仍然有驻辙江干的车马和来"看药栏"的人。

锦里烟尘外，杜甫没事儿干。闲下来的时候应该也会在这里游逛吧。诗人的幽兴像崇山峻岭中的一眼清泉，虽然"出山泉水浊"了，但只要在山时，泉水必是清澈的。"饱闻桤木三年大"，杜甫在这里种桤木；"新松恨不高千尺"，这里也有他种的松树；"高秋总馈贫人食"，还有他种的桃树。当然，他最喜欢的还是竹子，以至种到了"恶竹应须斩万竿"的地步。他喜欢竹子，但竹子的生殖能力太强，泛滥起来到处都是竹子，想题诗在上边弹压一下，可想了想，又怕晚上自己出来散步的时候看到了会伤神。

草堂附近曾住着八九户人家，有与他"隔篱呼取尽余杯"的老翁；有给他送樱桃的山野之人；有头戴乌角巾的"锦里先生"；还有自求解退的县令。杜甫最好是去忧国忧民，他闲下来的时候大概只有"悠然见南山"时期的陶渊明可以与他做邻居。此时，几千年来的田园诗人都显得那么可疑。

他寓居草堂时期的作品非常轻快，轻快到后来他听说剑外收复蓟北的消息，会一霎间写出"即从巴峡穿巫峡，便下襄阳向洛阳"这样迅疾的句子。这不像他一直以来沉郁的风格，可能正是因为有了这个时期的闲暇，他才会"掩颜谢之孤高，杂徐庾之流丽"吧。

草堂给杜甫提供了一个暂时栖身、歇息的幽居，他在这里"养拙"，在这里"远害"，在这里"避俗"，在这里偷懒，在这里为农，他深深地认识到了无才自婆娑的道理。他在这儿写了很多诗，写过"锦江春色来天地"，也写过《茅屋为秋风所破歌》，用一个诗友的话说，他都"布衾多年冷似铁"了，还关心人"黄四娘家花满蹊"。闲暇之时，一个诗人的烂漫处处能显现出来。

杜甫在成都时依靠的是时任成都尹、剑南节度使的严武。严武这个人是靠不住的，我用电脑打他名字时出来的都是"延误"。严武病逝之后，杜甫失去了唯一的依靠，只得携家告别成都，两年后经三峡流落荆、湘等地且不提，单说这草堂在杜甫离开之后便不复存在了。

五代前蜀时，韦应物的孙子韦庄来到这里寻得草堂遗址，打算长期在这儿住下。韦庄自己也是个诗人，加之入蜀之后官居宰相，正赶上他人生得意之时，于是他重结茅屋，使之得以保存。草堂重建至今经宋、元、明、清多次修复而成，这就不只是韦庄的功劳了，更得益于成都人是怀旧的。（抄止！）

现在说说杜甫在草堂写的《客至》。

此诗虽似脱口而出，但章法体格依然雄健，笔笔中锋才能如此恬淡。前半疏野，后半农家菜、陈年酒，这滋味真是举世无伦。这么说来此诗并没有什么好议论了。既然诗人难得闲下来，那咱就别添堵了，说说"闲"吧。

摩诘说"人闲桂花落"，杜甫闲的时候"但见群鸥日日来"。人闲下来时桂花才肯落去、群鸥才会游来吗？当然，人不闲的时候桂花也落，群鸥也日日来，却总是视若无睹，总是人与桂花，各忙各的。

无论是"桂花"还是"群鸥"，诗人都是通过所见来写生命本来的清静，这与陶渊明眼中的"南山"是一回事儿，通过"见"来写"性"。"见性"是个佛教名词，唐代受隋朝香火的熏蒸，佛教进入极盛时期，不少诗人佞佛，以王维最为高调，世称"诗佛"。王维一味参禅悟道，读来空漠冷寂。杜甫是"诗圣"，他不佞佛，他的闲情却处处能令人开悟。

他写"新松恨不高千尺，恶竹应须斩万竿"，这多像在修行；他写"穿花蛱蝶深深见，点水蜻蜓款款飞"，深深见了之后才能款款飞，这多像是一个阅尽人间世事后的超脱境界；他写"花径不曾缘客扫，蓬门今始为君开"，这又多像对待人事的从容，远比那些"犹嫌住久人知处，见拟移家更上山"的诗僧不知敞亮多少；他写"老妻画纸为棋局，稚子敲针作钓钩"就更有意思了，看来人间的纷争（所谓"棋局"）都是由女人（"老妻"）布局出来的，而年少时（"稚子"）谁又能逃开对名利的追求（"钓钩"）呢？这些都是杜甫的闲情，流水一般信口道出，却害得我旁生出来这么多的世情契悟。

一个人能把一件事情做出功夫的时候，就自然入了禅定。在我看来贝克汉姆那一脚弧线任意球就是禅。

听说日本室町时代临济宗的狂僧一休宗纯（我们熟识的一休哥）也并不拜佛，他只拜杜甫像。

强盗写诗的年代

《春宿左省》

杜　甫

花隐掖垣暮，啾啾栖鸟过。

星临万户动，月傍九霄多。

不寝听金钥，因风想玉珂。

明朝有封事，数问夜如何。

苏涣，江湖人称"白跖"，善用白弩。

这是唐人高仲武在《中兴间气集》中的记载。苏涣是何人？据说他曾到江浦的船上拜访过杜甫，杜甫还称赞过他的诗。诗歌在唐代的普及度太高了，但凡官员诗作得都不错，后世也都有很高的评论，唐代就连伎女、侠盗都会作诗。

李涉在去九江的路上曾遇见一群强盗，得知他是大诗人李涉之后不但没抢，反而送给他很多财物（这比抢还麻烦），临别还求他题首诗再走，李涉留下了一首绝句：

暮雨潇潇江上村，绿林豪客夜知闻。他时不用逃名姓，世上于今半是君。（《井栏砂宿遇夜客》）

这件事在范摅的《云溪友议》和《唐诗纪事》中均有记载，

想必是真事儿。

大多数唐人的诗歌我觉得应该是可以评说的，但在杜甫这里则不可以说，如果可以，那评诗之人当如兔丝女萝。杜甫的"国破山河在，城春草木深"，评注者饶多，究极其中"无余物"、"无人矣"……实不过是句凄凉语罢了。有人说杜甫起句往往信手拈来，如"花隐掖垣暮，啾啾栖鸟过"，丝丝扣题。诗人哪儿有什么题，大部分实乃写罢加之。更有人说杜甫真正过人之处是只把寻常话作诗。这些似乎都是盲人摸象，总有一些人和古陶罐儿上的"神人"一样，有着难以说清的神秘力量。

杜诗曰："风雨时时龙一吟。"只有杜甫可以听见龙吟。

此诗"星动"、"月多"，也同样不是世俗之人可见的，唯杜甫可见。杜甫常常能看见星垂月涌，就像凡·高的《星夜》，也只有凡·高才能看到这样的夜。杜甫对于自然、值夜的爱远远大于自然、值夜本身，他的灵魂永远都是滚烫的。

"星临万户动，月傍九霄多"时，他看到了天地，看到了整个长安城，"不寝听金钥，因风想玉珂"时他又成了一个恪尽职守、唯恐耽误明早上朝的正直官员。我还是要说，能写出"星临万户动，月傍九霄多"的人有，能写出"不寝听金钥，因风想玉珂"的人也有，但能在"星临万户动，月傍九霄多"后接上"不寝听金钥，因风想玉珂"的人只有杜甫。他在诗歌中总有着意想不到的张弛力，同时他的诗歌又有极其丰富的画面感。现在想起他的绝句二十首，满眼都是帧帧水墨册页。

水墨册页除了蒲华、虚谷，我还是很喜欢齐白石的。齐白石说到底还是文人画，但他也是近现代的视觉大师。杜甫"请看石上藤萝月，已映洲前芦荻花"、"霜黄碧梧白鹤栖"、"桃花细逐杨花落，黄鸟时兼白鸟飞"……他是诗歌中的视觉大师。

星临万户动，月傍九霄多。

凡·高先生当年要是学会汉语，不会觉得自己是孤单的。

丧乱中的弃妇

《佳人》

杜　甫

绝代有佳人，幽居在空谷。

自云良家女，零落依草木。

关中昔丧乱，兄弟遭杀戮。

官高何足论，不得收骨肉。

世情恶衰歇，万事随转烛。

夫婿轻薄儿，新人美如玉。

合昏尚知时，鸳鸯不独宿。

但见新人笑，那闻旧人哭。

在山泉水清，出山泉水浊。

侍婢卖珠回，牵萝补茅屋。

摘花不插发，采柏动盈掬。

天寒翠袖薄，日暮倚修竹。

　　昆剧《邯郸梦》一开场，单落花阻了南天门一事就已美不胜收了。

　　好诗理应如此，刚读了第一句，已然令人寻味。"绝代有佳人，幽居在空谷"，这位佳人为何要"幽居在空谷"呢？

这是一位高洁的女子，她赶上了一个"丧败"、"杀戮"、"衰歇"，甚至"饥寒"的年代，此时她的美与德化成了深深寂寞，令人心生怜悯。这第一句"绝代有佳人，幽居在空谷"奠定了全篇的基调，末句以景作结，情景真切，将人带入诗中，见证一下佳人的高洁。

"摘花不插发"，看到此句我又陷了进去：她摘花来做什么？一定有别的用途。摘花采柏，她大概是要拿去做些营生。无论她"摘花"来做什么，总之不是为了装扮自己，又一下子隐隐看到她未"零落"时候的光艳，这比打扮更妙，必定劳动时的女性最美。

"摘花不插发"时期的杜甫写文章也是这样，不为仕途，这时的文章才对火候。

篇中的"笑、哭、清、浊"四句是一派老成世情，好在有经历却坚贞，有世故又带着洒脱，大约"幽居"的时日长了，自然也就洒脱了。于世故之中脱净尘俗，这是佳人，这也是杜工部。

读杜甫的《佳人》一篇时，可以管平湖的《幽兰》佐之。

《幽兰》是否为孔子所作，这无从考证，我相信它不是出于孔子之手，孔子不会这样纯粹。

《诗经》中有一篇《中谷有蓷》，毛序言其"悯周"也。杜甫的《佳人》作于天宝之乱后，亦有悲悯世事之意，我从中看到了那时唐代的残破。

写五古，一定要讲究步骤，如果原地蹀躞就没意思了。这首诗大致可以分为三段："绝代有佳人"句领全篇，自为一段。"自云良家女"至"出山泉水浊"皆代佳人语，叙述接议论，中有几处比喻甚为贴切，又成一段。"侍婢卖珠回"至末为第三段，以景作结，高洁之美都到画中去了。

想想杜甫除了讲述她的故事之外，并没有怎么去描述她的形态，但就这结尾"摘花不插发，采柏动盈掬。天寒翠袖薄，日暮倚修竹"缺略几句，《佳人》的气质已不同凡响。

这个从丧乱中来的弃妇比云中仙子更高洁。

这个时代只缺一个可以赠诗的内人

《月夜》

杜　甫

今夜鄜州月，闺中只独看。

遥怜小儿女，未解忆长安。

香雾云鬟湿，清辉玉臂寒。

何时倚虚幌，双照泪痕干。

杜甫这个人的桃花运极不好，他把节省下来的精力全用在诗歌上。

杜甫写给女性的诗寥寥无几，仅有的还都是写给自己老婆的。好不容易遇上一位绝世而独立的《佳人》，孤男寡女邂逅空谷，独处一室，四目相对，他却毫不怜香惜玉地跟人家谈起了世道和节操。

这许是杜甫的老婆"杨氏"聪明贤惠，杜甫只爱他的妻子。杜甫在三十岁的时候娶了洛阳司农杨怡的女儿杨氏为妻，杨氏为他生有宗文、宗武、宗红两男一女，还有一个孩子，可惜出生不久饿死了。

"老妻画纸为棋局，稚子敲针做钓钩"，杜甫和杨氏经常在一起下棋，有时也谈天说地。杜甫新写一首诗，杨氏看了看说："不好不好!"他立即揉掉了。生活艰辛，辗转奔波，连个棋盘都没有，杨氏就拿纸画一个，不减其乐，只要有杜甫在身边，她就是世间最幸福的女人。杜甫也乐于活在老妻的棋局里。有些男人看似风流，实为命苦，没遇到一个对的人。女以男为家，男以女为室，贤明的杨氏给杜甫安了心，于是乎，杜甫可以做诗中的圣人了。

今夜鄜州月，闺中只独看。

《月夜》只读首联，不减初唐人开阔气象。元朝诗人方回说此诗"与乃祖诗骨格声音相似"。的确，有杜审言的深情在，热爱老婆，这大概是杜家的家风。清人吴瞻泰的《杜诗提要》说这是"本写长安月，却偏陡写鄜州之月"的曲折之笔。实际上关于此诗吴瞻泰说得更为复杂，大概意思是：此类苦忆远怀之诗如果只写我忆某某人，只有一层意境，如果写某某人忆我，便两层意味，如果写我揣测某某人忆我，像"遍插茱萸少一人"或"今夜鄜州月，闺中只独看"，便是三层意味（注意是揣测），倘若揣测出某某人还不知忆我，那便意趣无限了，"遥怜小儿女，未解忆长安"便是此种。

吴瞻泰就是为了说明杜甫的《月夜》只前半便把上述这些意境全部包纳了，古人的所谓《陟岵》之法在杜甫这里不过才到第三层。看看，古代说诗的人多难缠。我们且不作吴瞻泰那么深入的剖析，此诗颔联用"小儿女"托一笔而倍觉这"闺中只独看"一句有致。高明的诗人善用旁笔，王昌龄《闺怨》中的"不知愁"，杜甫此诗中的"未解忆"皆是。

香雾云鬟湿，清辉玉臂寒。

再看"香雾云鬟湿，清辉玉臂寒"，传袭了《卷耳》之法，视通千里，就像妻子正在眼前一样，时空不能将其阻隔，有这么一笔，思念之情就越发真切了。此类诗越是如相见般真切就越是离苦，至尾联只能做些期许。

试着展开谈论一下这句。"香雾"完全是思念中的气象，而"清辉"既在思念中，又涵盖了诗人当时的实境，一虚一实，总不离开同一月色。颈联的二、三句式中有个顿挫，强调了"香雾"和"清辉"的意境，将其跳跃在最先触动人的位置。这于绘画，似用浓墨；于音乐，如用重音；于诗歌更是别具匠心的停逗、安排。

五律本来就是最讲停逗、安排的，杜甫写律体诗尤为注重次序，遣词造句上次序的不同，出来的意境也就大不一样了。在某些时候，杜甫为了表现当时的场景给人最直观的感受，往往习惯让意象先行而情景事态随后，就是说他的写作方式真正落实了"意在笔先"这句话。如"绿垂风折笋，红绽雨肥梅"（《陪郑广文游何将军山林十首》），"绿垂"、"红绽"先映入读者眼帘，鲜明的视觉刺激直接感染人，而后再将事娓娓道来。又如"气色皇都近，金银佛寺开"（《龙门》），也是气象揽先，其次才取见闻和所思。从某种角度讲，他是用无邪之思把一切事物本身的美还原了。庄子说"天地有大美而不言"，未想竟托诗人之口而言之。

所有事物经人心、意、口说出，就已经不是那么美了，有了先后、内外、宾主、阶级种种分别，这些"偏见"即便是在五个字之中也会清楚地呈现出来，而杜甫的诗歌像一种还原归真法门，他用一颗天真烂漫的心描述着一切，少了人的"偏见"，事物本身已经是美不胜收了。

我们试看一下今人用现代汉语转化过的杜甫《月夜》：

"今夜在鄜州的上空有一轮皎洁的明月，我在这看明月，妻子一定一个人在闺房中独自望月：希望相公快点回来。幼小的儿女却还不懂思念在长安的父亲，还不能理解母亲对月怀人的心情。香雾沾湿了妻子的秀发，清冽的月光辉映着她雪白的双臂。什么时候才能和她一起倚着窗帷，仰望明月，让月光照干我们彼此的泪痕呢？"（摘自百度）

这么一来我们就看到了，这是何其平常的话，甚至有些絮叨，但是经过杜甫那极有穿透力的语言凝练，他的深情便渗了出来。

唐代有许多赠内诗，白居易刚结婚便写诗向妻子表明立场，自己是如同黔娄那样有追求的人，虽然赚的只能够个温饱，但是愿与妻子保贫抱素，欣欣偕老，说得有理有据。当然，嫁给白居易的好处还真就在"欣欣"上，多年后他又给妻子赠诗说"贫中有等级，犹胜嫁黔娄"，这太幽默了！原来他自始至终都在跟人家黔娄比。

李白日日烂醉，觉得有些对不住妻子，便给妻子写诗："三百六十日，日日醉如泥。虽为李白妇，何异太常妻。"他把自己比作周泽。

如今我们这个时代，只缺一个可以赠诗的内人。

秋天的瘦孔子(一)

《阁夜》

杜　甫

岁暮阴阳催短景，天涯霜雪霁寒宵。
五更鼓角声悲壮，三峡星河影动摇。
野哭几家闻战伐，夷歌数处起渔樵。
卧龙跃马终黄土，人事音书漫寂寥。

　　杜诗世称"诗史"，并不止于其诗字字有来历，而正如元人杨维桢所说"其旨直而婉，其辞隐而见"。到底"隐"到什么程度了，史在老杜诗中，而人却不知。

　　宋人周紫芝在他的《竹坡诗话》中说：凡诗人作语，要令事在语中而人不知。余读太史公《天官书》："天一、枪、棓、矛、盾动摇，角大，兵起。"杜少陵诗云："五更鼓角声悲壮，三峡星河影动摇。"盖暗用迁语，而语中乃有用兵之意，诗至于此，可以为工也。

　　周紫芝从"三峡星河影动摇"中看到了司马迁的《史记》。宋以后的人喜欢把杜甫与司马迁并论，苏东坡的诗话大概就是此事的嚆矢。《东坡志林》有云：昨日见毕仲游，仆问杜甫似何人，仲游言似司马迁……

清人刘熙载又进一步解释了这一说法，"杜甫五七古叙事，节次波澜，离合断续，从《史记》中来，而苍莽雄直之气，亦逼近之。毕仲游但谓杜甫似司马迁而不系一辞，正欲使人自得耳。"

野哭几家闻战伐，夷歌数处起渔樵。

还有个版本"几"作"千"，"数"作"几"。

这样就成了"野哭千家闻战伐，夷歌几处起渔樵"，这显然是后世迂腐文人对杜诗的糟践。律体诗往往一字之差，气象就大变，这是无法忍受的。杜甫《阁夜》的颈联唯有"几家"、"数处"，才能以小见大，又与颔联互成远近，这才是杜甫诗歌语言的张力。如若五句为"千家"，仍然带着颔联洋洋大哉之气，那这转联在诗中的顿挫，气息在诗中的虚实，一下子全失去了平衡。

秋天的瘦孔子(二)

《八阵图》

杜 甫

功盖三分国，名成八阵图。

江流石不转，遗恨失吞吴。

我对历史不感兴趣，总觉得人类历史并不一定可靠。我对天文学也不感兴趣，总觉得那些行星、恒星、扫帚星什么的未必真的有。

读史不如读诗安逸。即便是读诗，我也并不关心它的历史背景，我坚持好诗都是跳出时空的，而历史就是天下乌鸦一般黑。

一些少儿读物总将律诗从中间裁开，只有一半，读起来也能自成一格，像白居易的《草》，竟然打小不知道后边还有一段。杜甫的绝句恰恰相反，读罢总觉得还有转、合，只是没有说出来。

在杜甫出生的五百年前，大耳朵刘备暮年伐吴，违背了当初与诸葛亮在隆中制定的"东连孙权，北据曹操"的战略方针，当然刘备也可能想此一时彼一时也，结果被陆逊大败于猇亭，回来后不久就病逝了，而当年的陆逊只有三十八岁。一个征战一生的老江湖被一个年轻人就这么结果了，不得不叫人感慨江东的浪。

我说"感慨"，杜甫说"遗恨"。杜甫以往写到武侯总是有"遗恨"的。"出师未捷身先死，长使英雄泪满襟"、"运移汉祚终难复，志决身歼军务劳"……这里都有"遗恨"，或者还有宿命什么的在里边，这大概也是他自己的照映——"伤己垂暮无成"（黄生语）。杜甫是名门之后（他的祖上可没少欺负刘备），只是到了他这里衰败成一个游吟诗人。

江流石不转，遗恨失吞吴。

等到宋代，杜甫知道了"诗圣"这件事情，他给苏东坡托了一个梦，来解释上边这句诗的含义。（苏东坡梦里的）杜甫说："世多误会予诗《八阵图》云：'江流石不转，遗恨失吞吴。'世人皆以谓先主、武侯欲与关羽复仇，故恨不能灭吴。非也。我意本谓吴、蜀唇齿之国，不当相图。晋之所以能取蜀者，以蜀有吞吴之意，此以为恨耳。"

苏东坡还对此展开了议论，他觉得杜甫死了近四百年了，仍然对诗耿耿于怀，真是个书呆子。

苏大胡子就是这么风趣，这事儿显然是他自己编的，就是想说清杜甫"遗恨失吞吴"句意并非以蜀汉不能灭吴为恨，而是杜甫替蜀汉恨其失策于吞吴……明明是他自己要评诗，却硬说人家杜甫"书生习气"。

评诗。

"江流石不转"，这是古迹。诸葛亮当年在夔州江滩设石阵，按奇门遁甲分成休、生、伤、杜、景、死、惊、开八门，变化万端，可挡十万精兵。"遗恨失吞吴"，是三国旧事；"江流石不

转”，是眼前景；"遗恨失吞吴"，是对历史的议论。实际上这两句
跳跃性很大，这是杜甫笔下的捭阖，而"八阵图"，这些诸葛亮曾
经用来做教材的石头是着眼点，颇有些南柯一梦的警醒。

杜甫的《八阵图》见遗迹而生"遗恨"，遗迹、遗恨千秋犹
存。当年壮志，而今沧桑，一概交感于诗外。

秋天的瘦孔子(三)

《别房太尉墓》

杜　甫

他乡复行役，驻马别孤坟。

近泪无干土，低空有断云。

对棋陪谢傅，把剑觅徐君。

唯见林花落，莺啼送客闻。

"低空有断云"，唐人以景写情的功夫后世最难企及。

老杜的"感时花"、"恨别鸟"竟能引出"溅泪"、"惊心"。后人同样以景写情，总觉得狎风昵月、悲秋伤春，味道就全变了。

撇开格调、气韵不谈，就文章技法而言，宋人用虚字多不及唐人。唐人擅于用虚字，故而味在不言之处，杜甫常常就只以"有"、"无"、"空"、"自"……简单的虚字入联，这些字反而是最具沧桑感的字。

宋人叶梦得在他的《石林诗话》中谈到杜甫的"江山有巴蜀，栋宇自齐梁"（《上兜率寺》），他说远近千里，上下百年，只在"有"与"自"两字之中吐纳；"粉墙犹竹色，虚阁自松声"（《滕王亭子》），若非"犹"与"自"，则凡亭子皆可用。除此之外，唐人近体诗最重对比，言情有节制，比兴见性情。

近泪无干土，低空有断云。

杜甫的诗有一大奇处，他经常会写一些看似是"废话"的句子，或看似无关痛痒、不按常理出牌的话，就像他的这句"近泪无干土，低空有断云"，突然用"断云"来托人的哀伤，毫无来历。古人说杜甫的诗字字有来历，虽说这也难以企及，但总算让后学还有个方向，而他那些没有来历的话就不是"读书破万卷"能道出的了。

杜甫写"酒肆人间事，琴台日暮云"（《琴台》），"人间事"当然是人间的事，但它又是那么感人，感人之处在于司马相如与卓文君的事乃是人间少有之事，千古"寥寥不复闻"之事，却偏偏不这么说，只说是"人间事"，越是随口带过就越是叫人怜悯。

杜甫《别房太尉墓》首联便道出"别孤坟"，其余皆是情境。生死已是茫然，又于奔走行役之中作别，全篇吞声泣血，但却不见伤怀苦离之语，只是些情景，全合乎情理，自成对比，以今日之"云"、"花"、"莺"对往日之"棋"、"剑"，单看这些实字，便叫人叹其文章之多姿，又以"断云"兴别君之孤苦、命运之离析、生死聚散之无常，全在这"断云"二字之中。尾联"唯见"收得干脆，与上联又成对比，令人感伤。

现代有许多关于唐诗的书籍，非要把唐诗译成白话，甚至还有英文，不知道"近泪无干土，低空有断云"这样的句子要怎么译？"泪水沾湿了泥土……"这么一来就没有语言的美感了，也肯定失去了那些由句法的离析、颠倒、省略所产生的"不言处"的味道。如此看来，中国古典诗词大概是不能译的，看不懂就看不懂吧。

把剑觅徐君。

这里用了一个春秋时期的典故：

季札之初使，北过徐君。徐君好季札剑，口弗敢言。季札心知之，为使上国，未献。还至徐，徐君已死，于是乃解其宝剑，系之徐君塚树而去。从者曰："徐君已死，尚谁予乎？"季子曰："不然。始吾心已许之，岂以死倍吾心哉！"（《史记》卷三十一《吴太伯世家》）

这个典故讲的是春秋时期，吴国那位人称"延陵季子"的季札出使访问晋国，路上经过徐国，徐君爱季札的宝剑，不好意思说，季札也看出了徐君的心思，想等到出使返回的时候就将自己的这把宝剑赠予那位"识货"的徐君，但是等他返回之日，徐君已死，于是他便解下宝剑，挂在徐君坟边的树上拂袖而去……

古人真性情，动辄就挂剑摔琴，只是便宜了拾得宝剑那人。

我可不是直男癌

《登高》

杜　甫

风急天高猿啸哀，渚清沙白鸟飞回。
无边落木萧萧下，不尽长江滚滚来。
万里悲秋常作客，百年多病独登台。
艰难苦恨繁霜鬓，潦倒新停浊酒杯。

如果把杜甫的诗谱上曲，女人是没办法唱的。

这样说当然没什么依据，但我做过试验。前些年录过一些琴歌，有的唱词直接使用唐诗，比如李白的《关山月》、杜甫的《客至》……我试着请来一位女歌手唱，《关山月》没问题，《客至》总感觉不对劲，大概是杜甫的诗歌"甫"气太重。

曹操的《龟虽寿》无论什么时候，什么场合见到都会令人激动。上次一位长辈过生日请客吃饭，在饭店的包厢里，大家觥筹交错，我却被墙上的一幅书法分散了注意力，书法的内容就是《龟虽寿》。曹操的诗歌同样是女人没法唱的。

回来说杜诗。杜诗除去沉郁的一面，雄浑的一面也很可观，连韩愈那样的，像是用石鼓文写出来的诗放在杜甫跟前也会显得娘炮。

无边落木萧萧下，不尽长江滚滚来。

同样是水，李煜的"恰似一江春水向东流"女性可以唱，曹雪芹的"流不断的绿水悠悠"，女性唱也没问题，但是杜甫的"不尽长江滚滚来"女性就是没法唱。你可以想象一下，电视剧《三国演义》主题曲"滚滚长江东逝水"要换成女人唱那得多不正经。杜甫的水不是一般情、愁、怨、恨的水，而是一股可以蕴结宇宙、吞没古今的"阳气"。

我说这么多就是为了说明一点，杜诗中的"阳气"，不是阳刚气，和刚没有关系，就是"阳气"。《山海经》里常常提起某某山之阳、某某山之阴，《山海经》看似荒诞不经，实则很有儒家的味道，人心有向背，它终究还是写在了人心的阳面。而杜甫似乎正好相反，他看似有儒家的味道，实则"闳侈不经"，现实主义诗人大多容易"闳侈不经"。

我研究过文字，记得"甫"字好像是手持板斧的象形。因此，我总是把杜甫想象成一个雄性的原始人，古人要说他雄浑，我觉得也很妥帖。确切地说，"雄"是他先天的禀赋，"浑"是他后天修来的功德。沉郁嘛，我把它当作宿命而不是风格。

万里悲秋常作客。

"阳气"是一个比较《周易》的说法，我可不是直男癌，并不觉得"阳气"有什么优越性。女性没法唱，其实一个很重要的原因是曹、杜的诗太"皮实"。曹操当年横槊赋诗，鞍马为文，诗中自有征伐气。杜甫一生"万里悲秋常作客"，也不是待在家里就能写出来的。

女子经不住这般折腾。

秋天是怀人的季节

《天末怀李白》

杜　甫

凉风起天末，君子意如何。

鸿雁几时到，江湖秋水多。

文章憎命达，魑魅喜人过。

应共冤魂语，投诗赠汨罗。

古人谓："秋风起，蕙草先死。害气至，贤人先丧。"

杜甫起句怀李白而先言"凉风起天末"便有此意。悲哀现实，见斥忠贤，语沉意厚。起句似能逗出一篇《悲回风》。三、四只言天高路远，而人世蹉跎可知，写得老辣。五、六气接屈子。

应共冤魂语，投诗赠汨罗。

明人钟惺说："'赠'字说的精神与古人相关，若用'吊'字则浅矣！"黄生也评此联："不曰吊而曰赠，说得冤魂活现。"钟惺、黄生说得煞有介事。这里怎么可能出现一个"吊"字？李白又没有"吊"过屈原。刘长卿写贾谊时说："汉文有道恩犹薄，湘水无情吊岂知？"那是因为贾谊渡湘水时曾作《吊屈原赋》，这是实写。而杜甫要写李白"投诗吊汨罗"，这便成了多余的寄意，也是为前句"应共冤魂语"画蛇添足，令人混乱。到底是要"语"还是要"吊"？再者，"吊"是单方面进行的，"语"似乎有两者互动的意味，完全是两码事。既然杜甫觉得李白和屈原的命运一样，那当然是可"语"的，既可"语"亦可"赠"，顺理成章，平白无故多出"吊"这个事情干吗？破坏气氛。

诗歌最怕的就是寄意太深。唐人能用简单直接的字就决不用寄意深的字，除了意境之外，唐人对气息的要求也是极高的，诗要具有语言上的美感，这些美的文字、语气、音调的感觉若是被太多的"意"或"思想"占据，那就失去了诗本身的语言美。

清人浦起龙说："太白仙才，公诗起四语，亦便有仙气，竟似太白语。"

这话说得不着边际。杜甫写来沉着，李白洒脱，要说"仙气"，那都是有的，真的"竟似太白语"吗？杜甫诗歌千汇万状，把司空图二十四诗品全都用来拆解做况也一点都不浪费，而且会品品有据。

我还觉得杜像沈、宋、颜、谢、徐、庾、王、孟……

站在诗歌历史之巅

《望岳》

杜 甫

岱宗夫如何？齐鲁青未了。

造化钟神秀，阴阳割昏晓。

荡胸生层云，决眦入归鸟。

会当凌绝顶，一览众山小。

齐鲁青未了。

怎样去描写东岳之大，都不出这"青未了"三个字，这是杜甫虚摹的功夫。

这也是诗人"不说"的功夫，换作他人，洋洋洒洒千言万语，能超出这五个字吗？崔颢写西岳，说"天外三峰削不成"，任你把"天外三峰"说成如剑、如钺、如刀、如叉……到头来还是不及这个"削不成"。司空图的《诗品·雄浑》中说"超以象外，得其环中"，即是对他们这种句子最好的说明。

"放荡齐赵间，裘马颇清狂"，杜甫写《望岳》正是在这么一个好年纪，《望岳》散发着一股莫名其妙的热情。当然也有老辣，杜甫青少年时代的诗就老辣，这很奇怪，大概某些器质是后天学不了的，就像齐白石，我看他刚学画时临摹的作品也觉得很老辣。

杜甫虽说写东岳，但着力于"望"字上。祖咏写《终南望余雪》，也妙在"望"字，可见高手笔下皆非眼所见，乃心所见，内外交感而得。

造化钟神秀，阴阳割昏晓。

"阴阳割昏晓"句揣摩起来就像眼前之景，真真切切，并无异处，但教后学分析起来却是奇句。"割"字更是奇险，若不是站在东岳，这样写几乎要出事儿，然而出现于此便是眼前状景。

荡胸生层云，决眦入归鸟。

如果不知道诗中句法的作用，看看杜甫的"荡胸"便知道了。这句的句意应为"山中云气吞吐而涤荡胸襟"，这里把"荡胸"提到眼前，这是注重对感受的描写。另外，被"荡胸"这么一领，也兼顾着承前启后，于是脉络通畅、气息舒展，使得这个打算写景的句子顺理成章，不至于突兀。下句"决眦"仍言东岳之块郁不可概观也。

会当凌绝顶，一览众山小。

杜甫说"会当凌绝顶，一览众山小"，现在看来他就生在一个"一览众山小"的历史峰巅上，杜审言的家学、自身性格的愁郁、大唐国祚的转折……艺术家说起来还是时代造就的。

看似信马由缰，实则荡平千里

《哀江头》

杜　甫

少陵野老吞声哭，春日潜行曲江曲。

江头宫殿锁千门，细柳新蒲为谁绿？

忆昔霓旌下南苑，苑中万物生颜色。

昭阳殿里第一人，同辇随君侍君侧。

辇前才人带弓箭，白马嚼啮黄金勒。

翻身向天仰射云，一笑正坠双飞翼。

明眸皓齿今何在？血污游魂归不得。

清渭东流剑阁深，去住彼此无消息。

人生有情泪沾臆，江水江花岂终极。

黄昏胡骑尘满城，欲往城南望城北。

　　一个时代衰了，往往要把罪过加到女人头上，杨玉环的事儿自唐以来就被文人咀嚼，多漂凉带刺，吃不到葡萄说葡萄酸，唯工部此篇起结于情，将民瘼凄恻、百感乱离唱叹而出，不拘于箴讽，却也不失儆戒。

　　宋人张戒有一番评论很精辟，他大致是这么说的：

　　杜工部《哀江头》云"昭阳殿里第一人，同辇随君侍君侧"，用不着白乐天《长恨歌》里的"娇侍夜"、"醉和春",而杨太真受到的专宠可知;不用歌"玉容"、"梨花",而杨太真的绝色自然可以想象得到。至于说一时行乐之事,并不指摘杨太真,而只说"辇前才人",这就更难企及了。如云"翻身向天仰射云,一笑正坠双飞翼",不用白乐天的"缓歌慢舞凝丝竹,尽日君王看不足",而一时行乐可喜之事如从笔端画出,宛若在眼前。"江水江花岂终极",不用白乐天的"比翼鸟"、"连理枝"、"此恨绵绵无尽期",而无穷之恨、《黍离》《麦秀》之悲,寄于言外……

张戒在《岁寒堂诗话》中将此诗与白乐天的《长恨歌》做了个横向评测,总之他是喜欢杜工部的檃括,嫌白乐天烦冗。

还提到一个"有礼"、"无礼"的区别,这是他对杜工部把哀思写得如此温婉的欣赏。至于他说:"……言一时行乐事,不斥言太真,而但言辇前才人,此意尤不可及。"其实李颀的《郑樱桃歌》里也有"宫军女骑一千匹,繁花照耀漳河春"之句,李颀的歌行又属盛唐上乘,不知道会不会影响了善于学习的杜工部呢,正是杜甫琢削磨砻之处。

此诗首句"吞声"、"潜行"已为全篇的哀怨定调。"忆昔"句时空回溯,望若在目,增一层哀。

苑中万物生颜色。

杜工部诗中的"苑中万物生颜色"与《观公孙大娘弟子舞剑器行》中"天地为之久低昂"这类的句子,皆令后学望其藩垣而不及也。此"苑中"句看似信马由缰,实已荡平千里,至末更不言哀而哀越深,真善诗之停逗。

一切都只为与你离别

《奉济驿重送严公四韵》
杜 甫

远送从此别，青山空复情。

几时杯重把？昨夜月同行。

列郡讴歌惜，三朝出入荣。

江村独归处，寂寞养残生。

　　宋之问归乡之时，我们说到了"距离"这个问题，说唐人写归乡这种题材是"距离"即将消失，也领略到作者准确抓住了"距离"即将消失时的紧张心理。"长因送人处，忆得别家时"，相反，送别这种题材乃是"距离"的产生。

　　唐人写这种题材的技术要领在于写出"阔"、"远"。

　　"望君烟水阔"，送别诗写出"阔"、"远"才会伸张诗中"我"的微眇。其实不论送别、归乡、不遇……都是心灵在时空中的变故，一旦注意到有这个"时空"的存在，或者说，诗人把一部分注意力放到了"时空"上，他自己起码是诚实的，甚至是明智的。我们并不愿意把"时空"释放出来，这意味着自我的虚无。诗人不然，诗人一半时间保持着一个出离状态，他们很享受这种真实世界的宽度。

李白的《秋风词》里"早知如此绊人心,何如当初莫相识",看似在写男女之情,实际上是在写"时空",白居易的"可怜九月初三夜"是,欧阳修的"去年元夜时"也是。

远送从此别,青山空复情。几时杯重把?昨夜月同行。

"青山空复情"、"昨夜月同行",杜甫话才说了两句,这青山、明月就放在眼前,你浑然不觉他在写这个时空的"阔"、"远"。《诗经》中"燕燕于飞"也有兴这个"阔"、"远"的用途。同样,李白的"青山横北郭,白水绕东城"、"唯见长江天际流";王维的"远树带行客,孤城当落晖"、"白云无尽时";刘长卿的"飞鸟莫何处,青山空向人";韦应物的"漠漠帆来重,冥冥鸟去迟"、"沾襟比散丝"……都或在渲染,或在坐实这个"阔"、"远"。

列郡讴歌惜,三朝出入荣。

颈联中一个"惜"字离情可见,严公之操节亦可见。一个"荣"字严家之基业可见,人事之荣辱无常也似隐约其间。工部此句说得温厚老成,波澜甚大,这也是历代诗家不及且共仰之处。

人在离别之时会感伤,感伤这"时空"从身体之中逃了出来。杜甫此诗结在彷徨无所依,有风过竹复静之妙。

"一雁声"和"雁一声"

《月夜忆舍弟》

杜 甫

戍鼓断人行，秋边一雁声。

露从今夜白，月是故乡明。

有弟皆分散，无家问死生。

寄书长不避，况乃未休兵。

　　关于杜甫此诗中的"一雁声"，明代的王嗣奭说："只'一雁声'便是忆弟。"

　　这话听上去有点玄乎，然而仔细想这"一雁声"中自有孤飞之意，说是"忆弟"倒也在情理。

　　到了清代人张谦宜那里，他琢磨这个"一雁声"若作"雁一声"便俗气了，并总结道："诗之贵炼，只在字法颠倒间便定。"可谁会写"边秋雁一声"这么滑稽的句子呢？用来写老虎应该不错，况且他说的人还是杜甫。当然，清代人不算最无聊的，当代有论白居易"一岁一枯荣"的，说是若作成"一岁一荣枯"变成秋草……

　　宋人王得臣在他的《麈史》中说："杜子美善于用故事及常语，多离析或倒句，则语峻而体健，意亦深稳，如'露从今夜白，月是故乡明。'是也。"

　　"秋边"这个词极美！可惜说的是秋天的边地。

百年歌自苦,未见有知音

《梦李白》

杜 甫

其一

死别已吞声,生别常恻恻。

江南瘴疠地,逐客无消息。

故人入我梦,明我长相忆。

恐非平生魂,路远不可测。

魂来枫林青,魂返关塞黑。

君今在罗网,何以有羽翼?

落月满屋梁,犹疑照颜色。

水深波浪阔,无使蛟龙得。

其二

浮云终日行,游子久不至。

三夜频梦君,情亲见君意。

告归常局促,苦道来不易。

江湖多风波,舟楫恐失坠。

出门搔白首,若负平生志。

冠盖满京华,斯人独憔悴。

孰云网恢恢,将老身反累。

千秋万岁名,寂寞身后事。

"大鹏飞兮振八裔，中天摧兮力不济……"这首《临路歌》是李白的绝笔，他到了还是把自己当作一只大鹏。

"百年歌自苦，未见有知音"，杜甫这首《南征》是在他去世前一年写的，诗中反映的也是真实情况。对于前辈，杜甫满怀敬意，对于同侪，杜甫无比爱惜，可他就是没有知音。

前几天看到一篇文章，大致是说杜甫给了李白、高适他们的诗歌很高的评价，可人家似乎都不怎么待见杜诗。的确，杜甫的朋友圈里很少有给杜诗点赞的，欣赏杜诗的只有韦迢、郭受、任华这些不入流的诗人。高适的《赠杜二拾遗》中说："草玄事已毕，此外复何言。"虽提到了诗歌，但也没有具体论述杜诗，意在要用杜甫做幕僚。李白也不过是说杜甫作诗很玩儿命罢了，至于"李邕求见面，王翰愿卜邻"之类的话，那是杜甫自己吹的。

杜甫虽说交游不俗，什么"岐王宅里"、"崔九堂前"，这多半因为他是杜审言的孙子，名门之后。当时那些大诗人究竟怎么看他的诗？为何连一点投桃报李的客套话都没有？如此说来，当时大家对杜甫的诗确实不怎么感兴趣，包括唐朝天宝年间的《河岳英灵集》、《国秀集》，至德初到大历末的《中兴间气集》，没有收录过一首杜甫的诗。

杜甫给其他诗人的好评却比比皆是，说王维"不见高人王右丞，蓝田丘壑漫寒藤……"；说岑参"高岑殊缓步，沈鲍得同行"；说高适"当代论才子，如公复几人"；说李白"飘然思不群"……连贾至、薛据他们都被杜甫夸过。甚至有个江湖上的大哥来找杜甫，杜甫也对他的诗大加赞赏。杜甫是温厚的，他们不待见杜甫也是对的，有些艺术家往往需要一个时代的冷眼去成就他。

我认为杜甫生前不被待见，很大一个原因是从天宝到大历，诗歌的口味一直在变化着。天宝以前的诗人多是贵族出身，而杜甫的诗歌偏偏又是那么接地气，王昌龄、李白，他们的眼光都在"道"上，文章要载道，要接仙气，想想"秦时明月汉时关"是何等洒脱，就明白杜甫当时为什么吃不开了。安史之乱以后，时代给了诗歌一个新的审美选择，那些富二代、官二代们这才把眼光放在《兵车行》、《哀江头》上。安史之乱也给唐代的浪漫上了一课，贵族们终于收敛了些。玄宗收敛了些，杀了他的美人，以豪放、飘逸为上品的审美口味也收敛了些，这样一来才发现，杜甫的诗歌很深沉。

终究还是命运在造就人，正因为杜甫不豪放，才使得他的诗沉郁，就像一瓶老酒，喝的时候没找到它，找到时已时过境迁，它竟成了一坛陈年老酒。是不遇给了它酝酿的时间，"百年歌自苦"，终于酿成了美酒。

千秋万岁名，寂寞身后事。

"千秋万岁名，寂寞身后事"，杜甫这句看似在安慰李白，也是在嘲哈自己。看来他生时已知他与李白都会名留千古，但却以"寂寞身后事"哂之，比起李白《临路歌》又是"大鹏"又是"仲尼"、"出涕"的忿痛，不知洒脱多少。

最后再来说说李白，人们说杜甫怀念李白，欣赏李白，但李白从未给杜甫点过赞。可话又说回来，同时代的人李白夸过谁？

"蓬莱文章建安骨，中间小谢又清发"，李白的眼光高着哩。

到不了的乡书

《次北固山下》

王　湾

客路青山外，行舟绿水前。

潮平两岸阔，风正一帆悬。

海日生残夜，江春入旧年。

乡书何处达？归雁洛阳边。

"何如海日生残夜，一句能令万古传。"到了晚唐，郑谷还是没想明白这件事情，依我看，没想明白是因为钦羡。古代文人总是钦羡和"万古传"相关的事，这是个好的情操，好就好在人家还知道"千秋万岁名，寂寞身后事"。

以一首诗名垂千古的大有人在，王之涣的"黄河远上"、张旭的"洞在清溪"、金昌绪的"打起黄莺"、韩翃的"青烟散入"……这些诗或许都是神来之笔，既如兰亭集序，又似李广射石，即便作者本人穷其一身也再难过之。盛唐诗人王湾就以一首《次北固山下》得名，《次北固山下》又以"海日生残夜，江春入旧年"句为人脍炙，奇秀不朽。

海日生残夜，江春入旧年。

　　黎明的红日从江面上冉冉升起，这里不用"黎明"而用"残夜"，非常微妙，郑谷说他没想明白，其实就是钦羡此句。反正"夜乃日之余"嘛，黎明与残夜原本就是一回事儿，来一个交叉淡化，动态更好。那一年春天来得早，正赶上前一年的末尾，所谓"江春入旧年"，欹歔间投射着一股农耕民族自古以来强烈的宇宙全息观念。这样的句子就像钟表的时针一样，你知道它是在运动，但你却看不见，多美！

　　此句除过可涵盖唐代诗人存于天地间的广大气象之外，还透露出了羁泊之情，以致尾联"乡书"句便合之不虚了。王湾之所以能写出这样的句子，他大概也是像谈了一场恋爱那样，在一个特定的时间、一个特定的地点，又有那么一分呼之欲出的诗缘。这样的句子可不是宋人在书房中、园林里就能负着手凭空捏造出来的。我之所以不喜读宋诗，并不是因为宋人写得不好，而是因为我已经很宅了，再不忍睹宋代那些宅男的诗，还宅得那么精致，或许也是钦羡吧。

　　此诗第三句"潮平两岸阔"也有作"潮平两岸失"的，不必推敲，若用"失"字则气损大半，我若看到这里出现一个"失"字，就如同你在敦煌的千年壁画上看到有人写下"到此一游"四字，恨不得立即掏出手机报警。

　　乡书何处达？归雁洛阳边。

　　每近年末，就会想起王湾的"乡书何处达？归雁洛阳边"——他那封到不了的乡书。

看不见的奇谲

《石鱼湖上醉歌》

元　结

石鱼湖，似洞庭，夏水欲满君山青。
山为樽，水为沼，酒徒历历坐洲岛。
长风连日作大浪，不能废人运酒舫。
我持长瓢坐巴丘，酌饮四坐以散愁。

我不喝酒，这是让我自己最不安的地方。

生活在西北，我就如同一个活在魏晋时期的宋代人，姥姥不疼，舅舅不爱，直接导致我背井离乡多年。

兰州街头总有喝大的人躺在那里，没人管。路过的人心里大概会想：不要打扰他，他正在完成人生的一次升华。躺着的大概也以为自己是在酒店，门上还挂着请勿打扰。久而久之，双方都会产生一种信任。一个和谐的社会是需要这种人与人之间心照不宣的信任的，只靠法律没办法解决这么大一个国家的问题。

兰州话把"路边"叫"道牙子"，"道"即"路"，"路"即"道"，"牙子"成了道的边界。

对于一个昨晚喝大了的兰州人来讲，吐在哪里哪里就是"水陆道场"，坐在哪里哪里便可以"坐而论道"，躺着的更是"怀道迷邦"，阴死的那位就是传说中的"得道高人"了。玄妙着呢！

我自知不配住在兰州这块圣地，一度离开故乡，来到了首都北京，住到酒仙桥去了。看来酒这个东西我是躲不掉的。在酒仙桥结识了一位才子，他平时话不多，面色惨白，他知道我不喝酒，每次来自带一瓶二锅头，到后又在门口小卖部买一捆啤酒，喝二锅头之前先吹一捆啤酒热身，然后自斟自饮，我发现他面色逐渐红润，然后谈古论今，出口成章。

这还不算我认识的最嗜酒的，在兰州有一位长辈，他是用车去酒厂往家里拉酒，回家把酒倒入类似染房中的染缸那样的八个大酒缸里。有一年，一口缸底子破了，酒漏到楼下，邻居起先还以为是水管破了，仔细一闻，原来是酒。

魏晋文人多沉醉于酒，竹林七贤里有个叫刘伶的，他经常乘着鹿车去郊外闲游，手里总抱着一壶酒，并且命仆人提着锄头跟在车子后面，他向仆人交代好：如果我喝死了，就地把我埋了。魏晋文人喝酒可能是因为时事艰难，他们有意借酒来疏远世故，避免祸害，在放浪虚无之中维护自己的精神信仰。

宋代人苏东坡酒量很小，他说即便是天下酒量最小的人也比他能喝，但他却很会酿酒，家里酿了许多酒，每看到人家引杯畅饮，则胸中浩然，比自己饮酒还要醋畅舒服，古人说他有元结"酌饮四坐以散愁"之意。

独酌有独酌的酒品，群饮有群饮的快乐。李白写《月下独酌》，元结写《石鱼湖上醉歌》。元结的诗步调优美，读他的诗像是在看人跳舞。都以为元结简单自然，在我看他也奇谲，只是不同于韩愈，韩愈的奇谲是看得见的，元结的奇谲是看不见的，就像岩茶里的白鸡冠，是另一种厚重。

很多年后，我在上海杨浦公园见到一个老头在钓鱼，无意中闻到他的饵料竟是用酒泡过的，他说："酒是好东西，众生都爱酒。"

如今回到北方，几乎所有的亲朋好友对我有着同一个疑惑："你为什么不喝酒？"

我统一答复："生来三分醉，混世省酒钱。"

不务正业的纨绔子弟

《登鹳雀楼》

王之涣

白日依山尽，黄河入海流。

欲穷千里目，更上一层楼。

读王之涣的《登鹳雀楼》就知道他是个不务正业的纨绔子弟。

我们今天见到一位领导，说祝您"更上一层楼"，这当然说的是仕途；见到一个老板，说祝您"更上一层楼"，这当然说的是生意，见到一个画家，说祝您"更上一层楼"，这当然说的是名气……想想，一个为了"欲穷千里目"而"更上一层楼"的人是多么的不务正业！

杜甫曾经站在高高的楼上，一望古今、睥睨天地，虽未有恨，但心中多少还是有些愁苦的；李白站在高高的楼上，也不会有怨恨，他"不敢高声语"，说明他了解上边的情况，他早先就是"天上人"；王之涣站在高高的楼上……其实作诗的时候并没有站在最高的那一层，但王之涣很清楚他要的是什么，他要"欲穷千里目"，他是个看客。

王之涣《登鹳雀楼》，好在他并没有登上顶层而骋目天畔，还能"更上一层楼"，这么一来，当他"更上一层楼"之后若还未

"穷千里目"，他说不定还可以再"上一层楼"，他登了好一阵子，结果还是在第二层。

鹳雀楼有几层？我没去过，也不知道。我只去过岳阳楼，去时岳阳楼刚被重新粉刷过，油漆都还在地上。据北宋著名科学家沈括《梦溪笔谈》中记：

> 河中府鹳雀楼三层，前瞻中条，下瞰大河。唐人留诗者甚多，惟李益、王之涣、畅当三首能壮其观。

鹳雀楼有几层并不重要，多半是王之涣乐衷于这个"欲穷"、"更上"的过程和憧憬，还有他的见识无限、慷慨无限，他还为自己留有余地。

白日依山尽，黄河入海流。

"白日依山尽，黄河入海流。"王之涣都看到了，他却还要"更上一层楼"，这是他的格调。

见梅思迁

一个让妓女做艺术评论家的时代

《出塞》

王之涣

黄河远上白云间，一片孤城万仞山。

羌笛何须怨杨柳，春风不度玉门关。

唐代有很多有趣的故事，唐人薛用弱的《集异记》里就记载了一个"旗亭画壁"的故事：

在唐开元年间，大诗人王昌龄、高适、王之涣齐名，他们常常一起出游。有一天，下着小雪，三人约在"旗亭赊酒"酒楼小饮。"赊酒"的意思是赊酒，不知道老板起这个名字还做不做生意了。

忽然有一群人登楼会宴，三位诗人避席，坐在一旁角落围着火。随后有四位乐妓寻续而至，皆奢华艳曳，娇冶至极。宴会开始奏乐，奏的都是当时的名曲。王昌龄私下说："我们仨平日互相不服气，总觉得自己的诗最好，这样吧，今天我们悄悄看她们唱歌，以诗入歌词之多者则为优如何？"另外二人欣然接受了这个玩法。

刚说罢，其中一位美女拊节而唱："寒雨连江夜入吴……"王昌龄笑眯眯地用手在壁上画："一绝句。"过会儿，另一位美女唱："开箧泪沾衣，见君前日书。夜台何寂寞，犹是子云居。"高适则画壁曰："一绝句。"之后唱的是"奉帚平明金殿开……"王昌龄则又用手画壁曰："二绝句。"

王之涣自以为得名已久，老半天都没人唱他的词，他却说："刚才那几位都是潦倒乐官，所唱的也皆是巴人下里之词，若是阳春白雪之曲，这几个俗物岂敢接近？"他指着这些乐妓之中气质最佳的那位说："如若她唱的不是我的诗，我这辈子就再不跟你们争了；若是我的诗，你们当须列拜床下，奉我为师。"

大家都在笑他，须臾这位气质绝佳的美女一开口果是："黄河远上白云间……"王之涣揶揄另外两位说："乡巴佬们，我会瞎说吗？"大家谐笑。

这时候，开宴会的那群人听到了，不解其故，过来问："你们什么事笑这么开心呀？"王昌龄告知了缘由，所有人都起身拜曰："俗眼不识神仙，乞求三位能与我等同席。"三位诗人同意了，一起饮醉竟日。

这个故事有趣在让乐妓作为唐代一流诗歌的品评者，而非某机构、某泰斗、某奖、某权威读物。要知道，一首好诗在古人看是可以"载道"的，这些名士并不指望用诗歌来求仙论道问真源，却叫几个歌妓来分一个中国诗歌巅峰时期几位重量级诗人的伯仲。这件事似乎又在告诉我们，好的艺术作品并非大众都可以认知。至于王之涣，前几个歌妓未唱他的词时他说："此辈皆潦倒乐官，所唱皆巴人下里之词耳，岂阳春白雪之曲，俗物敢近哉？"他是俱毁，何其可爱！后一妓之中最佳者果真唱的是《凉州词》，这下他得意了，便说人家王昌龄、高适是"田舍奴"（乡巴佬），这是多么豪放的一个人啊！"潦倒乐官"所唱的是"巴人下里之词"，王昌龄、高适当即成了下里巴人，王之涣自恃阳春白雪。

如果说王之涣是阳春白雪也对，这白雪别有风情，像他的《出塞》，前二句将边塞风物写尽，后二句还有边塞风情。唐代的边塞诗人都有侠气，少年时的王之涣"击剑悲歌"，放荡不羁，一身豪侠之气，到了中年睾酮还是没有怎么下降。

侠客办事干净利落，他以传世的六首诗与千言万语的李白、高适、岑参、王维、王昌龄等人齐鸣，何其阔绰！我甚至怀疑这个唐诗里的纨绔子弟一生酷嗜闲放，是否在诗歌上下过功夫。我真希望他没有在诗歌上下过功夫，因为我喜欢王之涣，在于他没有书卷气，更没有神仙气。

好的艺术作品是不朽的，它不但不会被当权者封杀掉，还能经过沧桑和历史的磨难来到我们眼前，即便残缺了也很美。以前有个晴雯般任性的女子，读书读闷了就用剪子把王之涣的《出塞》乱剪一通，结果竟出现了宋词：

黄河远上，白云一片，孤城万仞山。羌笛何须怨？杨柳春风，不度玉门关。

好茶叶底（一）

《寒食》
韩　翃

春城无处不飞花，寒食东风御柳斜。

日暮汉宫传蜡烛，轻烟散入五侯家。

一天，大半夜了，咚咚咚咚！有人急叩韩翃家的门。

韩翃一出来，韦巡官便笑嘻嘻地道贺："员外已经官拜驾部郎中知制诰了！"

韩翃愕然说："肯定没这回事，你搞错了。"韦巡官说："官署的文件上报制诰缺人，中书舍人两次推荐候选人皇上都没有点名，又请示，皇上点名要韩翃。还有一个江淮刺史也叫韩翃，皇上御批，要'春城无处不飞花'的那个韩翃，这不是您的诗吗？"

韩翃说："这就没错了。"

李相勉守夷门的时候，韩翃已近迟暮，同职的多为新进后生，没人待见韩翃，韩翃也多辞病在家，只有一个级别很低的韦巡官知道韩翃，与他友善，刚才敲门的正是此人。这个故事出自唐人孟棨的《本事诗》。

诗歌有一种技巧，就是写作的时候多从反面着笔，韩翃"春城无处不飞花"怎么着也要比"春城处处皆飞花"好，同样一件事情，若写成后者就不能入诗了，如同俗语。

"寒食东风御柳斜"，唐人延续着寒食节折柳插门的旧俗。但是相比这个柳，我对另外一个"柳"更感兴趣，唐人许尧佐的《柳氏传》。其中记载了一个关于韩翃与柳氏的传奇爱情故事。

还是不得不佩服古人，乐于成人之美。柳氏原本是李富豪家的歌姬，据许尧佐描述，柳氏"艳绝一时，喜谈谑，善讴咏"，这样的文艺型活泼美少女当然也爱慕韩翃之才。这位李富豪是个豁落大丈夫，他一高兴就把爱姬柳氏送给了韩翃，来了个才子佳人。我就想不通他怎么能高兴得起来。可人家说："大丈夫相遇杯酒间，一言道合，尚相许以死，况一妇人，何足辞也。"这话放在唐代我信，想想多少诗人都是为了朋友被连累流放、下狱的，那位李富豪不但把柳氏送与韩翃，而且还解囊资助了三十万，一手操办了二人的婚事。

活泼的柳氏果然是旺夫（这句不代表作者观点），从此韩翃的仕途开始扶摇直上，主要是心情好。可好日子还没过两天，适逢安史之乱，两京沦陷，韩翃跟随了当时的淄青节度使侯希逸做了书记，不敢以柳自随，把柳氏留在了京城，柳氏为避兵祸剪发毁形寄居法灵寺。等到唐肃宗收复长安之日（已是数年之后），韩翃才遣人在长安寻访柳氏的下落，并给她送去一囊碎金和一首诗：

章台柳，章台柳，昔日青青今在否？纵使长条似旧垂，也应攀折他人手。（《章台柳》）

韩翃到底是文人，他用这种很含蓄的方式试探柳氏，不像薛平贵那样装作过路人调戏自己老婆，万一成功多尴尬。柳氏也写了一首诗回复韩翃：

杨柳枝，芳菲节，所恨年年增离别。一叶随风忽报秋，纵使君来岂堪折！

就凭柳氏这谈笑戏谑、讴咏抒怀的人生态度，生活也能平添许多乐趣，那当然是"堪折"的，我估摸着韩翃会这样想。此事已被传为佳话，历史再次告诉我们，贤妻良母常有被喜新厌旧的，要是遇上一个有品位的女人，这个男人多半是逃不掉的。尽管柳氏真正和韩翃团圆，后来还经历了些波折，终究这一对才子佳人算是白头偕老了，我深深地为他们高兴，虽然不关我什么事。

回来看韩翃写《寒食》。

转句"日暮汉宫传蜡烛"，这里的"汉宫"是用作指代唐宫。诗人常常宁用这种指代也不愿实写，原因不光是他们给统治者面子，而是指代本身就具有超越时空的通达和美感。诗人要赋有极其敏锐的想象力、观察力和颇具灵性的视野才行，韩翃写《寒食》，"轻烟散入五侯家"，他就抓住了寒食赐火的一缕"轻烟"来了结文章，他把这种自汉代就有的宫中钻新火燃烛以散予贵戚之臣的习俗，把封建社会的阶级、人世间的荣辱沧桑，种种感受都纳入这一缕袅袅"轻烟"之中。

用美来温柔地宽释一切，这才是诗歌的本质，也是诗人的随和。至于旧时多评此诗是讽刺权贵，我想，这只是那些书呆子的管见。

唐诗之所以好，看看唐人的那些经历，也都堪称世间少有的传奇。

好茶叶底(二)

《同题仙游观》

韩 翃

仙台初见五城楼，风物凄凄宿雨收。

山色遥连秦树晚，砧声近报汉宫秋。

疏松影落空坛静，细草香生小洞幽。

何用别寻方外去，人间亦自有丹丘。

"风物凄凄宿雨收"，二句如好茶叶底，看起来也是有致。三、四句熟而不烂。

看韩翃的诗想到了好茶叶底这事儿，我自己也有些说不清楚，仔细想来，不独韩员外，大历才子的诗看起来都有类似好茶叶底的句子，只是茶不同，叶子的姿态也不同。

韩翃是乌龙，卢纶是普洱，钱起是龙井，司空曙是碧螺春……

泡一壶茶，慢慢品味唐人的诗，现在捋顺了。说"看起来也是有致"，是因为大历才子格律工整、字句精到，时有警句名联。说"如好茶叶底"，是由于大历时在气格上已经远远不及盛唐。茶过六七水，揭盖看看叶底，已到了中唐。

关于大历的诗风，诗僧皎然说了一句很有禅意的话：

大历中词人，窃占青山、白云、春风、芳草等为己有。

皎然与陆羽友善，自是很懂茶的，这已经说得很透彻了。盛唐诗人的愤懑往往是与天生蒸民连在一起的，如李白有"大道如青天，我独不得出"，杜甫有"此生随万物，何处出尘氛"这样的句子。而中唐的诗人更多的是自我的愤懑，这一"自我"起来，笔下的青山、白云也就被这个"自我"占定了，故而皎然会有此一说。

皎然是个僧人，对他来说万法如一。《楞严经》里讲的"明还日轮……暗还黑月……（把光明还给太阳，把黑暗还给黑月）"这种不占之理被皎然拿来论诗，自然也是得心应手。我们读盛唐诗里的青山、白云、春风、芳草时，明显感觉到这些都归公家所有。

何用别寻方外去，人间亦自有丹丘。

"何用别寻方外去，人间亦自有丹丘"，这是中唐时有的警句。久味其韵，更有"头上安头"的欣慨，读来使人超然心怀。中唐诗人的超然，似乎和社会、黎民都没什么关系，而盛唐诗人则不然，会感觉到一种巨大的人文力量和个人魅力。证人严羽在《沧浪诗话》："论诗如论禅，汉魏晋与盛唐之诗，则第一义也，大历以还之诗则小乘禅也，已落第二义矣。"

韩翃的这句"何用别寻方外去，人间亦自有丹丘"，也可以拿来作为对大历诗歌气象的一种反思。

终南山小喽啰

《送崔九》
裴 迪

归山深浅去，须尽丘壑美。
莫学武陵人，暂游桃源里。

柳宗元想和刘禹锡做邻居，但这两个人缘分已定，终究是各自奔走离析了。据杜甫说王翰很想和他做邻居，可谁都知道这是杜甫在吹牛。唯独裴迪和王维，真正是做成了好邻居。

裴迪《送崔九》的好处并非是在劝勉那些不甘久隐之人，而全在"暂游"二字。

陶渊明《桃花源记》中的"武陵人"本是个渔夫，他一日缘溪打鱼，看到一片桃林，桃花开得鲜美，落英缤纷，他一时好奇便继续往前走，走到林子的尽头，溪水的发源，他看到了一座小山，山上有个小洞口，洞里仿佛还有些光亮，于是舍弃了船，从洞口进去。起初山洞很狭窄，只容得一个人通过，走了几十步，突然变得开阔明亮了，这才来到了那个"不知有汉，无论魏晋"的桃花源。

从《桃花源记》中"武陵人"进入桃花源的细节，我们可以知道他是"误入"。裴迪在此诗中用了一个很好玩的词"暂游"，不经意间对此典故做了一个更潇洒的诠释，由此引申出自己的"道心"，也看到了他的性情。

回头再来看概述山中丘壑"深浅"俱美的前半篇，这里有悟道的彻底和对"美"的从容（须看尽丘壑之美）。为什么说是对美的从容呢？人们在"美"面前，或者在"道"面前，永远都是只做"暂游"，往往是有些不安的，这么着，才有了宗教、有了艺术。

裴迪就凭这《送崔九》与王维他们玩儿，倒也不寒碜。

小家碧玉

《送僧归日本》
钱　起

上国随缘住，来途若梦行。
浮天沧海远，去世法舟轻。
水月通禅寂，鱼龙听梵声。
惟怜一灯影，万里眼中明。

　　唐人送僧这一题材的诗多得不得了，大概唐代的诗人真心希望这些僧人们滚得远远的，越远越好。

　　皎然、贯休这些人不知道送过多少僧，李季兰、薛涛她们迎来多少客，皎然、贯休就送去多少僧，风流与空寂总能达成平衡。唐代的诗人可以通过"送僧"的诗歌抒发自己对道的体悟，于是乎，清冷美成了时尚。清冷美，这是唐人"送僧"的好习惯，到了宋人那里就不是这个送法了，宋人不敢清冷，不敢清冷是一种不自信的表现。被送走的僧人也都没闲着，他们把这种清冷带到日本。

　　杜牧诗中说"南朝四百八十寺"，足见佛教自两汉以来的盛行。隋代接了南北朝的钵盂，唐代又受了隋代的袈裟，佛教在唐代依然晨钟暮鼓、香火鼎盛。天台宗、三论宗、慈恩宗、律宗、贤首宗、密宗、禅宗……宗派众多，各立著说。

　　浮天沧海远，去世法舟轻。

　　平安时代，最澄和空海把天台宗由大唐带入日本，当时的朱千乘就写过《送日本国三藏空海上人朝宗我唐兼贡方物而归海东诗》，郑壬也写过《奉送日本国使空海上人橘秀才朝献后却还》。朱千乘等五人送空海归国诗五首，均录自张步云《唐代逸诗辑存》，好一副大国气势。如郑壬说"承化来中国，朝天是外臣"；包佶说"上才生下国，东海是西邻"；昙靖说"异国桑门客，乘杯望斗星。来朝汉天子，归译竺乾经"。就连李隆基自己也写《送日本使》，据日本《高僧传》记载："天平胜宝四年，藤原清河为遣唐大使，至长安见元宗。元宗曰：'闻彼国有贤君，今观使者趋揖有异，乃号日本为礼仪君子国。'命晁衡导清河等视府库及三教殿，又图清河貌纳于蕃藏中，及归赐诗。"钱起的《送僧归日本》中说"浮天沧海远，去世法舟轻"，同样是一副离开大唐就要寂蔑了的口气。

　　钱起，我在很多年前对他的定位是"小家碧玉"，幸好至今还没多大改变。钱起体宗摩诘，但没有摩诘那么"艳丽"、那么透彻，更没他那么厚实，想想"鱼龙听梵声"，摩诘焉有这么虚脱的句子。虽不惊艳，倒也秀丽。钱起的《送僧归日本》好在"惟怜一灯影，万里眼中明"，结得还算深沉。

　　唐人除了喜欢"送僧"之外，也有像方干那样喜欢送落第之人的。这都是什么癖好！

　　方干貌陋兔缺，性喜凌侮。唐代有很多文人性喜凌侮，宋代很多文人生性诙谐，我估摸着他们都曾读过《诗经》中的"善戏谑兮，不为虐兮"，觉得这是一门艺术。诙谐却不显轻佻，凌侮还不得罪人，当然这也与唐人心胸大，宋代重文士有关系。

方干的诗很别致，只不过唐代的"大家闺秀"不算少，方干坚持走"小家碧玉"路线。《唐诗三百首》里硬是没有方干，这并不是什么稀罕事，因为《唐诗三百首》中落选的好诗人太多了。

方干也有一首《送僧归日本》诗："西方尚在星辰下，东域已过寅卯时。"他送僧时还列出了准确的时差表。

三秋万里五溪行，风里孤云不计程。若念猩猩解言语，放生先合放猩猩。（《送僧南游》）

潭底锦鳞多识钓，未投香饵即先知。欲教鱼目无分别，须学揉蓝染钓丝。（《赠江上老人》）

方干这两首小诗有趣儿，有些子悟道，全当夜读时的小点心了。

现在再读钱起的这句"水月通禅寂，鱼龙听梵声"，依我看这个句子是可以当作现代社会的"科普"知识的。这是一种世界观。

离乱中的老司机

《喜外弟卢纶见宿》
司空曙

静夜四无邻，荒居旧业贫。
雨中黄叶树，灯下白头人。
以我独沉久，愧君相见频。
平生自有分，况是蔡家亲。

"雨中黄叶树，灯下白头人"，蘅塘退士说是"十字八层"。

前人又有说经过千锤百炼，铸成此十字："出句有飘零之意，对句有老大之慨，其景可绘，其情可悯……"还把这个破句子当成了著名的警句。更早以前的明代人竟然把它与韦应物、白居易的句子相提并论，甚至有说司空曙得盛唐之气的。

诸如司空曙"雨中黄叶树，灯下白头人"；马戴"落叶他乡树，寒灯独夜人"……试问盛唐哪里会有这样尖刻雕薄的无聊句子。

雨中黄叶树，灯下白头人。

此句放在诗中，也只不过是个"独沉"。转联"独沉"承三、四，"相见频"开七、八。"蔡家亲"是用典，于此"独沉"之人口中说出，聊且风雅。蘅塘退士的《唐诗三百首》选入三首司空曙的诗，两首就有"白头"（另一处作"白发"），看来司空曙的诗不过是字面上的老成而已，论其格调，更近乎大历时的窘促黯淡。

司空曙唯独一首绝句有趣：

钓罢归来不系船，江村月落正堪眠。纵然一夜风吹去，只在芦花浅水边。（《江村即事》）

"不系船"是老庄，"浅水边"是小乘禅。

中唐

Zhong Tang

出谷春莺

《自河南经乱，关内阻饥，兄弟离散，各在一处。因望月有感，

聊书所怀，寄上浮梁大兄、於潜七兄、乌江十五兄，

兼示符离及下邽弟妹》

白居易

时难年荒世业空，弟兄羁旅各西东。

田园寥落干戈后，骨肉流离道路中。

吊影分为千里雁，辞根散作九秋蓬。

共看明月应垂泪，一夜乡心五处同。

白居易这首诗名字可真长！"一夜乡心五处同"，古人养的娃也真多！

诗也有老的时候。诗到中唐，气力早已不济，许多诗人声嘶力竭，但还是不能发出盛唐那样的鸣响，这让孟郊痛苦，让贾岛赢瘦，让元稹轻佻，让韩愈虚脱……有个诗人就比较聪明，既然气力不济了，干吗还要高呼？他学会了练气功，他让气慢慢地释放，如细水长流，渟蓄渊雅，用之不竭。这么一来，他就开创了一派平易流丽的诗风，成了"新乐府运动"的倡导者，他就是白居易。

许多人说白居易学得了杜甫的"浅近"，我认为他们的"浅

近"有着很大的区别。杜甫的"浅近"像山崖上渗漉出来的水滴，而白居易的"浅近"像是碧溪中映出的山黛，截然不同的两种感受。

大抵来讲，杜甫的"浅近"源于他的"儒雅"，而白居易的"儒雅"源于他的"浅近"，这是方向性的不同。如果非要找个他们之间的共同点，那我倒觉得他们的"天真"仿佛。

有人还说杜甫有"安得广厦千万间，大庇天下寒士俱欢颜"，白居易写"争得大裘长万丈，与君都盖洛阳城"，他们都心系黎民。但这也是有区别的，白居易的"争得大裘长万丈"是制了新袄时想起来的，有些忆苦思甜，而杜甫在自己的茅屋被秋风所破时想到的却是"安得广厦千万间，大庇天下寒士俱欢颜"。不过，这在郭沫若先生看来也好不到哪里去，据郭先生研究："这是表明老屋的屋顶加盖过两次。一般来说，一重约有四五寸厚，三重便有一尺多厚。这样的茅屋是冬暖夏凉的，有时比住瓦房还要讲究……"郭老有时候批李白，有时候批杜甫，郭老还是有些政治素质的。

"安得广厦千万间，大庇天下寒士俱欢颜"，直到人民生活水平基本达到小康的今天，还有年轻的小伙子因此事不能娶到心爱的那个姑娘。

不知道怎么搞的，我说谁都会说到杜甫那里去，可能是我崇拜杜甫，当然也可以说是杜甫的影响力太大，不要说后世，元和大部分诗人就在学杜甫，或深受他的影响。

说到个人崇拜，这一点我远远不及古人，据说李洞出门随身携带着贾岛的铜像，但凡听到有人说贾岛的不是，便会一铜像砸过去。张籍每天早上醒来，必须要喝一碗用焚烧杜甫诗集的纸灰搅拌而成的蜂蜜水……

一点儿瞌睡都没有

《官词》

白居易

泪尽罗巾梦不成，夜深前殿按歌声。

红颜未老恩先断，斜倚熏笼坐到明。

　　元、白是诗人里的"腐败分子"，他们贪的是平易、轻淡、快意。做一个"腐败分子"尤其需要魄力，元、白在文字上的功底扎实，这便是他们的魄力。

　　同样是写女人出神，李白的"但见泪痕湿，不知心恨谁"说得何其委婉，白居易的"红颜未老恩先断，斜倚熏笼坐到明"说得何等直白。两种不同的诗歌语言，一种似神仙话，一种如凡人语。白居易虽然说得直白，却很有余地（赋有变化），平易中标显老辣，流丽时顿觉沉厚古朴之气扑鼻而来，像明代的家具。这是我没文化的比喻，而苏东坡做了一个很有文化的比喻：

　　风吹古木晴天雨，月照平沙夏夜霜。

　　这是何其细腻的舌头！难怪苏东坡能做出那么好吃的红烧肉。我尤其喜欢坡老的前一句"风吹古木"，温和古淡，接上"晴天雨"真个郎才女貌，总是动静相宜，令人心安。可惜后一句落入熟套，有种才郎貌女凑合过日子的感觉，不过也说明了白居易的平白无故，"沙"平、"月"和"霜"白，月照着夏夜里的平沙，似微霜，有何缘故？

关于白居易的《宫词》，"泪尽罗巾梦不成"是古木，"夜深前殿按歌声"是风。

一静一动、一远一近、一哀一乐，做足了铺垫。"红颜未老恩先断"是晴天，它直白明了，一览无余，"斜倚熏笼坐到明"是雨，它散漫无边，引人惆怅。这一浅一深、一收一放，若非坡老的"风吹古木晴天雨"启发，还真是很难言说出其中的好处来。

历代都有许多人嫌白居易太直、太烦，这许是他们的"新乐府运动"给后人留下的印象。至于白居易的五律和绝句，有他独具的深婉，只是他把这些深婉藏在平滑流丽之中，像夜里山上的涓涓细流，把山藏了起来，使人不易察觉。虽不易察觉，却会闻到草木的香气，闻到便会动容，我们读白居易的诗，读着读着就动容了。

古代的怨妇也真能折腾，动不动就"斜倚熏笼坐到明"了，一点瞌睡都没有。

中国人信仰的是风流

《长恨歌》

白居易

汉皇重色思倾国，御宇多年求不得。

杨家有女初长成，养在深闺人未识。

天生丽质难自弃，一朝选在君王侧。

回眸一笑百媚生，六宫粉黛无颜色。

春寒赐浴华清池，温泉水滑洗凝脂。

侍儿扶起娇无力，始是新承恩泽时。

云鬓花颜金步摇，芙蓉帐暖度春宵。

春宵苦短日高起，从此君王不早朝。

承欢侍宴无闲暇，春从春游夜专夜。

后宫佳丽三千人，三千宠爱在一身。

金屋妆成娇侍夜，玉楼宴罢醉和春。

姊妹弟兄皆列土，可怜光彩生门户。

遂令天下父母心，不重生男重生女。

骊宫高处入青云，仙乐风飘处处闻。

缓歌慢舞凝丝竹，尽日君王看不足。

渔阳鼙鼓动地来，惊破霓裳羽衣曲。

九重城阙烟尘生，千乘万骑西南行。

翠华摇摇行复止，西出都门百余里。
六军不发无奈何，宛转蛾眉马前死。
花钿委地无人收，翠翘金雀玉搔头。
君王掩面救不得，回看血泪相和流。
黄埃散漫风萧索，云栈萦纡登剑阁。
峨嵋山下少人行，旌旗无光日色薄。
蜀江水碧蜀山青，圣主朝朝暮暮情。
行宫见月伤心色，夜雨闻铃肠断声。
天旋地转回龙驭，到此踌躇不能去。
马嵬坡下泥土中，不见玉颜空死处。
君臣相顾尽沾衣，东望都门信马归。
归来池苑皆依旧，太液芙蓉未央柳。
芙蓉如面柳如眉，对此如何不泪垂？
春风桃李花开夜，秋雨梧桐叶落时。
西宫南内多秋草，落叶满阶红不扫。
梨园弟子白发新，椒房阿监青娥老。
夕殿萤飞思悄然，孤灯挑尽未成眠。
迟迟钟鼓初长夜，耿耿星河欲曙天。
鸳鸯瓦冷霜华重，翡翠衾寒谁与共？
悠悠生死别经年，魂魄不曾来入梦。
临邛道士鸿都客，能以精诚致魂魄。
为感君王辗转思，遂教方士殷勤觅。
排空驭气奔如电，升天入地求之遍。
上穷碧落下黄泉，两处茫茫皆不见。
忽闻海上有仙山，山在虚无缥缈间。

楼阁玲珑五云起，其中绰约多仙子。

中有一人字太真，雪肤花貌参差是。

金阙西厢叩玉扃，转教小玉报双成。

闻道汉家天子使，九华帐里梦魂惊。

揽衣推枕起徘徊，珠箔银屏逦迤开。

云鬓半偏新睡觉，花冠不整下堂来。

风吹仙袂飘摇举，犹似霓裳羽衣舞。

玉容寂寞泪阑干，梨花一枝春带雨。

含情凝睇谢君王，一别音容两渺茫。

昭阳殿里恩爱绝，蓬莱宫中日月长。

回头下望人寰处，不见长安见尘雾。

唯将旧物表深情，钿合金钗寄将去。

钗留一股合一扇，钗擘黄金合分钿。

但教心似金钿坚，天上人间会相见。

临别殷勤重寄词，词中有誓两心知。

七月七日长生殿，夜半无人私语时。

在天愿作比翼鸟，在地愿为连理枝。

天长地久有时尽，此恨绵绵无绝期。

江山美人，中国人信仰风流。

这事不知道从何说起，可以从仰韶文化说起，也可以从《诗经》说起。从某种程度上讲，风流信仰是中华民族的生命力，大概也只有风流可以让千百年来生活在这里的人拥有安全感。

玄宗够风流，他和杨妃的爱情也够浪漫，浪漫到几乎唐代的历史都是围绕着他们的爱情谱写的，再好的编剧也编不出来玄宗和杨妃的爱情剧本。这样挺好，虽然爱情里也有你死我活，但起码很暖人，老祖宗要都这样写历史，老百姓才放心。

家大业大了，人真是什么龌龊事都能干得出来。杨玉环是玄宗儿子李瑁的妃子，玄宗浪漫的爱情从霸占儿媳妇说起。杨玉环姿质丰艳，善歌舞，通音律，她是李白笔下的"云想衣裳花想容"，是白居易笔下的"回眸一笑百媚生"……玄宗令其出家后，册封为贵妃，天宝十五年，安禄山发动叛乱，杨妃随玄宗流亡蜀中，途经马嵬驿，以陈玄礼为首的随驾禁军军士一致要求处死杨国忠跟杨贵妃，军士哗变，乱刀杀死了杨国忠，"六军不发无奈何，宛转蛾眉马前死"，杨贵妃终于在马嵬坡香消玉殒了。

后人都不愿意杨妃死（不愿杨妃死是留恋那个浪漫的时代），有说去了日本的，还有说去了美洲的。都怪白居易的"马嵬坡下泥土中，不见玉颜空死处"，给了后人想象的空间。

咏马嵬之事的人很多，大致上分两派，一派是挖苦玄宗好色误国的，如李靓的《读长恨辞》、郑畋的《马嵬坡》。另一派是叙述历史，教人自己去唏嘘感慨的，如刘禹锡的《马嵬行》、李商隐的《马嵬》、温庭筠的《过华清宫二十二韵》……白居易的《长恨歌》与众不同，他着实是被玄宗的爱情感动了。

我视此种为上品。

先说第一种，大概也只有唐代的诗人敢如此毫不避讳地谩骂君王，上边也不怪罪，这是大唐的气度。到了宋代，文人们就不敢这么放肆了，当然宋代文士很机灵，他们有一个比较幽默的说法，说宋代的宫闱没唐代那么不像样子。

简单讲，《长恨歌》还是文人对往昔的怀恋，或者是浪漫爱情与残酷现实的对比，往深里说就天地人神鬼无所不有了。《长恨歌》是继汉乐府民歌《孔雀东南飞》之后，又一叙事诗中的宏伟巨作，历来脍炙人口。《长恨歌》流行到了一个什么程度？据说宋代有个妓女会背诵《长恨歌》，都与其他妓女身价不同，但宋代文人对《长恨歌》又似乎很不感兴趣，不知是为何。

张邦基说白乐天是荒淫之语，张戒则逐字逐句地恶批《长恨歌》"太详"、"太露"、"无余蕴"、"秽亵之语"、"无礼之甚"、"殆可掩耳"、"浅陋甚"、"尤可笑"。魏泰《临汉隐居诗话》说："白居易云：'六军不发无奈何，宛转蛾眉马前死。'此乃歌咏禄山能使官军皆叛，逼迫明皇，明皇不得已而诛杨妃也。噫！岂特不晓文章体裁，而造语蠢拙，抑已失臣下事君之礼矣。"好像白居易和他们有仇一样。《长恨歌》开篇"汉皇重色思倾国，御宇多年求不得。杨家有女初长成，养在深闺人未识"，这已然不俗，白居易为玄宗隐讳。宋人有时候自我感觉过好，很不自量力。到了清代，《长恨歌》引发了乾隆的反思，他表了个态，说这叫"幻缘奚馨"。

我以为《长恨歌》妙在"揽衣推枕起徘徊"至"在地愿为连理枝"，这是从人与人的关系升华到人与神的关系，人和神是暧昧关系，这是中国文化的精髓。更妙的是其间"风吹仙袂飘摇举，犹似霓裳羽衣舞"一句，陈婉俊说是"空虚处偏有实证"。

住在海外仙山的太真天真烂漫，没有尘埃气，真的成了太真。似乎变成了另外一个人，并无"花钿委地无人收"的恨意，唯有"在天愿作比翼鸟，在地愿为连理枝"的情意。然而此处非人间，故曰"长恨"。

元缜的《连昌宫词》历来与《长恨歌》并称，试问《连昌宫词》焉能与《长恨歌》并称？《连昌宫词》不过白乐天"梨园弟子白发新，椒房阿监青娥老"的详述版。差距在哪里？读白居易的文章虽然知道事情的始末，然而读来难测涯岸，任由消遣。元缜虽然不知道他要写什么，但读来却后果已知，尘埃已定。

历朝历代都有许多爱"刷屏"的诗人，看见就头疼，真没心思读完。白居易是爱"刷屏"的诗人里最有看头的，他会引着你往下读。我的老师林家英说白居易就算只写过《长恨歌》、《琵琶行》两首诗，没有其他的作品也同样可以奠定他在唐诗中的位置。其实唐代的大诗人都爱"刷屏"，功力和才华显得绰绰有余，宋人也爱"刷屏"，读起来却好像铆足了吃奶的劲儿。

关于《长恨歌》，袁枚说"石壕村里夫妻别，泪比长生殿上多"，这个骂得狠了，甚至连历代文人们也一起骂。陇上有一位长辈袁第瑞先生也作过此事的文章，袁先生同样也没搞懂玄宗伟大的爱情"如何一旦经风雨"便"负却蛾眉匹马还"了，他回头还替杨妃想了想，如果当初"寿王若是长相聚，锦袜何由落土中"……

唉，老先生也是多情。荔枝，还是岭南的好。

诗人里的腐败分子

《赋得古原草送别》
白居易

离离原上草，一岁一枯荣。
野火烧不尽，春风吹又生。
远芳侵古道，晴翠接荒城。
又送王孙去，萋萋满别情。

我曾认定"白居易是唐代诗人里的腐败分子"，可能与他的两个小妾有关，但这并不是羡慕白居易家有两个小妾，而是惊讶白居易那两个小妾怎么那么安静呢。

读白居易的诗就像住在他家隔壁，从来没听见过樊素和小蛮的动静，大概一吵就俗了。一闭上眼睛，看到白居易家妻妾静颐，蚁虫匆忙。不独白居易家，孟浩然、储光羲、丘为、刘昚虚家家如此，像是到了尧舜之世。

白居易说"陶潜不营生，翟氏自爨薪。梁鸿不肯仕，孟光甘布裙"，樊素和小蛮想必也是修行得道的高人，或者古人说白居易是春莺出谷，那他的两个小妾就是河边的两棵柳树变的，白居易正好落在上边。又或者……索性这么说，刚才提到的那几位田园诗人，他们的妻妾就是田园。

白居易是诗人里活得比较安逸的，这有赖于他的名字起得好。唐人起的名字很灵验，无论是从他们的诗风或平生来看都挺准。李白的诗好在"白"，杜甫的诗好在"甫"，刘长卿好在"长"，韩翃好在"翃"，李商隐好在"隐"……

白居易应举，初到长安，以诗文谒见当时的大名士顾况。顾况睹其姓名，仔细看了白居易良久，出人意料地说了一句"米价方贵，居亦弗易"（京城里的生活成本高，可不好混呐!），等到披卷见"离离原上草，一岁一枯荣。野火烧不尽，春风吹又生"时，当即赞赏说："道得个语，居即易矣（能写两句诗，日子就好过得很）。"从此白居易名声大噪。这件事记录在唐人张固的《幽闲鼓吹》一书中，宋人尤袤的《全唐诗话》也提到此事，这既是白居易的才气，也是白居易的运气，这事还让我对顾况另眼相看，顾况是吴越人，我以前认为吴越就出过专诸那么一个性情中人。

每个时代的人名都有其时代特色，汉代人名字多半唯美，关羽关云长、张飞张翼德，羽类自然不厌天高云长，而擅高飞的还要有翼之德才不至于迷失去向。当然像颜良、文丑这样的也有，一听就是粗人的名字，我通常自谦的时候会提到他们。

白居易遇上顾况是他的运气好，因为顾况是幽默的，不是严肃的。男人的运气很重要，杨延辉流落番邦得了铁镜公主，薛平贵远征西凉得了代战公主，似乎远道总有个女儿国国王等着你（我的生活经验大半来自戏曲）。这当然也可以说成是对他们的回报，毕竟跑那么远不容易。

古人很会成人之美，前提是要有美事儿。说宰相肚里能撑船，前提是能当宰相，不势利怎么做中国人呢，势利是老祖宗传下来的一种冷幽默。

　　白居易的运气好，写诗也很会运气，终于把题跑回来了。来看他的《草》。

　　宋人吴曾的《能改斋漫录》说"野火烧不尽，春风吹又生"两句"不若刘长卿'春入烧痕青'语简而意尽"。某些"意"，人皆有通感，孟浩然的"林花扫更落，径草踏还生"。刘孝绰妹的"落花扫更合，丛兰摘复生"与白居易的"野火烧不尽，春风吹又生"似有感通，但语言是诗人自己的，气象也大不同。有些诗人把前人两句中的"意"合为一句，倍感遒劲；有些诗人把前人一句中的"意"分为两句，豁然开朗。宋人说此二句"不若刘长卿'春入烧痕青'语简而意尽"，正所谓"凫胫何短，鹤胫何长"，白居易实际上就好在"繁"，或说"浅"准确一点，他是越浅越深、越繁越简，与刘没有可比性，宋人吴曾是个书呆子。还有许多人说此诗"……喻小人也。消除不尽，得时即生，干犯正路"，就不只是书呆子的问题了。

　　小学课本中就有《草》这首诗，但直到许多年以后我读《唐诗三百首》时才知道它原来有八句。《赋得古原草送别》作于公元788年（唐德宗贞元三年），白居易当时只有十六岁。

戚戚致浩浩（一）

《渔翁》

柳宗元

渔翁夜傍西岩宿，晓汲清湘燃楚竹。

烟销日出不见人，欸乃一声山水绿。

回看天际下中流，岩上无心云相逐。

观沈周手卷、弹《欸乃》、读柳宗元《渔翁》都会有某种相似的享受，其中几乎能找到《考磐》之乐。而《考磐》之所以"不闷"，是因为它别有洞天。

沈周的山水看着沉闷无聊，但它总会引着你往下看，好像随手翻开一块石头，后边就是桃花源。《欸乃》是渔翁鼓棹，木舟荡去，一不小心，又误入了桃花源。至于柳宗元，他一定是相信世上真有这个桃花源的，以至于他总想去跟陶渊明做邻居，有这个想法的人肯定是做不好官了。

柳宗元的七言和五言大不一样，七言像刚离开家时写的，五言像快到陶渊明家时写的。或许我说反了，换个说法：五言像是刚离开家时写的，七言像是没找到陶家后写的。"不知来送酒，若个是陶家"，陶家可不好找，所以我更喜欢柳宗元的七言。他在不同时期写的东西也大不一样，甚至根本不像同一个人写的，可能他的作品自身就有些分裂美。如果我真这么想，那还得拉上韦应物，读这两人的诗，清幽时就像置身山林水边，而严肃时又像到了营中军械库，读刘禹锡就没这种感觉。韦、柳历来受人折证，因其诗格相近而并称，都较澄澹，然而这也是他们类似的一面都澄澹，另一面则完全不同，甚至是"峭淡之分、忧乐之别"。

柳宗元自己说："庸讵知吾之浩浩非戚戚之尤者乎？"（岂知我的澄澹浩然不是哀伤忧惧之极？）这似乎又拓展了我对他的理解，"至衰反无泪"，戚戚至极也就浩浩然了。柳宗元，名宗元，他还真就以"元"为"宗"了。

陶渊明的《桃花源记》所寻觅的不过是《考槃》的心境。以至到了唐代，这几乎就成了风尚，王维、刘禹锡、韩愈……都时不时要去陶渊明家串个门儿，似乎为的就是打听桃花源。即便是到了宋代，像王安石这样的人还是乐此不疲。可以这样说，自晋以后的诗人们忙着则罢，一旦闲下来就想去陶家借串门儿打听此事。可桃花源在何处？幸而它不存在，就像《考槃》的精蕴在于"弗告"（不可说）。这种心境是很见功夫的，不同于自闭，它是见识过大千世界之后的孤僻。甚至连孔圣人也很欣赏这"弗告"中的乐趣。"永矢弗告"，则臻至难以言说，佛爷的妙法也是这样"不可说、不可说"。

柳宗元的诗都像是在自我排遣，排遣之后便"不闷"了，"不闷"到一个轻车熟路的地境也就"弗告"了。

好诗一句一层，句句有味，柳宗元的《渔翁》将时光的流转和空间的变幻写得微妙，用苏东坡的话说就是"有奇趣"。他的诗非常像陶渊明，外边看着干枯，里边肥得流油。柳宗元之所以有这样的气色，是因为他的诗到了晚年已经不像唐诗了。

关于柳宗元《渔翁》后两句当去当留，一直有两种意见，坡老的《书柳子厚〈渔翁〉诗》云："诗以奇趣为宗，反常合道为趣。熟味此诗，有奇趣。然其尾两句，虽不必亦可。"也就是说坡老认为即便删去末两句也是首好诗。严羽在他的《沧浪诗话》中对苏东坡的这个观点表示赞同，但他说得比较邪乎，他说东坡删去末二句，即便是柳宗元复生，也会心服。苏东坡只是说"虽不必亦可"，到了严羽那里竟然就有了定论，可见他是"坡迷"。

回看天际下中流。

这里的"回看"是非常有必要的，一旦有了"回看"，前边的"山水"似乎一下子从无情变得有情了。"回看"还可以与第三句中的"不见人"照应，这一照应使得一片悦目的景色再也不闷了。摩诘的"返景入深林，复照青苔上"从这个角度上来说，也是他的一种"回看"，同样可以点化首句"不见人"，如若这两首诗都结在"不见人"这个意趣上，那未免太过于冷硬，我以为那是一种"有神无迹"之病，唐代的大诗人是很少犯这种病的。也有人不喜欢中唐的这种风格，觉得总是写着写着就写到套路上去了，而我认为好的作品要从套路里看出套路外的东西，当然也有没套路、横空出世的。

古人欣赏诗词常用一个词叫"境界"，王国维的《人间词话》中说："词以境界为最上，有境界，则自成高格。"中国的词汇好，都是两两结伴出现，互为补充，"境界"在于它是有边际的，一个好的作品也在于它是否能收得住。

"回看"就是此诗的"界"。

戚戚致浩浩(二)

《江雪》

柳宗元

千山鸟飞绝，万径人踪灭。

孤舟蓑笠翁，独钓寒江雪。

虽说是"独钓寒江雪"，但事实上诗中（或说画面中）这位"蓑笠翁"钓的还是鱼。

诗总与事实不大一样，几乎要引起人家误会，以为诗要与现实唱反调。我在读诗时常常想到一些诗句的真实境遇，这像是看到了诗的另一面，说出来更能衬托诗给人的惊喜。

独钓寒江雪。

诗人总是出其不意，令人惊喜过后反觉得它顺理成章。

诗就是要把"独钓寒江鱼"说成"独钓寒江雪"。"钓江鱼"只是平常语，加个"独"、"寒"二字不过还是平常语，只是多了些主观感受在里边，而"独钓寒江雪"竟一步登天，立地成诗了。想想这"钓江雪"，一空二冷三不是个买卖，这里有诗人的悲愤在吗？大多的诗评都会说有，但我想，柳宗元此时恰恰是没有悲愤的，有的只是旁人难以体会的和悦。

清人黄生看到柳宗元这诗中有画。不知黄生注意到了没有，这画中也有柳宗元。

《江雪》是柳宗元的自画像。

活在大历的盛唐人

《塞下曲》

卢纶

其一

鹫翎金仆姑，燕尾绣蝥弧。

独立扬新令，千营共一呼。

其二

林暗草惊风，将军夜引弓。

平明寻白羽，没在石棱中。

其三

月黑雁飞高，单于夜遁逃。

欲将轻骑逐，大雪满弓刀。

其四

野幕蔽琼筵，羌戎贺劳旋。

醉和金甲舞，雷鼓动山川。

卢纶的《塞下曲》全名《和张仆射塞下曲》，原题下有六首，所幸蘅塘退士请教过夫人徐兰英之后只选了四首。

如果看了其余两首，会抹杀你对卢纶的好印象，如果将六首一起看，前四首像是盛唐写的，后两首竟到了中唐。我倒不是佩服蘅塘退士的眼光，而是羡慕他有个志同道合的夫人可以商榷诗文。

先说《塞下曲》其一。"金仆姑"是神箭，传说中用"金仆姑"矢，不用瞄得亲切便可宛转射人。据《琅嬛记》记载："鲁人有仆忽不见，旬日而返主欲笞之，仆曰：'臣之姑修玄女术得道，白日上升，昨降于泰山，召臣饮，极欢，不觉遂旬日，临别赠臣金矢一乘，曰此矢不必善射，宛转中人而复归于筈'，主人试之果然……"看来我们老祖先早就想到了导弹"制导系统"，虽说20世纪终于发明出来了，但还是有所不足，古人说"宛转中人而复归于筈"，打完了还能再飞回来。另外也感慨古人的美文，寥寥数字读得人翻江倒海，看到"臣之姑修玄女术得道，白日上升，昨降于泰山，召臣饮，极欢"这句，我差点替他家主子把他辞退了。

千营共一呼。

我的老家华阴有一种流传了千年的戏叫"老腔"，"老腔"里有这么一段描写出征的唱词：

将令一声震山川，人披衣甲马上鞍，大小儿郎齐呐喊，催动人马到阵前。头戴束发冠，身穿玉连环，胸前狮子扣，腰中挎龙泉，弯弓似月样，狼牙囊中穿，催开青鬃马，豪杰敢当先。正是豪杰催马进，前哨军人报一声……

这与卢纶的《塞下曲》其一几乎用了同样的手法，"头戴束发冠，身穿玉连环，胸前狮子扣，腰中挎龙泉，弯弓似月样，狼牙囊中穿。"这一段于全文之中和"鹫翎金仆姑，燕尾绣蝥弧"起着同样的细节刻画作用，只是卢纶铺垫好了，最后才写出这个"千营共一呼"，而老腔一出来就写了"将令一声震山川"，读到"震山川"那肯定是"千营共一呼"的效果，读到"千营共一呼"那肯定会听到"震山川"，这是民歌和诗的默契。这么看来，卢纶之所以还有盛唐之气，多是因为他有着深厚的民歌功底。

《塞下曲》其二，先得说说李广。

李白有"汉皇按剑起，还召李将军"；王维有"卫青不败由天幸，李广无功缘数奇"；杜甫有"讨胡愁李广，奉使待张骞"；元稹有"李广留飞箭，王祥得佩刀"；鲍溶有"落日吊李广，白身过河阳"；高适有"李广从来先将士，卫青未肯学孙吴"……李广在中国历史上几乎就是文人血气的代言人，文人都缺乏血气，李广成了香饽饽，备受歌咏。

李广这个人除了没被封侯以外，另一个可爱之处是他分不清老虎和石头，正如谢道韫的可爱之处在于她分不清雪与梨花。"林暗草惊风，将军夜引弓。平明寻白羽，没在石棱中"，《史记·李将军列传》对李广射石一事的记载是这样的："广出猎，见草中石，以为虎而射之，中石没镞，视之石也。"

卢纶对此事做了一定的渲染。"林暗草惊风"，有风根本就不好射，"没在石棱中"，石有棱更不好射，"平明寻白羽"，最好的就是这个"平明"了才发现那是一块石头，当晚射罢，李将军才懒得理它呢。《汉书·李广传》对李广射石这件事还有更精彩的续集，说李广"以为虎而射之"的那一次的确是饮镞没羽，但后来他又对着石头射了好几次，终究还是没办法把箭镞射入石头，更别说是连羽都没入石棱。练家子里也不乏《兰亭序》，就那么一瞬的灵光，过后再难以复制了。

《塞下曲》其三"大雪满弓刀"。

弓和刀都是有着阳刚气的，映在雪中，更加的暖人。卢纶的体质也充沛着阳刚之气。曹操写《苦寒行》古直悲凉，却分明能看到一颗超于常人能量的、炙热炎耀之心。"大雪满弓刀"，这又像管平湖先生弹《长清》，通常都是阳刚气足的人意中的雪才会这样分外感人。

《塞下曲》为汉乐府旧题。读起卢纶的这四首诗，那些唐代的将士仍历历在目。读罢再一回味，却只见草间的风，弓上的雪，千古犹同。

草根秋虫

《游子吟》

孟　郊

慈母手中线，游子身上衣。

临行密密缝，意恐迟迟归。

谁言寸草心，报得三春晖。

昨晚，我做了一个梦，梦里我把郑珉中的"春雷"送给了白居易，把成公亮的"秋籁"送给了孟郊。

孟郊有些诗确乎"秋籁"，如《游子吟》，但凡是游子就一定会被此诗牵动。韩愈说他"刿目鉥心，刃迎缕解"，这首诗是属于刃迎缕解的。

孟郊《游子吟》好在它不像诗，当然它也不是佛经后边的回向，或者说，这种写法是孟郊矫厉作怪之后，暂时休息一下的时候写出来的，它只是人之常情，人人心里都会有的情愫。以前很多人之常情尚未被诗人道完，孟郊就干了这件事情，并把它当作诗。很多好诗又何尝不是人之常情呢？唐人终于都说完了，宋人就只能玩风吟月了，这并不是宋人水平不够，而是诗这个东西存于世上，它是一种资源，和其他的资源一样也有被用尽的一天。

临行密密缝，意恐迟迟归。

虽说我们并不想离家很远，但事实上，我们都是"游子"，这是筷子拿多近也改变不了的。开头我说"但凡是游子，就一定会被孟郊的《游子吟》牵动"，特别是这一句"临行密密缝，意恐迟迟归"，母亲把针脚缝得密密的，这样她的孩子穿着走那么远的路才不容易破损。我每次想起这个"密密缝"的针脚，就会泪涌眼眶。

如果一个男人说爱你，你千万别信，他一定只爱女娲娘娘；如果一个女人说爱你，你也别信，倘若世界上还有一个男人值得她爱，那一定是她儿子。母爱就是这样，无私又朴实。父爱呢？父爱则像是一个人心灵上的灯塔。

我父亲最擅长的事是养花，擅长到也没见他怎么照料，花竟然活得很好。前些年，我给父亲起了一个雅号，叫"横斜居士"，他问起来我就说取自宋人林逋《山园小梅》中的"疏影横斜水清浅，暗香浮动月黄昏"，这是夸您老有梅花风骨，他很满意。母亲问起来我就说他平日里斜躺横卧的，所以叫他"横斜居士"，母亲也觉得很妥帖。

谁言寸草心，报得三春晖。

我们热爱无常，却往往打着因缘的名义；我们习惯繁衍，却往往打着爱情的名义……果真报不得！

结扎时间的烈女

《烈女操》

孟　郊

梧桐相待老，鸳鸯会双死。
贞妇贵殉夫，舍生亦如此。
波澜誓不起，妾心古井水。

我们这代人的苦，不外乎时间不会等待一个大男孩历练成一个老男人，然后把当初那个心爱的女生揽入怀中。

我并不喜欢"古井水"，古井中的水冰凉彻骨，直接饮用会拉肚子，水上边可能还系有一层蜘蛛网。我喜欢湖水被徐徐暖风撩拨起的波澜，摇曳生姿，荡漾而去。日光晃起的的的春色，水从堤岸上溢出……

"平地出水为淫水"，这是《淮南子·览冥》中对"女娲积芦灰以止淫水"的注解。在水利方面，还真得多向女性专家们请教。封建社会有一个"怪癖"，就是习惯用男人的意志来写女性的心思，这是不是一厢情愿且不论，这确是全社会所倡导的。以至于儒生们学习《诗经》，一边被"窈窕淑女，君子好逑"所感动，一边动辄就把女性对爱情的追求说成"淫奔"。

凡事一个巴掌拍不响，这么一来，几乎就促成了"淫奔"一事的名正言顺。没有哪个文明古国会像中国这么变相歌颂"淫奔",可能这才是一个文明能够香火兴旺的浚源所在。几千年来,这种人性与礼教的心有灵犀,在文学中显得格外突兀。

坚贞不渝的贞妇、烈女,是古代文学中一个重要的题材。古琴曲中有《湘妃怨》,娥皇、女英就属于烈女。舜死在南巡的路上,她们万里殉夫,哭殒在君山岛。我去过君山岛,姐妹俩被埋在一起,一个坟头,真是好姐妹!从此历朝历代都在歌颂这种行为。

刘向的《列女传》里,秋胡的老婆洁妇也是一个烈女,秋胡结婚不到五天就去了陈国,回乡已是五年之后。秋胡在回乡的路上见一采桑女貌美,上去调戏结果被无情地拒绝,回家后才发现原来那是自己的老婆,洁妇认为丈夫污行不义,实在可恶,便投河自尽了。这个故事很风趣,调戏,是因为没认出来是自己的老婆,这戳到了男人的本质。然而看到男人本质的女子却投河自尽了,这是封建礼教对妇女的教化。

这个世界不需要坚贞的烈女,即便是在古代"烈女"也不是普世价值观,多半是少数人的鼓吹。"不见此女贞心亮节,何以风世厉俗?"这是乾隆帝的话。我们都知道,皇帝们自己乱伦,却要求老百姓贞心亮节。

说不定《湘妃怨》中的故事还有另外一个版本:禹流放了舜,然后霸占了他的两个妃子,再编造出娥皇、女英万里殉夫的感人故事来教化女性。还真别觉得舜惨,这也说不定是他当年软禁尧,抢走人家两个未成年幼女的报应。

贞妇、烈女,诗人们歌之咏之以自遣。然而这类题材贵在写出"别调",同样是贞心,李白的"春风不相识,何事入罗帏"何其曲,孟郊的"波澜誓不起,妾心古井水"何其直。

波澜誓不起。

发誓,自古就是流行于男女之间的欺骗行为,写到诗中,极得风俗。《诗经·王风·大车》中说:"谷则异室,死则同穴。谓予不信,有如曒日。"说贞也好,说痴也罢,以前总有很多这样的故事,但人痴到这个地步也真是一种可爱。说起"谷则异室,死则同穴",又想到前边还有几句顺便说完。"大车槛槛,毳衣如菼。岂不尔思?畏子不敢。大车啍啍,毳衣如璊。岂不尔思?畏子不奔。"这里说"畏子不敢"、"畏子不奔",女性读者切记!在私奔这件事情上,从古至今,往往怯懦的是男性。

关于孟郊,明人陆时雍有这么一段评论:

孟郊诗之穷也,思不成伦,语不成响,有一二语总稿衷之沥血矣。自古诗人,未有拙於郊者。独创成家,非高才大力,谁能办此?郊之所以益重其穷也。贾岛衲气终身不除,语虽佳,其气韵自枯寂耳。余尝谓读孟郊诗如嚼木瓜,齿缺舌敝,不知味之所在。贾岛诗如寒斋,味虽不和,时有馀酸荐齿。(《诗镜总论》)

幸亏这段评论是后世的,如果在当时保不准得打起来。

爱因斯坦一心想用速度干掉时间,他就没想以前的贞妇、烈女可以结扎时间。"贞妇贵殉夫",我们不鼓励贞妇殉夫,我希望贞妇好好活着,因为我知道历史总是歪打正着,她殉了夫,好了,世上再也没有贞妇了,一下子,春光无限。

风平浪静的波澜(一)

《秋日登吴公台上寺远眺》

刘长卿

古台摇落后，秋入望乡心。

野寺来人少，云峰隔水深。

夕阳依旧垒，寒磬满空林。

惆怅南朝事，长江独至今。

中唐的诗歌，气力渐渐收敛了，这就像是新石器晚期的陶器，好多都成了敛口。

收敛，是一个历史规律，它是文化和艺术在一次高潮过后必经的一个时期。当然，也可以这么理解，并不是它开始收敛了，而是盛唐的诗人把那高、凝、整、浑的气力都使完了，剩下的就只能幽缓一点、隽俊一些。

刘长卿就是这么一个转折时期的关键，说他好的人说他的诗沉挚温和、闲澹不焕，最得中和之气。说他不好的人说他的诗语意略同、思锐才窄，比起盛唐诗人的直朴，始有矫厉之态。这也难怪，中和与中庸本就一帘之隔。

刘长卿的诗就像某些人的书法，像柳公权的楷书、邓石如的篆书，写出来总是藏着锋的；像某些人的音乐，像管平湖的《离骚》、徐立苏的《捣衣》，虽带着些淡淡的凄婉，终不伤中和之气。悲起来很容易，但悲得雅，悲得温厚，不夹杂恶懑之情就很不容易。我觉得这一点才是刘长卿有些像杜甫的地方。虽然他的诗都像是"商调"的琴曲，但气流总是很舒畅，很绵长，如若有芥蒂悴于胸次，气韵就不会这么醇厚了。

唐代的高仲武说他"思锐才窄"，我想，刘长卿之所以最得中和之气的原因还就是因为他"才窄"，至于说他的五言凝练功夫了得，却难见斧凿之迹，这是"思锐"的缘故。"才窄"成了刘长卿的天赋，我总结出一个规律，通常被后人议论到"才短"、"才窄"的诗人还都不会差。

这种天赋叫他省得像某些诗人那样，用尽一生的心思去消磨自己先天所禀赋的"才"。但消磨也不一定就是坏事，正如我曾议论过的韩愈，他打算把所有造境和寄托都拉到实处，这么一"拉"，这个"拉"的痕迹反而就变得非常好看。或者像我曾议论过的韦应物，他觉得陶、谢家太远，不好找，有意要与之保持距离，这个"距离"变成了他的好处。所以说"消磨"也不一定就是坏事，"消磨"过后又有一种时隐时现的美，像一轮皓月，被云雨磨洗得一尘不染。

此诗起联"秋入望乡心"极为凝练。摩诘有"天气晚来秋"，都是凝练出来的爽气美景。一个"望"字则全篇照应，尽在远眺之中。眺中两联"野寺"是近观，"云峰"是远目；"旧垒"是所见，"寒磬"是所闻，见闻都有了诗才真切。

"惆怅南朝事"一截众流，不单要行逗山水，还要唏嘘人文，活像一个当代的导游。

风平浪静的波澜（二）

《自夏口至鹦鹉洲，夕望岳阳，寄源中丞》
刘长卿

汀洲无浪复无烟，楚客相思益渺然。
汉口夕阳斜渡鸟，洞庭秋水远连天。
孤城背岭寒吹角，独树临江夜泊船。
贾谊上书忧汉室，长沙谪去古今怜。

唐人的诗题有趣儿，一波三折，不看到最后绝猜不出结果。

汀洲无浪复无烟。

"汀洲无浪复无烟。"无浪、无烟，那有何可说？

以前听人家说诗好不好只看第一句便知，还不以为然，读过刘长卿"汀洲无浪复无烟"，彻底信了。他偏偏就要拿这个"无浪、无烟"做文章，让它去映衬下句"渺然"的"相思"，这里边有比兴在，而且还加上一个虚字"复"，这真是横空做出来的文章。刘长卿"做"文的功力很强。

刘长卿的七律就像一眼可以望到天涯的大海，风平浪静，可谓"无浪、无烟"，但你若是乘船出海时，却处处掀得起波澜。

风平浪静的波澜（三）

《长沙过贾谊宅》
刘长卿

三年谪宦此栖迟，万古惟留楚客悲。

秋草独寻人去后，寒林空见日斜时。

汉文有道恩犹薄，湘水无情吊岂知。

寂寂江山摇落处，怜君何事到天涯。

"天若有情天亦老"，若说是白居易写的，我觉得是沧桑；若说是李贺写的，我会觉得这是衰冗；若说是孟郊写的，我干脆就不信。有时候，唐诗里的句子一下子想不起来是谁写的，这样瞎猜也很有意思，这是读书的另一种乐趣。

刘长卿的"汉文有道恩犹薄，湘水无情吊岂知"这句，偶尔会在我背诵杜甫诗歌时冒出来，大约是《咏怀古迹》。它能在我背诵杜甫夔州诗时冒出来，这着实叫我很惊讶，后来我把杜甫的文字与之放在一起，老杜的文字看起来像古树，刘长卿的像杂草，我说的是字形，文字垒在一起的感觉。看完再读诗，读到杜甫的"怅望千秋一洒泪"，就知道刘长卿根本不是这个级别的，只有杜甫会"怅望千秋一洒泪"，也只有他才会"花近高楼伤客心"。

越是高妙的就越直接。杜甫有很多句子是无理的，但你却轻易感觉不到他的无理，而刘长卿的句子好像句句都在理。如果说杜甫的好处在无理，那么刘长卿就好在在理。"泠泠七丝上，静听松风寒。古调虽自爱，今人多不弹"，这话说得多在理，在理的诗写好了也会无理。

《说文解字》曰："长，久远也。"

久是不暂，远是不近。"秋草独寻人去后"不暂不近，杂草在长的感觉……

现在想起来了，"天若有情天亦老"是李贺的句子。可天到底有没有情呢？我的看法是：有。天若无情就不生一切物了。李贺说"天若有情天亦老"也是对的，我们不是都把天叫老天爷吗。

长长的鸡肋

《听弹琴》

刘长卿

泠泠七弦上，静听松风寒。

古调虽自爱，今人多不弹。

《全唐诗》中关于琴和茶的诗处处皆是，以我个人的喜好，以为短小精当的不外乎两首：一首是刘长卿的《听弹琴》，一首是皎然的《九日与陆处士羽饮茶》。

"古调虽自爱，今人多不弹"，这个话说得温和，甚至有些老人气。白居易也说过类似的话："古声淡无味，不称今人情"，这话显然没有刘说得那么简淡悠长，刘是箫韵，白是笛韵。

刘长卿觉得自己落伍了。有人赶时髦，有人嗜古，这是一个盛世的迹象。若说刘长卿的"琴韵"里回荡着的是一个人的格调，那皎然的茶里散发出的就是宗教的香气。

九日山僧院，东篱菊也黄。俗人多泛酒，谁解助茶香。

皎然在《九日与陆处士羽饮茶》中写"东篱菊也黄"，这是个好兴致，人往往是心到了，意才到，心意心意，心走在了意的前边。意也到了才有兴致去关注，关注那东篱的菊花，它怎么开得那么黄呀……若是再悠然见到了南山，自是心意都到了。

好多人读《红楼梦》，都笑话刘姥姥不懂茶，可我倒觉得她很在行，她在栊翠庵品茶时说："茶好是好，就是淡了点。"惹得大家哄笑。茶有苦、涩、甘、甜四味，以我的经验，通常泡出甘、甜容易，要将苦、涩泡到好处是一件见功夫的事情。刘姥姥应该认为茶是好的，但她们泡不出苦、涩的妙处，这既是茶道，也是世味。

托鲁班打家具，让黄道婆织毛衣，找姜子牙一起钓鱼，和关公一块炒股，约杜康出来喝酒，偶感小恙，华佗来给开了个方子，要没治好再找鬼谷子算一卦……你的朋友圈要都是这些人，那生活质量得多高！与陆羽一起饮茶就和做这些事情差不多。

可我觉得饮茶这件事情，一个人最好，若是与一两个好友一起评茶、闲谈，基本上就是在浪费时间。皎然与陆羽一起饮茶就是在浪费时间。茶不在好坏，更不关什么禅、道的事，只要有一分闲心。清净是件奢侈品，该忙的时候忙去，忙有忙的充实；该烦恼的时候烦恼着，烦恼有烦恼的长进。天天坐在那里喝茶就会出问题，皎然显然是被陆羽套大了，我要是皎然，我就和陆羽绝交。我是个好事之人，已经替皎然拟好了与陆羽的绝交书：

《替皎然拟与陆羽绝交书》

仙芽香彻意长清，只怕甘多损苦行。古木但教无挂碍，青山自可解风情。

分杯应笑尘缘在，入口时闻夜雨声。万卷贝文今未著，茶瓯还给陆先生！

古调虽自爱，今人多不弹。

古琴与茶都有专攻古淡一味的，诗亦如是，刘长卿《听弹琴》就是淡到不能再淡的范本。

《听弹琴》几句实属平常浅淡之语，每吟于口，不觉其腐。较之摩诘《辋川》数篇，动静小而波澜大，相比以古淡著称的孟浩然也多了一分通达。他似乎有些怨愤，但却更乐于接受。

同是参禅悟道，刘、皎这一点就非常近人情，动作不大，意味不减。不像王维，动辄就"空山不见人"了，乍读还是好的，沁人心脾，读之日久便觉得舌根清冷，不及刘、皎的浅淡绵长。想起老人们的一句话来，粗茶淡饭最养人，作诗也一样，是件天长地久的事情。

无论是喝茶还是听琴，有了一个好心境，即使在街边的小饭店喝洗碗茶，也倍觉欣喜；有了一种好心境，别说听琴，就是你抱起一块圆石头，扑通一声撂进水里，也会觉得这声音格外悦耳。

机关算尽,不及一见钟情

《新年作》

刘长卿

乡心新岁切,天畔独潸然。

老至居人下,春归在客先。

岭猿同旦暮,江柳共风烟。

已似长沙傅,从今又几年。

诗不能写成机关算尽,要写成一见钟情。因为往往你机关算尽,不及人家一见钟情。

贾岛机关算尽,李白一见钟情;韩愈机关算尽,白居易一见钟情;贯休机关算尽,皎然一见钟情;许浑机关算尽,杜荀鹤一见钟情……刘长卿?他把机关算尽到一见钟情。

刘长卿的"春归在客先"据说是由薛道衡的"人归落雁后,思发在花前"化出,我认为也有可能是受了张说"秋风不相待,先至洛阳城"的启发,无论春风、秋风,诗人总要与自然较劲儿,目的就是以此申风雨无情、物皆有常,而人却无常之慨。

若说"抄袭"这件事情,白居易有"明朝风起应吹尽,夜惜衰红把火看"(《惜牡丹花》),苏轼看到就有了"只恐夜深花睡去,故烧高烛照红妆"(《海棠》);张旭有"纵使晴明无雨色,入云深处亦沾衣"，王维看到就有了"山路元无雨，空翠湿人衣"；白居易有"野火烧不尽，春风吹又生"（《草》），惠崇看到就有了"春入烧痕青"（《访杨云卿淮上别墅》）。孟浩然有"还将两行泪，遥寄海西头"（《宿桐庐江寄广陵旧游》），而岑参有"凭添两行泪，寄向故园流"（《西过渭州，见渭水思秦川》）；刘禹锡有"山围故国周遭在，潮打空城寂寞回"（《石头城》），苏轼亦有"山围故国城空在，潮打西陵意未平"（《次韵秦少章和钱蒙仲》）……

天下文章一大抄，看你会抄不会抄了。当然，我说的这个"抄"是化用或借鉴，也许是两个诗人同病相怜，抑或是青出于蓝。

有时候读刘长卿，觉得他的诗是一件极为精美的工艺品，像供春做的紫砂壶。有时候觉得他像一位道士，炼丹百年，只剩一股细细流动的清气。

"多"出来的月亮

《江州重别薛六柳八二员外》
刘长卿

生涯岂料承优诏，世事空知学醉歌。
江上月明胡雁过，淮南木落楚山多。
寄身且喜沧洲近，顾影无如白发何。
今日龙钟人共弃，愧君犹遣慎风波。

诗写到一个境界，语文老师一定是会给零分的。

杜甫写"月傍九霄多"，什么叫"月傍九霄多"？从来都只有说月盈月缺、月阴月晴、月低月高、月升月落的，哪里有说月多月少的？到底杜甫为什么会用一个"多"字。清初，诗论家叶燮在《原诗》中说：

试想当时之情景，非言"明"、言"高"、言"升"可得，而惟此"多"字可以尽括此夜宫殿当前之景象。他人共见之，而不能知、不能言，惟甫见而知之，而能言之。

设想一下，倘若你身临此境，星光映射，千门万户的灯火闪烁晃动着，这个时候，说什么阴晴圆缺之类稍带寄意的话都会煞了风景，唯独说这个"多"，可以概括眼前的景象。明月人人都看得见，"而不能知、不能言，唯有杜甫能知之、能言之"，叶燮说得也挺晦涩。

杜甫是从感情出发写这个"多"字的，但也不是空穴来风，若对应到现实情景中，最合理的解释是当时月光比较亮，且长安城空气污染指数为0，能见度极高，也就是说，实际上是写月亮的光辉比较多，然而好在杜甫没这么写，如果这么写他就不是诗人了，他并没说多出来的是月光，那样说很滑稽。

省略有省略的窠臼，距离有距离的美感。这一省略，它竟然千汇万状。多出来的似乎不只有皎皎月光，也混同着漫漫的岁月，不只是盈盈月满，也可以是诗人自己，自己的寂寂孤心。叶燮最后说只有杜甫能看见明月，此时此刻的明月与杜甫心心相印。

从字源上来看，"多"字重"夕"。"夕"字在甲骨文中代表着月亮，后来逐渐引申成近乎"暮"的意思，原来的那个月亮怎么打发呢？只好在"夕"字中加一点，变成了现在的"月"字。可见杜工部用字出神入化，就算上溯几千年，也还是有来历的。

读到刘长卿《江州重别薛六柳八二员外》中的"淮南木落楚山多"句，想起了杜甫的"月傍九霄多"，我在写杜甫的《春宿左省》时怎么没写进去呢？既然现在想起来，就写这里好了，人都可以随遇而安的，何况文字。

淮南木落楚山多。

现在来说说刘长卿此篇中"淮南木落楚山多"的"多"。虽说没有杜甫"月傍九霄多"的"多"那么沧桑，倒也是诗中之画，只一个韵字便省却了宋人多少"山外青山"。

这是唐人的用韵，唐人很少用比较偏僻的韵，过了这个村儿就没这个店儿了。每个韵部都有着它独特的色调和音准，今人写古诗完全找不到感觉，用韵多似凑泊，而且有些人为了押韵，发明出很多类似"凤龙"这样奇怪的词汇，认为两者关系并列，未尝不可。但就是不可，老祖宗是有体统、有次第的，不信你去查查全唐诗，不会出现一处类似这样的词。

许浑亦有"远山晴更多"句，此二人的韵押得绵长，都是写意，用文字画了一帧水墨。追究唐人押这个"多"字的诗句不计其数，能叫人印象深刻的还有王维的"万井曙钟多"，这又是另外一番景象了。"楚山多"是见，水墨泼出的景境，而"曙钟多"是闻。

文房温和，锤炼功夫了得。读他《长沙过贾谊宅》中"秋草独寻人去后"、"湘水无情吊岂知"诸如这样的句子，似深得杜工部神韵，可惜对句又不及工部雄壮，之所以说他温和，是因为他总是能把许多伤感说得不怨不怒且凄美，这是功力，是格调。

请帮我浪得一个虚名

《近试上张水部》

朱庆馀

洞房昨夜停红烛，待晓堂前拜舅姑。

妆罢低声问夫婿，画眉深浅入时无。

学梳松鬓试新裙，消息佳期在此春。为要好多心转惑，遍将宜称问傍人。

韩偓的《香奁集》好，看似脂粉词，实则一味妙悟。读他的这首《新上头》，诗中描写一个豆蔻年纪的姑娘在学梳"松鬓"，试穿新裙子，在这个春季，她就要举行"上头"礼了。古代女子年十五始用簪束发，表示成年，叫"笄礼"、"上头"。她每天都要花很长的时间来梳妆打扮，各式各样的裙子、花钿、玉簪……反倒不知怎么打扮才相宜了，再三追问旁边的婢女。

朱庆馀的"妆罢低声问夫婿，画眉深浅入时无"，这一"问"，问得有趣，她自己最关心时尚了，为何妆化得入不入时、得体不得体，要"问夫婿"呢？这是她要去见公公婆婆而产生的羞怯。

韩偓《香奁集》中的那个小姑娘问的是旁人，朱庆馀的这位新妇问的是夫婿，"不自见，故明"，这大概是她们从老子那里学来的大智慧，若说老子也关心妇人画眉毛的事情，也并不是没有可能，至少韩偓关心，朱庆馀同样关心，要是正巧张敞的夫人问这句"画眉深浅入时无"，我敢保证张敞立刻放下手中的《左传》说："我来。"

唐人写"宵分未归帐，半睡待郎看"、"欲得周郎顾，时时误拂弦"、"未谙姑食性，先遣小姑尝"、"偏怜不怕傍人笑，自把春罗等舞衫"、"银筝夜久殷勤弄，心怯空房不忍归"云云，这都像是在猜悟妇女的心思，或是从正面猜悟，或是从反面猜悟，终究是要将自己寄托其中的。

中唐以后的诗人"阴气"越来越盛了。"阴气"盛，韩愈除外，韩愈雄健。阴柔人韩滉爱画牛，雄强人韩愈爱说马。韩愈说"千里马常有，而伯乐不常有"，伯乐要好好找找，最好是让千里马自己去找。

朱庆馀早就给自己找好了伯乐，《近试上张水部》便是朱庆馀在考试前写给张籍的行卷诗，并与张籍发生了一次让后人津津乐道的唱和。古人确实靠谱，今人要知道考官是谁，会给他写诗？朱庆馀以善于比拟著称，此诗他就用新妇拜见公婆一事来比自己临考之前的不安和期待。张籍在《酬朱庆馀》的诗中答道："越女新妆出镜心，自知明艳更沉吟。齐纨未足人间贵，一曲菱歌敌万金。"他把朱庆馀比作越州镜湖的采菱女，洪容斋云："此诗不言美丽，而味其词意，非绝色第一，不足以当之。"比拟贵在以意会，张籍在《酬朱庆馀》诗中明确说了朱的"绝色"，并且是"自知明艳"，这个"自知"也是耐人玩味的。我之前说"她自己最关心时尚了"，便是张籍诗中的"自知"。明知故问，这一问问得多好。

唐代以诗歌来考察人才，这也成为唐诗能达到一个空前绝后高度的原因之一，什么人写什么样诗，像黄巢那样的诗一看就是亡命徒。用诗歌来考察人，好多人就在诗上下足了功夫，朱庆馀的《近试上张水部》比拟很巧妙，他也乐于这么写诗，但与盛唐诗人疏放不羁却温厚老成相比，格调似乎打了点折扣。降低了格调也不一定就能近《风》，有时候，《风》与俗也就一墙之隔。

朱庆馀、张籍这些人的诗总带着江浙人的灵秀和世故。

以男女嫁娶之事比拟君臣仕途是唐人的熟套，我试着舍弃朱庆馀的比拟寄托，仅仅把此诗还原作"闺情"来读，不由想到了韩偓，读"闺情"，不可不读韩偓的《香奁集》。

韩偓"心转惑"，这一"惑"中有《风》；朱庆馀"入时无"，这一"问"中有《礼》。

一只从唐朝飞来的鹦鹉

《官中词》

朱庆馀

寂寂花时闭院门，美人相并立琼轩。

含情欲说宫中事，鹦鹉前头不敢言。

唐人喜欢养鹦鹉，以我对唐人的了解，某些人在家养鹦鹉，主要为了研究它们被囚的原因。

据说白居易家的鹦鹉文化程度很高，可以吟杜甫的诗。白居易写鹦鹉多用"囚"意，但并不激愤，他家的鹦鹉是一只祥和的囚犯。与齐己家的鹦鹉不同，齐己家的鹦鹉一心想去西方极乐世界看看，看看迦陵频伽到底长多漂亮。

关于鹦鹉缘何被囚一事，"哲人"刘禹锡的看法是："因为它们慧性、通情，聪明而有姿色，必须安置在笼子里。"刘禹锡说话就是爱惹事儿。李白家的鹦鹉从来就不在笼子里养着，他还呼吁全国统一放生。李义府与他家的鹦鹉同病相怜，差点儿就拜把子了。张祜家的鹦鹉怨恨最深。杜甫家把八哥当作鹦鹉养，那八哥情商过人，元、白想用自家的鹦鹉与他换，他哪里肯。

刘禹锡只是以为鹦鹉聪明、漂亮而被囚，杜甫观察得透彻，他认为鹦鹉是因为被人怜爱而损失自由的，说直接点就是死于捧杀而非才华。杜牧觉得这件事没这么复杂，在他看来就是鹦鹉话太多了。罗邺、罗隐家的鹦鹉干脆就不说话，它们已然认识到自己的问题所在。胡皓家的鹦鹉很另类，它更喜欢笼子，觉得这里也挺好。徐凝家的鹦鹉与胡皓家的相似，这事儿徐凝自己说出来更幽默：他说鹦鹉被囚，虽然是失去了自由，但也免受外边的风霜雨雪。

晚唐人不是没有激情，也并非大彻大悟，而是看得开了，像殷文圭这样的人并不效法前辈那样研究鹦鹉被囚的原因然后说三道四，他只是觉得鹦鹉有情。阎朝隐家的鹦鹉酷爱和猫打架，一天被阎朝隐看到了，他一下子想到了朝野。而裴夷直每天都要给他家的鹦鹉讲《老子》，裴说家的鹦鹉倒是不用讲《老子》，它本身就活得洒脱，看到禀赋有多重要了。最后说说薛涛，她家的鹦鹉嘴很甜，把韦皋哄得一愣一愣的。

宋人写诗想避开唐人是一件很麻烦的事情，宋人只有穿奇装异服的份儿。王安石感慨鹦鹉能说人话，人却不解鸟语。司马光一心想教鹦鹉怎么越狱，但他却把笼子锁得里三层外三层，然后把钥匙丢进陇山里。

唐人朱庆馀的《宫中词》写宫怨，也殃及鹦鹉，还有些不可告人的秘密，这秘密不光是长门买赋、昭阳人妒。朱庆馀提到的这种鹦鹉很像苏郁说的那种鹦鹉，养在宫中陪伴宫女，有一天“忽然更向君前言，三十六宫愁几许”，朱庆馀的诗这一点好，小聪慧中有大痴怨，不像张祜“一声何满子，双泪落君前”那么没脑子。

唐朝那些事儿我比较了解，我刚从唐朝飞回来。

救飞蛾的宫女

《赠内人》

张祜

禁门宫树月痕过，媚眼惟看宿鹭窠。

斜拔玉钗灯影畔，剔开红焰救飞蛾。

　　早上在琴馆，和一个僧人聊天。喝了他泡的酥油茶之后，我们竟然聊起了宗教。

　　我是很少与僧人聊宗教的，与僧人聊宗教就像与经济学家聊经济一样无聊，我平素只和他们聊酥油茶。僧说："过去的出家人追求苦行，现在生活条件都好了，供养他们的家庭也都富裕了，寺院里有些僧人就开始相互攀比，比谁的手机好……"

　　他说话的时候，我脑子里闪过了一句唐诗"剔开红焰救飞蛾"，张祜的诗。

　　不知道为什么会想起这个句子，我只是自己想了想，没有讲给他，我怕他念念叨叨，把飞蛾给超度了。他走之后我回想这事儿，那位宫女又出现了，她之所以会"剔开红焰救飞蛾"，因为她与飞蛾同病相怜，是她怜惜那只飞蛾。

　　正经说说张祜。张祜是大历一位极有灵气的诗人。除了"剔开红焰救飞蛾"，他的《莫愁乐》也令我过目难忘：

侬居石城下，郎到石城游。自郎石城出，长在石城头。

诗歌忌讳重字，张祜的《莫愁乐》恰恰就用了四遍"石城"，把相思、困顿、无奈、阻隔，甚至命运都写了出来，这是他的灵气。

他的绝句别具一格，颇得风雅，多细腻感人。

唐代第一素颜美女

《集灵台》

张祜

其一

日光斜照集灵台，红树花迎晓露开。

昨夜上皇新授篆，太真含笑入帘来。

其二

虢国夫人承主恩，平明骑马入宫门。

却嫌脂粉污颜色，淡扫蛾眉朝至尊。

　　我读张祜《集灵台》的感悟是：虢国夫人乃唐代第一素颜美女。

　　历史上那些评论家总要把《集灵台二首》说成嘲讽唐玄宗宠爱杨贵妃姐妹、带有含蓄讽喻的诗。这样说也没错，只是这样读起来诗的意境就小了许多，而读出"虢国夫人乃唐代第一素颜美女"，这样读诗意才大，大到把历史放在身后。

　　唐代的诗人们之所以要拿杨贵妃姐妹来做文章，我想主要原因是她们姐妹俩刚好出现在一个历史的转折处，她们是这个娑婆世界的寂灭长河里少数可以拿来做文章的人。她们用怀抱把历史焐热，她们是这个冰凉现实中灸热的伤愍。这就不难理解，杜甫、白居易等唐代所有具备历史眼光的诗人都要拿她们做文章。张祜并没有讽刺，他只是在诉说陵谷变迁、人情冷暖。

白居易的《长恨歌》同样也没有讽刺，他是在讲述一场爱情。诗人是多么洒脱的人，他们怎么会去讽刺别人？而那些评论诗歌的人看到了讽刺，也许历史本身就是对人的讽刺，关杨妃姐妹什么事。她们永远是美的，这美与盛唐同在。龌龊细儒们穷其一生也只能看到历史的讽刺。先褒后贬？非也，非也，张祜纯粹是在赞赏她们的美，只是不小心让你看到了历史。

一个能出现在历史转折处的女性是幸运的，一个时代要用衰败来映衬她们的美貌。你以为妲己、妹喜只是靠脸吃饭？在我看来她们的艺术品位也是超乎那个时代的。妲己像个行为艺术家，而妹喜爱听裂帛，这种音色堪比九十年代才流行起来的grunge，或者说她更像一个实验音乐爱好者。

女性即便是扰乱了朝政也是美丽的，这个观点大概只有周幽、商纣、贾宝玉等少数几位会赞同。失了天下，万世骂名，好在他们得到了爱情。

张祜也并没有写杨贵妃姐妹，他只是在讲一个大家都知道结局，唯独杨氏姐妹还不知道的故事。有男人、有女人才有故事，张祜诗中另外一个人物是君王，君王是统治者，在诗人这里，他有天子、龙、圣人、王，种种跨越时空的身份，他是封建社会最神秘的一个，也是最可亲可近的一个。他和妃子都在诗里了，这就成了人性的高度浓缩。

救罢飞蛾朝至尊，有时寂寞有时狂。实际上"淡扫蛾眉朝至尊"的不是虢国夫人，是张祜。

一声《何满子》

《何满子》

张　祜

故国三千里，深宫二十年。
一声何满子，双泪落君前。

敢用一把鼻涕一把眼泪来结一首诗的文人，文辞都很健劲，情怀也不一般。

就拿《唐诗三百首》来说，杜甫有"戎马关山北，凭轩涕泗流"；孟浩然有"羊公碑尚在，读罢泪沾襟"；白居易有"座中泣下谁最多，江州司马青衫湿"……

古人都说文章贵含蓄，忌直贵曲，要曲尽其美、摇曳生姿什么的，上边说的这几位竟然敢这么直截了当地煽情，说明他们之前早已把文章做足了，根本不缺乏才调和文辞，就像一个个头高、身材好的美女穿一双平底鞋出来，反叫人惊艳。张祜大概就是晚唐诗人里打算走惊艳路线的，或者说，晚唐诗人都想这么走。

关于《何满子》的来历，白居易曾写过：

世传满子是人名，临就刑时曲始成。一曲四词歌八叠，从头便是断肠声。（《杂曲歌辞·何满子》）

他自序云："卅元中，沧州歌者何满子，临刑，进此曲以赎死，上竟不免。"

何满子临刑前作此曲进明皇，指望以此断肠之声赎彼断肠之身，可惜上边不允。后来就以何满子命名此曲，曲调哀婉悲切，这是《何满子》的来由。另据苏鹗的《杜阳杂编》记载："文宗时，宫人沈阿翘为帝舞《何满子》，调辞风态，率皆宛畅。"张祜作《孟才人叹》诗云：

偶因歌态咏娇嚬，传唱宫中十二春。却为一声何满子，下泉须吊旧才人。

其序曰："武宗皇帝疾笃，迁便殿。孟才人以歌笙获宠者密侍其右。上目之曰：'吾当不讳，尔何为哉。'指笙囊泣曰：'请以此就缢。'上悯然。复曰：'妾尝艺歌，愿对上歌一曲以泄其愤。'上以其恳许之。乃歌一声何满子，气亟立殒。上令医候之，曰：'脉尚温而肠已绝。'"

这是《何满子》引发的血案。张祜听到这个故事，肯定感兴趣，他也要泄愤。

刚才说过，敢用一把鼻涕眼泪作结句，说明他前边已经把文章做足了。张祜写的是五绝，前边的工作是"故国三千里，深宫二十年"，加之"一声何满子"，这当然也具有一定的说服力，但似乎缺乏文章应有的一些肌理，这也许正是张祜此诗的好处。

晚唐人露骨，写得露骨，杜牧第一个会点赞。他说"可怜故国三千里，虚唱歌词满六宫"，他用"可怜"来议论此诗。郑谷又云："张生故国三千里，知者唯应杜紫微"，这话说得更到位，如此看来，清代人贺裳不理解这首诗好在哪里也并不奇怪，杜牧就算不是断肠人闻断肠声，也是喜好瘦的，跟着杜牧叫好才奇怪。

贺裳原本是这样说的："宫体诸诗，实皆浅淡，即'故国三千里，深宫二十年'，亦甚平常，不知何以合誉至此。"我觉得这也是一类别致的评论，他并不是要把这首诗说清楚（近代的诗评非要挣扎着把诗说清楚，这事不能理解），而是给我们提供了另一个品味此诗的路线，就是"实皆浅淡"、"亦甚平常"。

何满子有怨愤，把这个怨愤说得浅淡而平常，正体现出晚唐诗人的心灰意冷，冷得透彻。既然这么浅淡平常，那它到底好在哪里，记得以前我的老师林家英教授说："好在直！"

除此之外，好在里面有个断肠的故事。

他用爱妾换马

《题金陵渡》

张　祜

金陵津渡小山楼，一宿行人自可愁。

潮落夜江斜月里，两三星火是瓜洲。

我对张祜的好印象来源于他的"儿子乱弯弓"，坏印象源于"暗泣嘶风两意同"。

张祜家住在曲阿，与八大山人笔下的那条鱼是同乡。一天他带着儿子去打猎（这是一个多么懂生活的男人，让我想到了我父亲），猎罢归来，仆人接过猎物准备晚餐，妻妾迎接宝贝儿子洗洗换换，这时，儿子手里还拿着弓乱比画，给家人炫耀他父亲的英勇。

这个让许多女性很有安全感的男人有时也会用爱妾换马，并效法古人，写了《爱妾换马》诗。拿爱妾换马，这是古代文人乐于传唱之事，此事滥觞于曹彰。唐李亢《独异志》：

后魏曹彰，性倜傥。偶逢骏马，爱之，其主所惜也。彰曰："余有美妾可换，唯君所选。"马主因指一妓，彰遂换之。马名白鹊。故后人作《爱妾换马诗》，奏之弦歌焉。

此后，历代文人便乐以此事为题，尽兴书写这种"豪放"之举。我猜古人拿这事来做文章，大概要寄托这么一种情怀："爱妾"，象征着财富、地位、安乐、享受……（"妾"在古代是没有什么地位的，基本属于家庭财产的一部分）而"马"象征着贤德、义俊、追求、不羁……以爱妾换马就是摆明立场，告诉人们他要的是什么。

当然也不是谁都愿意拿爱妾去换马的，裴度曾送给白居易一匹骏马，想换白居易的爱妾，却被白拒绝了，白居易还给他写了一首诗："安石风流无奈何，欲将赤骥换青娥。不辞便送东山去，临老何人与唱歌。"诗中说：你用马把我的爱妾换走了，我老了谁给我唱歌呢？白乐天还是会算账：反正我老了，纵横驰骋已经没我的份儿了，听听歌养老吧。

唐人在写这一题材时，往往既显出对"爱妾"留恋不舍的依依之情，又有对骏马的爱慕，这就有意思了。最后心一横，还是换了，换了之后他的姿态就很清楚，他要的是自由和精神上无尽的追求。

据冯梦龙爆料，苏东坡也干过这种事。苏东坡当年因乌台诗案被贬去黄州时，好友蒋运使想用一匹白马换他的春娘，他毫不犹豫地答应了，还写诗说："春娘此去太匆匆，不敢啼叹懊恨中。只为山行多险阻，故将红粉换追风。"我想，此时的苏东坡并非不需要春娘了，而是想给春娘找个好归宿，免得受苦，男人很多类似的想法是不能被女性理解的。可未想春娘不买账，骂了他几句，就一头撞死在槐树上了。

张祜写爱妾换马，他一定也干过这种事，才会写得那么深刻。古代干这种事情并不违法，相反，你要是对妾太好了，好到脑子犯浑，想把她扶正的时候，这就快犯法了，一旦事发，起码得蹲上两年大狱。

古今不同，很难以今天的观念看古人的道德，只要不违法，唐人干什么事的都有：文人讽刺执政者，赤裸裸地借前朝的丑事来反讽；官员们携妓享乐，大肆唱和风月；三教九流与官宦交往甚密；皇帝自己就叹凤伤麟；甚至文人跟人起义造反最后也都没出多大事……这是多么开放的一个时代。

我当初看到张祜的《莫愁乐》时，觉得在他身上似乎有些李白当年的风度，有书卷外的血气，但看到他的《爱妾换马》诗，终究还是难脱千古文囿（虽说李白也写过"千金骏马换小妾，笑坐雕鞍歌落梅"）。

对于张祜的印象大致如此。回来看到他的这首《题金陵渡》，又觉得陌生。诗人的作品读了千百年，乍一看还是有陌生感的，那一定是好诗。

现在我们可以试着把张祜的《题金陵渡》分为两部分来看，"瓜洲"前边算一部分，"瓜洲"自己是一部分。"瓜洲"之前的那一部分，作者一直在暗推，"景"越来越大，越来越远，越来越陌生，几乎要推到认识之外。从熟悉的"金陵津渡"到无名的"小山楼"，再到远处不认识的"一宿行人"（"自可愁"是一个"动作"，让人把自己和"景"混淆），再到难以亲近的"夜江"、"斜月"，最后到依稀可见的"两三星火"，渐进地把人的认识减弱，推向陌生。末了再用"瓜洲"，这个与开始的"金陵津渡"一样熟悉的名字将人唤醒。这么带人去兜了一圈儿，这时你似乎对"瓜洲"既熟悉又陌生了，既在记忆之中，又要挑战一下记忆。

一旦远了、陌生了，也就美了。美是距离。张祜像个催眠大师。

"瓜洲"在金陵，长江边上。甘肃也有个"瓜州"，只是没那么多水。

秦淮河上说书的

《乌衣巷》

刘禹锡

朱雀桥边野草花，乌衣巷口夕阳斜。

旧时王谢堂前燕，飞入寻常百姓家。

　　杜牧站在韩偓面前，杜牧像个说书的；刘禹锡站在杜牧面前，刘禹锡像个说书的。把诗写到有说书的味道，其实并不容易。

　　老一辈古琴家里，有一位也到达了这个境界。别人弹《广陵散》，刀光剑影，弹得狠的甚至血溅四处，听的人战战兢兢。他弹起来像说书的在说《广陵散》，听众完全可以泡壶茶慢慢来，任他杀身成仁，咱这儿安全得很。人家在弹《流水》，他是在说"水"，他就是能弹出王羲之转笔美感的吴景略。

　　在唐诗里，这像是初唐与晚唐的差别。初唐人总能含而不露，点到为止，深情，但不泛滥，妙悟，但不彻悟。晚唐就不这样了，有多大力就使多大力，哪里像在作诗，真像是在玩儿命。什么东西都有个分寸，曾经某些诗人的确很有才华，但读起来也确实叫人寒心，最后眼看他走到一个自我世界里。现代的一些诗人，让人对诗歌产生一种不良的印象，甚至觉得恐怖。

　　还是来说古诗。诗有无情处皆有情的，也有有情处皆无情的。杜甫《燕子来舟中作》诗云："旧入故园曾识主，如今社日远看人。""曾识主"、"远看人"，这便是无情处皆有情。刘禹锡《乌衣巷》云："旧时王谢堂前燕，飞入寻常百姓家。"这便是有情处皆无情。

《乌衣巷》是刘禹锡最好的绝句，毕竟能写出今夜月曾照吴王宫的诗人多，能构思出"旧时王谢堂前燕"，而今"飞入寻常百姓家"的诗人就刘禹锡一个。

"朱雀桥边野草花，乌衣巷口夕阳斜。旧时王谢堂前燕，飞入寻常百姓家"，你说刘禹锡像不像秦淮河上说书的？只不过他把中间的故事省却了。

诗是他的小酒

《西塞山怀古》

刘禹锡

王濬楼船下益州，金陵王气黯然收。

千寻铁锁沉江底，一片降幡出石头。

人世几回伤往事，山形依旧枕寒流。

今逢四海为家日，故垒萧萧芦荻秋。

　　刘禹锡是用"才"写诗的，这便是之所以人家说他的诗"又无自己在诗内"的原因。

　　他才气卓荦，太豪健了。读他的诗，就像是吃腱子肉一样，一点肥的都不带；又像吃熟透的水果，一点酸味都没有，这样可能会影响口感。他大概与杨巨源、鲍溶属于一类，但不像贺知章那么深不可测。

　　作为一个政治家、思想家，诗歌是刘禹锡的小酒，颇有些自斟自饮、小酒怡情的意思。这正是他不同于元和那些振奋士人，有别于韩、孟的地方。韩、孟的诗里总觉有政教、抱负和那些对诗歌不利的东西在。也可能是刘禹锡政治上的失败对他的诗歌起了一种反作用力。

　　哲学这件事情，有时候在艺术家那里会换算成一种审美。大到鲲鹏小到朝菌，无论是古贤还是小盗，在庄子笔下都那么"养眼"（在我看来庄子就是个艺术家）。象形文字在喜欢打比喻的古人那里，形成了一种哲系的审美。"千寻铁锁沉江底，一片降幡出石头"、"东边日出西边雨，道是无晴却有晴"、"沉舟侧畔千帆过，病树前头万木春"……这些美景中就蕴涵着哲思。

这种类型的诗歌虽说已去李、杜甚远，但在唐代中晚期还算可观。"又无自己在诗内"，这个事情不能怪刘禹锡。如果说李、杜像是深山中的神木，那刘、柳这些人就是石径罅穴中的奇花异草，虽然挺拔，只是没有长对地方。后来的小李杜看到这些前辈的尴尬，总结了一下，他们索性将奇花异草直接栽成盆景，反倒又成一种姿致。再后来到了宋代，苏东坡不甘于盆栽，一个劲儿想着往山里跑，跑到半路还是做了石罅奇葩，但好在他将刘禹锡的这种精神发扬光大了。

刘禹锡的《西塞山怀古》历来被誉为怀古绝调，清代东方树却觉得"无甚奇警胜妙"，因为他要拿人家刘禹锡跟杜甫比。他说了这么一段话："此诗昔人皆入选，然按以杜公《咏怀古迹》，则此诗无甚奇警胜妙。大约梦得才人，一直说去，不见艰难吃力，是其胜于诸家之处；然少顿挫沉郁，又无自己在诗内，所以不及杜公。"

大致来讲，盛唐的诗人都是把"性情"放在最前头的，即使是应制诗，也是有"性情"在的。要让诗中有"自己"在，从技法上来讲，并不一定就非要着墨写"自己"，例如杜甫的《咏怀古迹》，其一，只说庾信而"自己"之萧悴亦可知；其二，开门只说宋玉而"自己"之寥落自在其中，省得又要"伤往事"、又要"枕寒流"地唏嘘一阵子。甚至《咏怀古迹》其三，只道"画图省识"、"环佩空归",而昭君平生更可想见,这就是盛唐诗人的高妙之处。

学盛唐的诗人,铺陈靠才气,勾勒见功夫。像"胡琴琵琶与羌笛"、"葡萄美酒夜光杯"……这样不起眼的句子正是后世所少有的。学唐人要学他的"短处","长处"往往是诗人的气质,是学不来的,而"短处"正是诗人的功夫。总之,有物有事、有景有情、有点染、有勾勒、有有用的,也有没用的,这样的诗才不至于"又无自己在诗内",东方树的这句话同样具有写作技巧指向性。

翁方纲评此诗时说"固无八句皆紧之理",可见许多人不喜欢刘禹锡的这种语工调熟。诗歌是刘禹锡的小酒,他不会像杜甫那样想着"语不惊人死不休",平日里小酒这么喝着,难免就语工调熟起来了。看看他的"遥望洞庭山水翠,白银盘里一青螺"、"南宫旧吏来相问,何处淹留白发生"……这里有多少寄托呢?聊自消遣罢了。

"长恨人心不如水,等闲平地起波澜"、"东边日出西边雨,道是无晴却有晴"、"千淘万漉虽辛苦,吹尽狂沙始到金"……刘禹锡笔下的沧桑感皆出于哲人的智慧。

《诗》曰:"鹤鸣于九皋,声闻于天。"古人的哲理真美。

数花朵的宫女

《春词》

刘禹锡

新妆宜面下朱楼，深锁春光一院愁。

行到中庭数花朵，蜻蜓飞上玉搔头。

周昉的《簪花仕女图》看久了，会叫人徒生非分之想。

我刚才幻想自己变成白居易笔下的一株草，长在李商隐去过的黄昏古原，突然一天，被唐代某个贵妇的香车辗过，顿觉此生圆满了。

如果不知道唐代的仕女长什么样子，看看周昉的《簪花仕女图》，一目了然：面如满月，臂如霜雪，眼睛像刚割开的一样。茜红长裙，轻透纱衣，身形丰硕柔媚，分明是《诗经》里所说的"硕人"。好一个富态的时代！不知道怎么搞的，女性离开了唐代就都不好好吃饭了。

出水芙蓉般的仕女，我要是蜻蜓也会飞到玉搔头上看会儿书去，顺便琢磨一下她们的日常生活。她们确实无聊，除了数花朵、看星星、救飞蛾、扑流萤、荡秋千之外，也就剩打哈欠了。打哈欠，书中有个很美的词叫"欠伸"。"洛神不见陈王面，寂寞秋前一欠伸"，有人认为这是女性最美的一刻。

唐代诗人的宫怨、春词里的女性，仿佛看得见又看不见，诗人于其中寄托了自己。"深锁春光一院愁"，总妙在一个"愁"字。

王昌龄的《闺怨》音调悠扬，悠扬中暗合风骚；白居易的《春词》音调清亮，余韵绕梁；元稹的《春词》音调华丽，像用一支宫廷乐队演奏一曲民间小调，难免有些躁腻；刘禹锡的《春词》音调最为和平，与白居易同调却比白更淡，余韵更婉。虽说风格不同，但诗人们都有"愁"。王昌龄是"闺中少妇不知愁"；白居易是"春入眉心两点愁"；元稹是"蜂声鸟思却堪愁"；刘禹锡是"深锁春光一院愁"……此类题材之体还是在"愁"上，没有愁，人生就不完美了。

从诗歌技法上来说，诗贵在对面着笔，并不直写这个"愁"字。闺怨、春词这一题材，只要描写出女子的天真，或抓住女性不可捉摸的出神状态，以乐写哀，诗人的"愁"与女性的烂漫一对比，就变得很可观。其中互相作用，自得风情，出于哀与乐之外的风情。

李白的《清平调》极尽杨妃倾国之色，欢娱至处却以"解释春风无限恨"，一笔"恨"托之，这便是诗人的彼岸。而白居易的《春词》写："低花树映小妆楼，春入眉心两点愁。斜倚栏杆背鹦鹉，思量何事不回头。"像是大晴天的突然下起了雨，一场阵雨，宫女们躲之不及，回廊淋漓，溅湿罗袜……这时才显露唐韵，而刘禹锡的《春词》是艳阳高照，蜂蝶自忙，困倦中的古意。

"蜻蜓飞上玉搔头"，读者自知这个长得鸟语花香的女子痴立已久，无情处皆有情。

刘姥姥的师傅林黛玉

《官词》

顾　况

玉楼天半起笙歌，风送宫嫔笑语和。
月殿影开闻夜漏，水晶帘卷近秋河。

刘姥姥是林黛玉最好的徒弟。

前提是我把白居易当作刘姥姥，把顾况当作林黛玉。

二十年前北漂的时候，和一个叫左小祖咒的诗人谈起白居易，他说白居易太好了，但究竟怎么好也没说清楚，只是发了一大堆牢骚。

我们那时候都是随身揣着一本自己的诗集才出门的，认识一位新朋友，先把诗集递过去，一方必须认真地当面阅读完毕，然后发表读后感，另一方坐在一旁喝着闷酒陪读。有一年河南来了几位画家，我们坐在酒仙桥菜市场的一个小饭馆里，饭菜刚端上桌，有个叫王亚彬的画家就把诗集递给了我……那一天我正巧忘了带诗集，于是当我读完后，就剩一碗白米饭了。

"米价方贵，居亦弗易"，那些年在京城混都不容易，一个苦鬼喜欢白居易，估计是因为白居易好在不苦。

白居易就像刘姥姥一样，深不可测。刘姥姥是一个入世版的

"空空道人"，她进大观园干吗？别以为她攀附势利，她是去"看"的。白居易写《长恨歌》诸篇何尝不是以一个旁观者的姿态，无论他多么投入，都像个唐朝的看客，我曾把他比作出谷春莺，他住在树上的。据说白居易的师傅有可能是乌巢禅师，就是唐僧取经路上授唐僧《心经》的那位住在树上的乌巢禅师。

水晶帘卷近秋河。

顾况是白居易的"入世"恩师。人和人真看投缘不投缘了，能写出"水晶帘卷近秋河"的人当然能读懂"斜倚熏笼坐到明"……

千古"不遇"之美

《寻隐者不遇》
贾　岛

松下问童子，言师采药去。
只在此山中，云深不知处。

唐代诗人的"不遇"题材非常广泛，不光有"寻隐者不遇"，还有"寻诗人不遇"、"寻友人不遇"等。正是"不遇"给了寻访者大好的机会去游赏山水，如若是宾主相遇相叙，也就无暇顾及景致了，更不要说半路上来一场艳遇，那就只能凝视着对方的眼睛。

先说说"寻友人不遇"。原本这段时光想好是要跟友人相叙的，可友人刚好不在家，扑了个空，只好自己和自己叙叙，想想自己的人生。再说"寻诗人不遇"，原本期待这段时光与诗人谈天读月的，可诗人刚好不在家，又扑了个空，只好对鸟谈天，与鱼读月，领略一番诗人不在之后，天地间美景的寂寞。最后说这个"寻隐者不遇"，原本这段时光特地来寻处士空山论道的，可处士也没遇上，还是扑了个空，道么，只得个中求了，不过可以顺道参观一下处士们战斗过的地方，看到他们门前花草烂漫、院中鸡犬安心，都有要升天的气色，自己也就安心了。

不遇，有时会给人一段比相遇更安心、更欣慰的时光。

"无人知所去，愁倚两三松"，李白的不遇是惆怅；"主人登高去，鸡犬空在家"，孟浩然的不遇有些愤世；"知君少机事，当待暮云还"，孤独及不遇时总有期盼……

我总结了一下：丘为的不遇如松下溪流，李商隐的不遇若马前琼花，皎然的不遇像日边归雁，岑参的不遇似雪上鸿爪，韦应物的不遇有大丈夫气，窦巩的不遇有小女子态，白居易对不遇像是早有防备，许浑的不遇则成莫名的伤怀……唐代诗人这么多"不遇"，问题都出在唐代没有"iPhone"。

唐代的"瘦"诗人贾岛把《寻隐者不遇》写得像福尔摩斯办案一样，读起来充满悬念，那位"隐士"堪比一个高智商犯罪天才，动辄没了形迹，只留下一团迷雾，这正合贾岛胃口，贾岛嗜好推敲，一首诗在贾岛那里，仿佛就是个"平行宇宙"，不同的字有不同的结局，他在文字中可以穿越时空。我甚至怀疑贾岛迷恋的就是这个掐擢胃肾的推敲过程，而不是诗本身。

"独行潭底影，数息树边身"，我至今也没搞明白这两句诗有什么好，贾岛至于"两句三年得，一吟双泪流"吗？我甚至觉得他在诗后自注的这句"两句三年得，一吟双泪流。知音如不赏，归卧故山秋"都比原诗敞亮些。大概它对于贾岛来说是最好的句子，就像温八叉的"鸡声茅店月，人迹板桥霜"，也只是对于欧阳修来说是最好的句子，各有所好。苏轼说"郊寒岛瘦"，自是此二人不能耐寒强魄，若后人嗜赏嶙峋枯瘦之木，嗜听清冷凄切之虫，那自然会爱孟郊、贾岛的诗。话又说回来，唐代的富态也真应该有孟郊、贾岛这样的"寒、瘦"才算圆满。

有人怀疑《寻隐者不遇》不一定是贾岛所作，可能是孙革的《访羊尊师》，这首诗完全不同于贾岛平时的寒僻、险峭，但也可能是贾岛险到不能再险，心突然平坦了，就像柳宗元的戚戚浩浩，就像孟郊的游子心。

如果写"闺怨"题材的唐人大多是"不遇明主"，那写"寻隐者不遇"题材便是诗人对"道"的不屑。凡天地间一切事物，在诗人诗中皆有象征，世间一切事物于人心之中也都有寄托，就如同贾岛的"推敲"——"推"是他的浮屠心，"敲"是他的功名心。

除了贾岛，福尔摩斯也酷爱"推敲"，现在我们来学福尔摩斯"破案"：

在此诗中，"师"是"道"的代言人，诗人来寻他却不遇，这就暗示了"道"是寻不见的（不可刻意求之）。有意思的是"师"未遇见，但也并不徒劳，遇见了他家的"童子"，"童子"还知道"师"的去向——"采药去"了。"童子"象征着人性的"真"，当然"松"与"药"也都有各自的象征。我们把前半篇的这些线索串联起来："道"是寻不见的，但"真"知道它的方向，继续"破案"……"童子"说"只在此山中，云深不知处"，童言无忌，"童子"把真相全都说了出来。这里的"山"象征着"自然"，"云深"又强调了"自然"之广博无限，人是自然的一部分，到了深山之中，渺小的人便不知去向。当"师"成了"山"的一部分，"道"也就是"自然"的一部分。或者还可以这样解释："道"就在我们的生命之中，但无迹可寻，各自收获圆满。

我们的"案子"结了，不是凶杀案，更像一则禅宗公案。就结到"道法自然"上吧。

唐代诗人对"不遇"的兴致大过"相遇"，大概唐代诗人去寻隐士的时候心里一直默念他不要在家，如果不巧在家，那就只好扫兴地进去随便坐坐。

不似渔樵不似僧（一）

《月夜》

刘方平

更深月色半人家，北斗阑干南斗斜。
今夜偏知春气暖，虫声新透绿窗纱。

更深月色半人家。

"更深月色半人家"，这像是画，据说刘方平善画。

现在没人见过刘方平的画，可以任由想象。在我想象之中，他的画根本不像唐人的画，更像是明清画家的小品，七绝像文从简，五绝像华岩。

刘方平的诗太幽寂了，幽寂之中无所觊觎。说他像个渔樵那样质朴，又暗合风雅；说他像个僧人那样通彻，又若有所思。他既不像渔樵又不似僧人，那就跟诗人比，他的幽寂不是陶渊明、孟浩然的那种高调，里边还掺着或甘甜或苦涩的滋味，他诗中的寄托好在若有若无，这是他的诗境，他写诗简直就是一种陶冶情操，琴棋书画在他这里似乎真的能变成颐养性灵之事。

虫声新透绿窗纱。

"虫声新透绿窗纱"，"新"字可爱，如水中棹。当然更可爱的还有他的"采莲从小惯，十五即乘潮"。

不似渔樵不似僧(二)

《春怨》

刘方平

纱窗日落渐黄昏，金屋无人见泪痕。

寂寞空庭春欲晚，梨花满地不开门。

刘方平最好的诗就是这首《春怨》，《春怨》妙在"不开门"。

"不开门"，把梨花关在外头，把憔悴的美人关在里头。"憔悴"是人们看见"泪痕"二字瞎猜的，依我之见，她在里边也并不一定是色衰相，妙就妙在刘方平说"无人见泪痕"，这比有人见泪痕效果还好。她到底在里面干吗呢，只有刘方平知道。

刘方平的绝句是杯中的月亮，构思极为别致，体物入微，诗中的寄托、嬉笑怒骂都太微妙，稍不经意，你便错过了一道唐代料理。刘方平的好处也是无法言说的，就像《十九首》中的"胡马依北风，越鸟巢南枝"一样，什么都没说，却是好诗。他的细节显得很宏观，幽寂处显得很沧桑，读他的诗不知不觉，就把你带到了另一个地方，再用另一种方式看这尘俗世界。

他的"犹有春山杏，枝枝似薄妆"（《望夫石》），风雅不输李白；"庭前时有东风入，杨柳千条尽向西"（《代春怨》），更是风人未有可及；他给皇甫冉写信说"借问客书何所寄，用心不啻两乡违"(《秋夜寄皇甫冉郑丰》),估计皇甫冉看到都要崩溃掉了;"阳台归路直,不畏向家迷"(《巫山高》),又能启发宋人的诙谐。

刘方平不但是个才子,还是出了名的帅哥。他是匈奴族裔,俊朗可想而知。关于帅这个事情,古人从不浮夸,由于古代写书的都是男性,男人都觉得帅的那是真服了。刘方平到底长什么样?我帮女性读者找到了他的好友李颀的描写:"童颜且白皙,佩德如瑶琼。荀氏风流盛,胡家公子清……"正是时尚的小鲜肉。

"梨花满地不开门",历史告诉我们,越封闭的地方就越开放。

"梨花满地不开门",并不是她对梨花不感兴趣,而是她玩儿累了。

妙玉最好的那款茶

《夜上受降城闻笛》

李　益

回乐峰前沙似雪，受降城下月如霜。

不知何处吹芦管，一夜征人尽望乡。

唐代对李益的绝句评价很高，认为是可以竞爽李白、王昌龄的。而我对李益的病情更为关心。

李益有痴妒病，据《旧唐书·李益传》记载："……然少有痴病，而多猜忌，防闲妻妾，过为苛酷，而有散灰扃户之谭闻于时。故时谓妒痴为'李益疾'。"唐人很坏，直接用李益的名字命名了这种病。

这段记载教给我们一个新的成语"散灰扃户"。所谓"散灰扃户"，说的是李益出门的时候，要在地上撒灰，然后再将门窗反锁，回来看看灰和锁是否完整，他用这个办法来防止妻妾与人私通。妻妾就那么容易与人私通吗？这在李益看来是肯定的，李益是个有文化的人。

我们来给李益把把脉好了。《红楼梦》中妙玉献茶一回，妙玉让道婆把刘姥姥用过的杯子放到门外，准备扔掉。宝玉说干脆赏给刘姥姥吧，可以卖个钱过日子，妙玉说："幸亏我自己没用过这杯子，如果我自己用过，我就是砸碎了也不给她。"妙玉也太清高了！李益痴妒病的病根子也是在清高上。

我突发奇想，如果是王维用过的杯子，妙玉嫌不嫌呢？以我对妙玉的了解，她一准儿杏脸桃腮，杯不离唇地品她最神秘的那款茶。

回乐峰前沙似雪，受降城下月如霜。

我在写李白《静夜思》时说"诗就在举头和低头间"，李益完美了我这一议论。"受降城下月如霜"，这是"举头"；"回乐峰前沙似雪"，这是"低头"，只是他没像李白那样直白地说出来罢了。然而举头低头间，看见的依旧是故乡，依旧是他家的院子，和院子里完整的灰、紧扣的锁。

李白越直白就越委婉，李益越委婉就越直白，这便是李益能竞爽李白之处。

李益说"不知何处吹芦管"，实际上就是他在吹芦管。

"嫁与弄潮儿"是对的

《江南曲》

李　益

嫁得瞿塘贾，朝朝误妾期。

早知潮有信，嫁与弄潮儿。

虽说李益的《江南曲》只是闺怨，读罢却让人有种茫茫乾坤竟无一物可托之感，这个怨恨深了。

早知潮有信，嫁与弄潮儿。

"弄潮儿"说的是水手或渔夫，这本是句痴语，非怨极者不能道出此语。读罢此句也就明白了《郑风·褰裳》中的"子不我思，岂无他人"是怨怅之极，而并非古人说的"人尽夫也"。若真是"人尽夫也"倒也是个很好的择偶心态。

"早知潮有信，嫁与弄潮儿"虽是荒唐语，同样也是智慧。想必中国人早就学会了从荒唐之中窥探事物安身立命的根本。

《江南曲》语言明白如话，正是商人妇的口吻，似乎还有些像《卫风·氓》的语气。嫁一个为了高品质生活而终日乾乾奋斗、目标上市新三板的有为青年，还不如嫁一个随波逐流的渔夫，这听起来的确很荒唐，但却是李益的坎壈世故，或是他世故中的彻悟。

潮，属于自然现象。李益说"早知潮有信，嫁与弄潮儿"的弦外之音是：除了大自然以外，哪里还有"信"？圣人说的"信"、商人说的"信"、政客说的"信"、和尚说的"信"、商人妇说的"信"，都不是一回事儿，要怪就怪伟大的汉字是象形文字，意思太多了，还偏偏要把它刻在竹简上称为青史，我们知道竹子这种植物除了外表高洁之外，淫根纠结、枝节太多也是个问题。

关于"信"这个话题，庄子在《盗跖》中也议论过：

尾生与女子期于梁下，女子不来，水至不去，抱梁柱而死。

尾生抱柱，这是个女人骗男人的好故事。一个佻挞青年一时冲动，为爱而生，为情而死，也是情有可原的，但庄子说的故事都寓意极深，尾生是鲁国人，与孔子同乡，我想，它的另一层隐射是依戴孔、孟所提倡的"信"的后果：一旦像尾生这样的守死善道精神被统治者辜负，冰冷的河中不过只多了一具冤骨。

中国人崇拜的是大自然。"三十年河东，三十年河西"、"峰回路转"、"山不转水转"……我随手就能找到大把中国人崇拜大自然的佐证。整天琢磨这些事的民族谈"信"，还挺幽默。

现在这个"弄潮儿"又有了一层新的意思：喻有勇敢进取精神的人。历史再次证实了诗人的观点，"嫁与弄潮儿"是对的。

仓促是一种美

《喜见外弟又言别》

李 益

十年离乱后，长大一相逢。

问姓惊初见，称名忆旧容。

别来沧海事，语罢暮天钟。

明日巴陵道，秋山又几重。

那些年，住在一座阁楼上读书，夜里常有老鼠光顾。

它每次来时，我即便是在梦里也能笑出声，它的脚步声仓促，踏在阁楼的木板地上动静还不小。我忽然感到：仓促是一种美。

如今回头来看，住在上海的那些日子也是仓促的，能记起的是桃花开了又谢，一个春天就过去了，荷塘晚风，一个夏天又过去了，还有耀眼的菊花、天外的桂花香，秋天就过去了，冬天嘛，有蜡梅。人最好不要有记忆，记忆本身就是仓促的。

诗人的时间过得飞快，"故国三千里，深宫二十年"，美好的时光一笔带过，心酸的也这么一笔带过。近体诗体格本身就是仓促的，诗人却浪迹其中。

"花开时节又逢君"便是浪迹。

关于时光的典故有"烂柯人"，南朝梁·任昉《述异记》记：

信安郡石室山，晋时王质伐木至，见童子数人棋而歌，质因听之。童子以一物与质，如枣核，质含之而不觉饥。俄顷，童子谓曰："何不去？"质起视，斧柯尽烂。既归，无复时人。

这个典故是说信安郡的石室山（今浙江省衢县），在晋朝时一个叫王质的人去那里打柴。看见有几个童子在下棋、唱歌，他便放下砍柴的斧子近前去听歌观棋，其中一个童子把一个形状像枣核一样的零食递与王质，他含着竟然不觉得饥饿。一会儿，童子对他说："还不回去吗？"王质起身，看到自己的斧子斧柄已经完全腐烂。等他回去之后，与他同时代的人都已经不在了。

还有一个"阮郎"的典故，南朝宋·刘义庆《幽明录》记：

汉明帝永平五年，剡县刘晨、阮肇共入天台山，取谷皮，迷不得返，经十余日，粮食乏尽。""溪边有二女子姿质妙绝。""二女便呼其姓，如似有旧，相见忻喜，问：'来何晚耶？因要还家。'""有群女来，各持三五桃子，笑而言：'贺汝婿来。'""遂留半年。气候草木，是春时，百鸟鸣呼，更怀土，求归甚苦，女曰：'当如何？'遂呼前来女子有三四十人，集会奏乐，共送刘、阮，指示还路。既出，亲旧零落，邑屋全异，无复相识。问得七世孙，传闻上世入山，迷不得归。

这个典故说的是汉明帝永平五年，剡县人刘晨、阮肇一同入天台山采谷皮，迷了路，在山里度过了十几天，带来的粮食都已经吃尽，此时在溪边偶遇两位丽质女子，被邀至家中，并招为婿。过了半年，在一个春天，他俩人思念故乡想回去看看，便与妻子告别，回到家中时亲友皆早已谢世，村邑也不是当年的样子了，没有一个认识的人，问到自己家中，已是七世孙，七世孙说他们的先祖入山迷了路，再也没有回来。

古人的这两个典故留给我们一些宝贵的经验：

一、不要随便吃陌生人给的东西，特别是女人给的。

二、如果一不小心误入仙山，就不要老想着回来了。

关于第二条，有诗人写道：

落叶萧萧秋水寒，边城日暮北风残。使君若向天台去，寄语刘郎莫下山。（《秋边》）

说是"有诗人写道"，其实很多就是我写的。"山中方一日，世上已千年"，神仙的日子真好过，他们不是住在山里就是住在天上，或者两头跑，天上的是故宅，山里的是别墅。王质、刘晨、阮肇入山都是遇到了仙人，仙人只会误人子弟。以刘、阮的遭遇来看，飞机飞在天上，并不是飞机飞得快，而是天上的时间过得慢，地上要行一年的路，天上才用一个小时，美中不足的是空姐不招婿。

谁说我从来不说诗来着。想起来这些事儿都是因为李益的这首《喜见外弟又言别》，每读此诗，便觉得时光迅急，人生仓促。

杜甫算过这么一笔账，"九载一相逢，百年能几何"，掐指一算，十一次，前提是你真能活到一百岁，要是活个八十九还见不到第十次呢。孔子在川上曰："逝者如斯夫！"这也像是在算流水账。看来不但诗人的时间过得快，圣人的时间过得也快。

为什么他们的时间过得比我们快？因为他们并不珍惜时光。

王贞白说："一寸光阴一寸金。"朱熹说："天地全是一团生意。"突然对生意人萌生敬意。

江东最好骗的男人

《听筝》

李　端

鸣筝金粟柱，素手玉房前。
欲得周郎顾，时时误拂弦。

中国的学问，多半都是应付自己人的奸诈和缺德用的。

被忽悠了、上当了、买到假货了，只能怪你自己没文化。读通了《左传》，你就不会被传销组织洗脑；读通了《玄怪录》，你就不会被"半仙儿"忽悠；读通了《山海经》，你就不会再接到诈骗电话；读通了《诗经》，你就不怕再当备胎；读通了《西游记》，你就不会被导游强迫购物，因为遇到了你也见怪不怪。

传统的理学讲阴阳消息、万物变化，和其中变或不变的规律；中国兵法讲虚虚实实，兵不厌诈；中国的医学讲寒热表里；中国人自然也是真真假假，那中国文学只好梦梦醒醒……

时时误拂弦。

古人的智慧就在此"误"字中。

我们知道有些事情做错比做对好，不做比做好。这是大智慧。就像此诗中的女主人，她时不时地弹错几个音，她知道"曲有误，周郎顾"，周郎是江东最好骗的男人。

　　这样的传统文化到底靠谱吗？这不好说，大概就像中国画，下笔生晕，画好了是极有气质的，画不好真叫恶心；又像中国的古琴，音准都在手底下，弹好了有韵，弹不好也实在无趣。总之，它是封建社会的产物，如今看起来假假的，但它美也美在假假的。

　　李端善描画人物内在，"细语人不闻，北风吹裙带"便是。

与僧道保持距离

《寄全椒山中道士》
韦应物

今朝郡斋冷，忽念山中客。
涧底束荆薪，归来煮白石。
欲持一瓢酒，远慰风雨夕。
落叶满空山，何处寻行迹。

《寄全椒山中道士》似与山人神会，文以记之。

今天气温下降，韦应物在刺史郡斋感觉到有点冷，这才念及"山中客"。韦应物似乎可以"视"通千里，"落叶"、"空山"、"荆薪"、"白石"、"风雨夕"，他把全椒山中道士与这么多清冷的场景造于一处，甚至有意添油加醋，把清修说得更为清冷，这也是要与全椒山中的道士保持距离。

道士出世清修，韦应物既怀念又不放在心上，此诗妙处全在"忽念"二字。

深山中的军械库（一）

《滁州西涧》

韦应物

独怜幽草涧边生，上有黄鹂深树鸣。

春潮带雨晚来急，野渡无人舟自横。

韦应物的这首诗还有另外一个版本："独怜幽草涧边行，尚有黄鹂深树鸣……"

唐诗总有许多异文，这句中的"行"和"尚"就是此诗的异文。以我之见，大多数异文都是后世的庸人自扰，或者干脆就是恶搞。如若唐人写的绝句，能让后世人易一字，那就不叫绝句了。

明代有个诗人杨慎，在他的《升庵诗话》中执意认为：'行'字胜'生'十倍。

"独怜幽草涧边行"，这个"行"字是俗不可耐的，"独怜幽草涧边生"，是从（我）"独怜"到"幽草"，这个情绪是散出去的，最终落到幽草上。而"独怜幽草涧边行"，到了还是落在"我"上，因为"行"字中即有"我"在，实在多余。况且这"独怜"之中自有涧边独行之意，又来一个"行"，岂不恶俗？如此便失掉了唐诗简净凝练的气味，它使得诗韵余地窄小、太累，也太闹。就这么一字之差，气质就变了，诗立即从天上坠落到地上。唐人炼字是很讲究的，一个字都要有留白、不说之美。这也是唐诗语言特有的沧桑感。沧海桑田总是一语不发，却尽收万物之美。

"上有黄鹂深树鸣"，这个"上"字一旦换成"尚"字，刚才说到的那个"我"又跑回来捣乱，这样寄意太深，便不是韦应物了。韦应物何其清幽，又何其凛肃，怎么会有滑稽的"我"跑来跑去呢？

韦应物的清幽，有时像人迹罕至的深山茂林，有时又有军械库的森然不可犯。

我很长时间都没能搞清楚，为什么会有这样的感受，现在大抵悟到了，他的清幽来自他的血气。他年轻时曾做过皇帝的侍卫，进入壮年的韦应物，正如宝剑寒光照入深林，深林依旧清幽，但那些魑魅魍魉皆四散回避了。

这么说来韦应物的诗有《金刚经》的美感。

据说有一家的丫鬟晚上睡不着觉，反复念叨着后两句。

深山中的军械库(二)

《初发扬子寄元大校书》
韦应物

凄凄去亲爱，泛泛入烟雾。

归棹洛阳人，残钟广陵树。

今朝此为别，何处还相遇。

世事波上舟，沿洄安得住。

"凄凄去亲爱，泛泛入烟雾"，"凄凄"、"泛泛"，起句就用叠词，这是韦应物的古淡。

古诗之中有很多叠词，如果跟古诗相比，叠词的运用到了唐代诗人那里，已经是萧萧没没了。

《诗》三百，有近两百篇运用了叠词。如我们熟悉的"桃之夭夭"、"关关雎鸠"、"有狐绥绥"、"燕燕于飞"、"杨柳依依"……刘勰说："'灼灼'状桃花之鲜，'依依'尽杨柳之貌，'杲杲'为日出之容，'瀌瀌'拟雨雪之状，'喈喈'逐黄鸟之声，'喓喓'学草虫之韵。"《国风》随手翻开一篇，都能学到一个新的叠词。

受此影响，《楚辞》、《十九首》也随处可见叠词，像屈原的"路漫漫"、"老冉冉"……《十九首》甚至有"青青河畔草，郁郁园中柳。盈盈楼上女，皎皎当窗牖。娥娥红粉妆，纤纤出素手……"这样大篇幅的叠词出现。

叠词在中国的戏曲中也有"大手笔"，我在上海"天蟾"听过方亚芬唱《断肠人》：

月朦朦朦月色昏黄，云烟烟烟云罩奴房。冷清清奴奴亭中坐，寒凄凄雨打碧纱窗。呼啸啸千根琅竿竹，草青青几枝秋海棠。呜咽咽奴是多愁女，阴惨惨阴雨痛心伤。薄悠悠一件罗纱衫，寒凛凛不能暖胸膛。眉切切抬头天空望，眼忪忪满眼是悲伤。气闷闷有话无处说，孤零零身靠栏杆上。静悄悄一座后花园，一阵阵细雨最难挡。可怜奴气喘喘心荡荡，嗷声声泪汪汪，血斑斑泪滴奴衣裳。生离离离别家乡后，孤单单单身在他方。路迢迢远程千万里，渺茫茫不见年高堂。虚缥缥逼我走上黄泉路，倒不如让我早点见阎王。只听得风冽冽冽风风凄凄，雨霏霏霏雨雨茫茫。滴铃铃铜壶漏不尽，嗒啷啷铁马响叮当。咚隆隆风吹帘钩动，淅沥沥雨点打寒窗。叮当当何处钟声响，扑隆隆更声在楼上。多愁女犯了多愁病，断肠人越想越断肠。

至今想起这一段，还能清晰地听到方亚芬那金石风铛般的嗓音，仿佛从古乐府里传来的颤袅。

《初发扬子寄元大校书》，二句的"泛泛入烟雾"已觉清冷，而三、四又生无限愁情；六句"何处还相遇"已觉渺茫，而七、八又做无常感慨。细品此诗，真句句绝伦无比，放于一处却能淡乎无奇，似脱口而出，未经雕饰。真如溪谷幽兰，冲淡绰约，唐人所言"澄澹精致"，正是此种。

王龙标有"一片冰心在玉壶"，韦苏州有"凄凄去亲爱，泛泛入烟雾"，同是离苦，王则浓到极致，韦则淡到极致，此就笔法而言。其中用情，皆是无比深切。说来诗这个东西，也不过"深情"二字，然而世上又有几个深情之人？

英文里也有许多叠词，比如说Byebye。

深山中的军械库（三）

《秋夜寄丘员外》
韦应物

怀君属秋夜，散步咏凉天。
空山松子落，幽人应未眠。

王维有"人闲桂花落"，韦应物有"空山松子落"。"桂花落"像一个失意的仙人，"松子落"像一个老僧的彻悟。这"落"字中有时空，它是那么的漫长，读起来仿佛要用一生的时间等待它落下。

韦应物《秋夜寄丘员外》、《寄全椒山中道士》此种最好，一味清幽，却置身物内。

空山松子落，幽人应未眠。

换做今人，即便预料到"丘员外"还没睡，但夜深了，练达的您大概也不会打电话去骚扰人家，可韦应物会。他的《秋夜寄丘员外》在我看来就是骚扰人家。"幽人应未眠"，不关丘员外的事，这是韦应物的性情，是韦应物的超旷。

一旦一个时代的诗人意识到知音难寻，他也就不寻了。

中国古代文人普遍心存"等待"，几乎不会主动与人敞开心扉，以至造成世上知音难求的局面。也许还有另一种可能性，这种性质特别像当今一些人为了发财囤积并炒作某种货物。"知音世所稀"，一旦稀有，价钱就贵了，就变成了"奇货可居"。这么理解这个问题的话，那古代文人实有炒作"知音世所稀"的嫌疑。

人从本质上来讲还是孤独的，究竟需不需要知音，这似乎是个问题。现在看来唐人是绝对不缺少知音的，唐人也是孤独的。

我猜那丘员外当时学道颇多心得，一早就呼呼地睡熟了。

嫁娶不须啼

《送杨氏女》
韦应物

永日方戚戚，出门复悠悠。

女子今有行，大江溯轻舟。

尔辈苦无恃，抚念益慈柔。

幼为长所育，两别泣不休。

对此结中肠，义往难复留。

自小阙内训，事姑贻我忧。

赖兹托令门，仁恤庶无尤。

贫俭诚所尚，资从岂待周。

孝恭遵妇道，容止顺其猷。

别离在今晨，见尔当何秋。

居闲始自遣，临感忽难收。

归来视幼女，零泪缘缨流。

如果唐诗中有一首能让我读一次流一次眼泪的，当是韦应物的《送杨氏女》。

嫁女儿是中国人自古以来最无哀怨的伤心事。韦应物的《送杨氏女》全篇只叙了些家事、叮咛了些礼法，却终究是一场离别。

女子今有行，大江溯轻舟。

读到"女子今有行，大江溯轻舟"，不由会想起《诗经》中的"之子于归，远送于野"。《燕燕》中的卫君送自己妹妹出嫁，我分析了一下，这件事在诗中的美感主要源于所送之人（卫君妹妹）的美德，而使得这场送别变得如此凄婉。

仲氏任只，其心塞渊。终温且惠，淑慎其身。先君之思，以勖寡人。

这是卫君妹妹的美德，同样也是卫君等人所认同的妇德，于是才有了这样的离别、这样的诗。韦应物依旧是这种美德的奉行者，他生怕自己的女儿在德行上做得不周，临别时再三叮嘱："贫俭诚所尚，资从岂待周。孝恭遵妇道，容止顺其猷。"虽然自小少了母亲的训抚，但以韦应物这样严明律己的家教，他的女儿也一定不会任性到哪里去。

回头来看"女子今有行，大江溯轻舟"，有了"大江"、"轻舟"这句景的描写，一下子把女子出嫁之事拓宽到了另一个维度，《燕燕》中"之子于归，远送于野"，这个"野"同有此用。

细数这首诗，有四处感人的地方：一是"女子今有行，大江溯轻舟"，叫人想到了《燕燕》的凄婉；二是"尔辈苦无恃"，这是他家的真实情况，韦应物的夫人元苹去世得早，子女从小孤苦可想而知；三是"自小阙内训"至"容止顺其猷"，这是从韦应物叮咛的一些礼法中渗透出来的父爱；四是"归来视幼女"……

看他如此淡淡叙事，没有丝毫修饰、锤炼，却句句不虚，字字有情，这是韦应物"淡"中生出的雅。

从《诗经》中的《桃夭》、《燕燕》，到昭君出塞、钟馗嫁妹，这里有民族、政治、风俗、礼教、生死、神鬼……中国的文学会把这么多事都寄托在一个小女子出嫁上，奇怪吗？也不奇怪，毕竟这是人生大事。

杨凌娶到韦应物的女儿也真是福分。

貌似热闹，实则凄凉

《秋夜曲》

王　涯

桂魄初生秋露微，轻罗已薄未更衣。
银筝夜久殷勤弄，心怯空房不忍归。

我喜欢女儿，想好要生个女儿的。我已经起了一大堆女孩的名字。

人家说女儿要富养，想想也对，我在起名字时总拣贵的起。我喜欢跑车，Lamborghini 似有宋代的棱角，于是我想我的女儿就叫"基妮"吧。想的事儿都不成！偏偏生了个儿子，给我一个猝不及防。这下起名字就成了个问题，在我看来名字是对一个人一生的总结，起名字这在别人干起来很简单的事情，在我这里几乎成了困扰。

都说男孩子要穷养，想想也没错，那我干脆抄一些诗人的名字，省得白费脑子。

"王涯"这个名字起得好。庄子说："吾生也有涯，而知也无涯。"似乎"涯"可以两边倒。王涯最著名的诗是《秋夜曲》，但此诗却被蘅塘退士归在王维名下。乐府《杂曲歌辞》题下原有两首诗，第一首为张仲素作，此首为王涯作，且《王右丞集》中并无此诗，大多唐诗选本均属王涯作。

银筝夜久殷勤弄，心怯空房不忍归。

单看"银筝夜久殷勤弄"一句，这里边似有千年的明德礼教、雅气文光，而单看"心怯空房不忍归"一句，不过是女人的寂寞罢了。恰恰把这两句放在一起就有趣了，"殷勤弄"原来是因为"不忍归"，这很有风情。

这说出了许多事情的本质：貌似热闹，实则凄凉。

崔莺莺没嫁给李白是天大的憾事

《行宫》

元 稹

寥落古行宫，宫花寂寞红。

白头宫女在，闲坐说玄宗。

元稹是能令一个良家淑女深夜抱枕而来与他私会的诗人。

这真叫风流。关于风流一事，毛主席早就说过，古人肯定没有今人风流（"数风流人物，还看今朝"）。我和红娘一样，一样没文化，经常误读圣人们的话，但不缺乏读的热情。

唐代的才子都风流，这方面玄宗压根儿就没做个好榜样。张生勾引人家良家妇女崔莺莺，与他有了私情，直接导致崔莺莺后半生过得很不快乐，他还到处给人讲崔莺莺就是个"尤物"，不仅如此，还要上溯到殷纣王、周幽王就是被这种"尤物"祸害过的，他也收拾不住崔莺莺，无奈只好克服自己的情感而"始乱终弃"。

我对元稹的好奇多是停留在《莺莺传》，据宋代王铚在《〈传奇〉辩证》中考证，张生为元稹本人。

有一大部分的美，都来源于人类的野性。崔莺莺是良家妇女中极具野性美的女人，崔莺莺也是风流的，我的意思是：一个巴掌拍不响。她自己悔悟说："始乱之，终弃之，固其宜矣，愚不敢恨……"

戏里说莺莺"比那日初见时越齐整"。我后来想了想这个"齐整"，用这个词来形容有野性美的传统女性，看似轻描淡写，实则一览无余。崔莺莺除了"齐整"以外，还很懂琴。那一晚，张生正在西厢弹琴，莺莺隔墙听到了，她故意问红娘："这是什么声音啊？"伶俐的红娘装聋作哑，回了她一句："小姐，我听不出来，小姐你自猜啊！"于是，就有了崔莺莺这段经典的唱词：

莫不是步摇得宝髻玲珑？莫不是裙拖得环佩叮咚？莫不是风吹铁马檐前动？莫不是那梵王宫殿夜鸣钟？……

她明明知道是张生在西厢弹琴，却兜了这么大的一个圈子，这是崔莺莺的情调。另外还有一件事情叫我记忆深刻，她说过这么一句"鞍马秋风自调理"，这是多么美的关怀。

我对少年时代读过的《西厢记》基本上没什么印象了，以上崔莺莺的形象多半来源于戏曲，不同剧种的《西厢记》。换句话说，我对古典名著的认识大多来源于戏曲，有时难免与原著有些出入，但在我看来，中国文化的精髓有一半在戏曲中，另一半在"出入"中。

与原著有些出入的还有《白蛇传》，我记得明代的《白娘子永镇雷峰塔》不是那么回事儿。戏硬是把白娘子唱成好人，把法海唱成坏人，这是天意。对于《白蛇传》印象最深的是这句唱词："许仙再把心肠变，三尺青锋尸不全。"这是那位前世是高德和尚的许仙给他老婆认错时说的话。

我对京剧《锁麟囊》还是情有独钟的，它似乎没有戏曲中那种秽气的文人气味，而是一种力量，打破了世间的阶级。程砚秋的"脑后音"具有先天正能量，他把《锁麟囊》表达得铿锵有力。如果非要找些文人趣味，其中薛小姐给儿子说过这么一句话，我拿它当警句："小心金鱼池，堤防太湖石！"

我一直不怎么喜欢越剧《红楼梦》，唯独觉得贾宝玉那一句著名的"天上掉下个林妹妹"好，乍看有些科幻。林黛玉是远亲，突然出现在贾宝玉的生活里，自然与那些从小玩儿到大的姊妹不同，格外稀罕，所以是"天上掉下个林妹妹"，这一句既在情理，又能给人惊喜。同样不喜欢的还有《梁祝》，依我看《梁祝》就是两个患有精神疾病的孩子堕入畜生道的宗教故事，用皮影戏演应该不错。说来大概是我不喜欢悲剧吧。但《梁祝》也有它暖人的地方，暖人的地方就是祝英台唱的那段"我家有个小九妹"，我通常看了这段就退场了。

越剧《西厢记》里崔莺莺最暖人的一句话是"你这一去不管得官不得官，都要回来呀"。

关于戏曲的事儿且住，还是接着说元稹的《莺莺传》，红娘从《莺莺传》来到了《西厢记》才开始变得暖人。"婢仆见诱，遂致私诚"，红娘虽然没文化，但她有热情。这是之所以她可以在戏曲舞台上自立门户的原因，红娘可以单独成戏，别的丫鬟可不行。

现在来说元稹的诗。

这首《行宫》"宫花寂寞红"是铺垫，有要把唐人宫怨一笔带过的豪气，虽简淡却是味道十足。这么一个"兴"做铺垫，在诗歌中就像跳水运动员踩板那一下，借力使力。味道好了，后半篇才能带给人惊喜，惊喜在白头宫女闲坐说玄宗这件事情上。原本此事也没什么令人惊喜的，几位老宫女在回忆前朝的往事，但好就好在诗人点得恰到好处，只收在"闲坐说玄宗"上，至于说的是褒是贬，是短是长，她们是否又在议论之中感慨自己的平生，或郁或悒，或怨恨三生或付之一笑，这些都没有说，只说到她们在"闲坐说玄宗"，这真是见好就收，无言胜有言，叫读者自己联想去。

画得好的画家，只画一块石头却上接青天，下连紫渊，诗人也是如此，把上下都空出来，任人想象，于是产生了意境。写诗难就难在没有文字之处、留白之处。

元稹的《行宫》好在言少意足，更好在把细节偏偏放在寂寞的宫花上。

难怪明代人瞿佑说："《长恨歌》凡一百二十句，读者不厌其长；元微之《行宫》词才四句，读者不觉其短……"照瞿佑的说法来看，元稹《行宫》和白居易《长恨歌》的艺术价值差不多，应属于同一个档次的作品，但不知道要是元稹拿去跟白居易换《长恨歌》，白居易舍不舍得换？

元缜还有一首很著名的诗，不妨也来说说：

曾经沧海难为水，除却巫山不是云。取次花丛懒回顾，半缘修道半缘君。（《离思》）

清代人秦朝釪的《消寒诗话》以为，悼亡而曰"半缘君"是薄情的表现，今人对此一说很不屑，他们认为元缜"半缘修道"是心失所爱、悲伤无法解脱之后的一种情感寄托。其实也并不一定如此，或者正好相反，往往是因为古代文人都有"道"这个信仰，所以才会导致许多心失所爱的悲剧发生，更变态的是他们似乎还会追求这种月缺花残的病态美。

　　再说说《莺莺传》，近代许多学者都在批判《莺莺传》的结局，如鲁迅就在《中国小说史略》中说："篇末文过饰非，遂堕恶趣。"我倒是挺喜欢这个结局，诗人写小说不同于小说家，更有别于戏剧家，戏剧家总会写得圆满，这是活儿，或是喜剧或是悲剧，但诗人的小说就不自由地带着不尽之意。也许是张生（元稹）最后把崔莺莺放下了，而世人还放不下。

　　戏曲中的《西厢记》结得最好，结在《长亭》。长亭里的故事太多了，不独张生和崔莺莺一对儿，某一日，也有《铁弓缘》里的匡钟与陈秀英……

　　一折《长亭》一下子把故事化开了，就像老杜的"陂塘五月秋"。

元稹是个诚实的人

《遣悲怀》

元稹

其一

谢公最小偏怜女，自嫁黔娄百事乖。

顾我无衣搜荩箧，泥他沽酒拔金钗。

野蔬充膳甘长藿，落叶添薪仰古槐。

今日俸钱过十万，与君营奠复营斋。

其二

昔日戏言身后意，今朝都到眼前来。

衣裳已施行看尽，针线犹存未忍开。

尚想旧情怜婢仆，也曾因梦送钱财。

诚知此恨人人有，贫贱夫妻百事哀。

其三

闲坐悲君亦自悲，百年都是几多时。

邓攸无子寻知命，潘岳悼亡犹费词。

同穴窅冥何所望，他生缘会更难期。

惟将终夜长开眼，报答平生未展眉。

以前有人说元稹"薄幸"，韦丛去世不久，元稹就先后纳了安仙嫔娶了裴淑。

谁说"惟将终夜长开眼"就一定是下决心要做个鳏夫，他只是失眠而已。这是在一个男女并不平等的社会发生的事情，"不平等"是不科学的说法，古代男女分工有别，自然不能以现代的观念看这件事情。

如果以现代的观念阅读，许多女性就要站出来骂他了：还"野蔬充膳甘长藿"，就这么待遇一个女人，他元九也好意思说！什么"昔日戏言身后意"，他元九平时就不说个吉利话儿！还写什么"惟将终夜长开眼，报答平生未展眉"，他元九也太惫懒了吧！最后肯定还要追骂一句："他元九也配自比黔娄？"

元稹是个诚实的人，有时候一个诚实的男人很不讨人喜欢。我以前读元稹的《遣悲怀》时，觉得他的情感被他的才学压抑着，不像白乐天，性情总浪费在才华前边。元、白并称，实际上他和白居易除了妾可以换之外，应该是那种既生稹何生易的关系，也就是说他与白居易还差一个档次。

《遣悲怀》三首，总觉得此诗里的谢公、黔娄、邓攸、潘岳，不相干人士太多。悼亡诗虽可用事，但略有典压事之嫌。或者说悼亡诗根本就不要用太多的典故。在这个时候，文章应该是见"情"的，而无须见"性"，所以在读元稹的《遣悲怀》时，就有了一种"才抑情"的不严肃感。

当初读《遣悲怀》时的印象是他写得并不感人，甚至没有像读苏东坡的"十年生死两茫茫"那样感动我，或者感人的应该是像"望庐思其人，入室想所历。帏屏无仿佛，翰墨有余迹。流芳未及歇，遗挂犹在壁。怅恍如或存，回惶忡惊惕……"这样的句子。可这样的句子在元稹来看却是"费词"，他厌恶这样的"浮词浪语"，甚至在此顺带阐明了自己的文学观点。后来再读时，虽说还是不感人，不过写得倒也真挚，只能这样辩解了：他一真挚起来，那些典才未来得及遁迹，句子才会看起来粗陋，铺摊在人眼前，甚至有些不庄重，但这反而越发的诚实了。

此三首皆为前六句叙事，末句抒情。他的悲痛总穿梭在回忆和现实之间。

清人周咏棠说："字字真挚，声与泪俱。"未见泣不成声，却有句句哽咽之感。其二"贫贱夫妻百事哀"，于人走楼空之处做此议论，更添一分哀。其三"闲坐悲君亦自悲"，为全篇作结，阴阳相隔，苦莫若此事。

悼亡诗以陆游《沈园》最恶，我一直觉得《沈园》是陆游对自己的留恋，与唐婉没关系。

再看"泥他沽酒拔金钗"，这是传统女性的通达。

一树秋不快乐于一树叶

《江乡故人偶集客舍》
戴叔伦

天秋月又满，城阙夜千重。
还作江南会，翻疑梦里逢。
风枝惊暗鹊，露草泣寒虫。
羁旅长堪醉，相留畏晓钟。

　　一树秋，好像秋只属意树，有小中见大的意趣，虽然一树秋不快乐于一树叶。

　　唐人擅于这么遣词，碧树秋、老树秋、宫树秋、高树秋……自有消息。"天秋"，是开阔迥远的，往往要与下一句做对比。"天秋"远，"城阙"迩；"天秋"冷，"城阙"暖。两者放在一起，动态甚大。

　　律体诗若起得好，再往下写就顺风顺水，若有了杜甫、孟浩然那样高调的起句，后边就如同赏玩手卷，于案上徐徐展开，即便把这个工作交给苏东坡做，想必也不会让人失望。"天秋月又满，城阙夜千重"，起句造境高远，下边就要接一句实处落笔的"还作江南会，翻疑梦里逢"，这话说得浅淡明了，殆如直述，乃是人之常情。

两句诗一句大则一句小，一景一事，这是唐人的体格。"风枝惊暗鹊，露草泣寒虫"，此一笔又晕开，既含夜之寂静，又兴己之无依，丝毫不停逗于上句故人偶会。好在这"惊"、"泣"两个字，故而所见即所感。

至尾联"羁旅"照应五、六，"相留"照应三、四，且"暗鹊"、"寒虫"、"晓钟"，一条线压过去，气韵通畅。

戴叔伦的诗清秀深婉，直接影响了张籍、王建等人。

误教香茗醉三生

《寻陆鸿渐不遇》
皎然

移家虽带郭，野径入桑麻。

近种篱边菊，秋来未著花。

扣门无犬吠，欲去问西家。

报道山中去，归来每日斜。

我读僧诗通常先读法号，法号有趣的我才读。

寒山、拾得，道行太深；护国、法振，动静太大；灵一、怀素偏野；齐己、贯休偏衲。就皎然、清江刚刚好，法号也有诗意。"官字难为翰，僧诗不入流"，读僧诗远远没有读法号好玩儿。

皎然这首诗，主人有"归来每日斜"的逸兴，客人有看"秋来未著花"的殊致，可谓是天作之合。

明代人钟惺说："'近种篱边菊，秋来未著花'，不遇之妙在此二语。"我猜皎然就是来看菊花的，可菊花还没开，多少有些失望，他只管念叨这事了。诗读到后半才知不遇，"欲去问西家"，可以看出陆高士虽然有逸兴，但也不独居，"扣门无犬吠"，当然他也不养狗。至"归来每日斜"句方知主人不俗。此诗体格高古，通体不对，诗中两个"来"字，两个"去"字亦全然不避，大家数也。

皎然关于这次不遇还写下了另外两首诗:《访陆处士羽》和《往丹阳寻陆处士不遇》。虽说没见到不独居也不养狗的陆羽,收获倒也不小。三首诗中《访陆处士羽》平平,以此诗与《往丹阳寻陆处士不遇》较佳,此诗写得自然无碍,所谓格高不忌语浅。《往丹阳寻陆处士不遇》是古体:

远客殊未归,我来几惆怅。叩关一日不见人,绕屋寒花笑相向。寒花寂寂遍荒阡,柳色萧萧愁暮蝉。行人无数不相识,独立云阳古驿边。凤翅山中思本寺,鱼竿村口望归船。归船不见见寒烟,离心远水共悠然。他日相期那可定,闲僧著处即经年。

这首诗落笔先道出不遇,而后再写景致。诗中"寒花寂寂遍荒阡,柳色萧萧愁暮蝉。行人无数不相识,独立云阳古驿边"几句我非常喜欢,他写荒阡遍野的寂寂寒花、萧萧柳色和暮蝉,突然接上一句"行人无数不相识,独立云阳古驿边",这是他的陌生感。

用"陌生感"一词很能说明这两句的好处。我一直想不明白"陌"这条田间小路为何会引申出生疏、不熟悉的意思,皎然的这两句释了我这个疑惑,释然之后心里顿觉皎然,难怪他叫释皎然。原来这田间小路走着走着,就产生了陌生感,否则"行人无数不相识"就是一句废话,废话有何好说?但在不遇之后找到这个"行人无数不相识"的陌生感,似乎一下子令人开了眼界,看到了天地原来有这么大。

诗结在"他日相期那可定,闲僧著处即经年"也很踏实。要是换做宋代人,保不定又想结在"归船不见见寒烟,离心远水共悠然"上。清代人黄生说皎然此诗"极淡极真,绝似孟襄阳笔意"，这话像是兜了个圈子，孟浩然学陶、谢，皎然可不姓皎，皎然就是谢灵运的子孙。

唐代的寺壁上是可以乱题诗的，这是生活在唐代的好处。当代也不是不让题，问题在于游人只会题这一句"×××到此一游"，说得倒也算精辟。

我曾经梦见在一僧壁上题诗，梦醒后好在还记下两句：

僧人壁上乱题诗，不妨僧人面壁时。

晚唐

Wan Tang

被青楼拯救的诗人

《泊秦淮》

杜 牧

烟笼寒水月笼沙，夜泊秦淮近酒家。

商女不知亡国恨，隔江犹唱后庭花。

近来我一直在想"商女不知亡国恨"这件事情，想到中国文化可真皮实！大概皮实就皮实在"商女不知亡国恨"上。

杜牧写诗，批判起来可真狠，卢照邻当年写《长安古意》，穷尽了权贵们的骄横奢淫，到了搬出个杨雄，不过是文人的自我安慰，这样批判未免软弱无力，而杜牧的"商女不知亡国恨"一句，痛彻之极。

商女当然也是有"恨"的，再说乐观些，人人有恨，有恨的人才能把《后庭花》唱好。这就像诗人用诗歌来解释恨一样，每个人都需要解释，要不怎么继续存在呢？被文化的，风刺抒怀、泪洒千秋；没被文化的，胡吃海喝、荒淫享乐好了。这一点我还是很通达的。

诗人的这个"亡国恨"是一种传统，屈原、杜甫……他们留恋着自己的那个年代。时至今日的春晚上，胖子刘欢还唱着木心的诗《从前慢》，中国人普遍都存有怀旧情结。对于有些人来讲，谁做了皇帝不都一样嘛，反正"国破山河在"，还有给帮着改朝换代的。也许诗人们留恋的也并非就是那个朝代，而是他们自己，诗人是人群中最不容易解脱的一类。

我讨厌留恋于某个时代的人，我一向羡慕身边那些移民海外的朋友。移民海外也是中国的传统，海外有方丈、瀛洲、蓬莱……古代移民的早都变成神仙了。

烟笼寒水月笼沙。

我之所以没有移民，实在是因为太喜欢"烟笼寒水月笼沙"这句。

诗歌在不同的地方读，味道会不一样。坐在飞机上读李商隐，穿云逐日，才真正享受到了什么叫"蓝田日暖，良玉生烟"；坐在地铁里读杜牧，纵横飙驰，才真正享受到了什么叫"铜丸走阪，骏马注坡"；坐在胡同口读常建，惨惨幽幽，才真正享受到了什么叫"百里之外，方归大道"；坐在破山寺里读张九龄，肥遁鸣高，才真正享受到了什么叫"玉磬含风，晶盘盛露"；坐在女澡堂里读陶渊明……这个当然不鼓励。

真叹惜今天的中国人，钱是有了，太不会享受。

"烟笼寒水月笼沙"，放在此诗中简直意趣无穷。就这么笼来笼去地笼了两下，它让我刚才想到的那些事情都变得没意思了，我哪儿也不想去，就想笼在祖国母亲的怀里，我还自以为通达。"烟笼寒水月笼沙"，也让这首诗的格调变高，成了唐韵，若不是有这么一句，宋人一个超水平发挥，搞不好也就道出来了。

"商女不知亡国恨，隔江犹唱后庭花"，我能理解杜牧，他也开始羡慕那些听《后庭花》的人。

另一部演义

《赤壁》

杜　牧

折戟沉沙铁未销，自将磨洗认前朝。

东风不与周郎便，铜雀春深锁二乔。

　　杜牧的"东风不与周郎便，铜雀春深锁二乔"就是一部演义。

　　他在这里做了一个假想，从"东风"到"周郎"再到"二乔"，一系列因果关系的假想。无意中要把赤壁之战的功劳归于"东风"，把赤壁之战的目的归于"二乔"。或者说，诗人给历史写了另一部演义，让成败变成偶然或者注定，就像信命的人同样也随缘。

　　杜牧抓住了赤壁之战这一历史大事件中微不足道的两个小元素，他把赤壁之战的意义与这两个小元素连在一起，并一本正经，若有其事。而这两个小元素实际上是人生最无奈的事情，一个是"天意"，一个是"人事"。

　　天意不可测。人事，就这些男欢女爱，亘古不变。一个貌似无常，一个未知有定，杜牧就像当年意气风发的周郎一样被夹在其间，于是赤壁之战这么大的一个历史事件就被他说得如此富有戏剧性。或许不关赤壁之战的事，只是诗人要表现荒诞，但这种事读来谁都逃不掉，既然逃不掉"天意"与"人事"，那也免不了要八卦一下"东风"与"二乔"。

清人阮元也作了一首关于赤壁的诗：

千古大江流，想见周郎火。草草下江陵，匆匆让江左。纵使不东风，二乔亦岂锁？

这就不像在作诗，更像是在乱翻文史馆的书。

宋人许顗在《彦周诗话》中说："孙氏霸业，系此一战。社稷存亡，生灵涂炭都不问，只恐被捉了二乔，可见措大不识好恶。"

这段话正说明了以"锁二乔"代吴亡的好处。杜牧作诗为的就是达到这个"不识好恶"的效果。清人沈德潜说："'东风不与周郎便，铜雀春深锁二乔。'近轻薄少年语，而诗家盛称之，何也？"他并不是真不知道为什么，而这一问确是美文。许顗说"可见措大不识好恶"也是美文。关于《赤壁》，"磨洗"中有时光，"东风"中有成败，杜牧好在"轻薄"。沈德潜、许顗，此二人读到了。

东风不与周郎便，铜雀春深锁二乔。

这有点像八十年代港报的八卦新闻题目。

他把名片印在他的"不雅照片"上

《遣怀》

杜 牧

落魄江湖载酒行，楚腰纤细掌中轻。
十年一觉扬州梦，赢得青楼薄幸名。

杜牧的书法我是见过的，写的是《张好好诗》，竟然有魏晋风度。唐人崇尚的欧、颜似乎并没有对他产生任何影响。

杜牧这个人放浪形骸，时俗的礼法并不能羁绊他，他的诗在唐代也是独树一帜，有着很决绝的、对现实社会的批判性，只是他这一批就批得太深，深入人性，叫人不寒而栗。

我把杜牧比作一只风流的甲壳虫，乘风而来，随风飘去，他躲在放浪不羁之中。魏晋文士都有些像虫子，还是软体昆虫，目中无人、肆无忌惮地爬行，被人踩死时体液飞溅，生死痛快！我想，不同的诗人有着不同的体质，如果说邵雍是属于弱不禁风型的，那杜牧就属于夜不归宿型的。都市夜生活是什么样的？我孤陋寡闻，我的夜生活就是读书，所以只能从书中找一段：

日暮酒阑，合尊促坐，男女同席，履舄交错，杯盘狼藉，堂上烛灭，主人留髡而送客，罗襦襟解，微闻芗泽……（《史记·滑稽列传》）

这段话出自战国时期的一个活宝：淳于髡。说的虽然是逸乐荒淫的夜生活，语言却是极美的，他以此来婉转地劝说齐威王。关于淳于髡更有意思的一件事是他曾经问孟子："男女授受不亲，是礼不？"孟子说："当然。"淳于髡又问："你嫂子掉水里你救不救？"……

真是孟子遇见淳于髡，吓不死也发昏。说远了。

十年一觉扬州梦，赢得青楼薄幸名。

"十年一觉扬州梦，赢得青楼薄幸名"，前半句只做一个铺垫，现在先看下一句，"赢得青楼薄幸名"。听说青楼女子多是自知冷暖之人，杜牧却放言于此烟花柳巷中"赢得"了一个"薄幸"（薄情）之名，当杜牧把这个"青楼薄幸"之名用他独有的豪放、严肃谱写成可以载道言志的诗歌时，言外之意就是现实世界中那些虚伪的信义、人情还不及此"青楼薄幸"，世人所追求的"名"，在他来看即便不是昙花，也是浮云。别人说他薄情不算，要青楼女子说才行，好一个杜牧杜紫薇，他真就把名片印在他的"不雅照片"上了。

他得"青楼薄幸"之名，可谓名副其实。他从来都是"多情却似总无情"。如若深究起来，甚至与道参同，叫人想到了老子所说"名可名"的那个"名"。杜牧是虚无主义，今夜，青楼又一次拯救了他。

"赢得青楼薄幸名"的不只杜牧一个人，据说法国印象派画家马奈死的时候，全巴黎的妓女都去给他送行。

"十年一觉扬州梦"，杜牧的《遣怀》好在后知后觉。

早该被双规的诗人

《赠别二首》

杜牧

其一

娉娉袅袅十三余，豆蔻梢头二月初。

春风十里扬州路，卷上珠帘总不如。

其二

多情却似总无情，唯觉樽前笑不成。

蜡烛有心还惜别，替人垂泪到天明。

娉娉袅袅，是形容女子柔美。对于杜牧这个陕西人来说，南方的女子确实柔美。杜牧大概会觉得南方女子即便是穿上电工的衣服也一样柔若牡蛎。

杜牧的《赠别二首》其一显然是用来哄女孩子开心的，子孙后代没什么好议论。其二要说的是"多情却似总无情"这件事情。

多情却似总无情。

禅宗有一个偈语"水流花开"，我试着观察了一下，一部分中国人对此事视若无睹，另一部分中国人对此事长吁短叹，还有一部分人看似长吁短叹，其实视若无睹。终究可以用杜牧的"多情却似总无情"一笔概括。这么议论起来，这个"多情却似总无情"的好处也就渐渐体现出来了，如果只把它狭义地理解为诗人与妓女的昔欢今别，便大大糟践了这么好的一个句子。

"蜡烛有心"，典出南朝梁简文帝萧纲《烛赋》"挂同心之明烛"。杜牧绝句里的沧桑感总在含蓄之中，多情也总在无情之处，跌宕而洒脱，豪放却深沉，七言二十八个字中的波澜起伏胜过一部好莱坞大片。

此诗为大和九年（835年），杜牧离扬州赴长安时所作。那一年来为他饯别的是他的上司，甘肃人牛僧孺，他劝说杜牧到了长安要收敛些，并将一个包裹赠予杜牧，要他走远了再打开看，杜牧看时，里边全是这些年在扬州别人打他的小报告，不禁由衷感叹，多好的一位朋友啊！

据《杜牧别传》记载，杜牧昔日在扬州做官时"每夕狭斜游"（宿妓），夜夜调猱酿旦，几乎就没在家住过一天。

他在世间唯一的问题是：酒家在哪里？

《将赴吴兴登乐游原》

杜 牧

清时有味是无能，闲爱孤云静爱僧。

欲把一麾江海去，乐游原上望昭陵。

诗人总能看到别人看不到的事物，刘禹锡的"潮打空城寂寞回"是好诗，好在他竟然看到了潮的寂寞。杜甫的"半入江风半入云"是好诗，好在他竟然听出了乐声的去向。

杜牧的"路上行人欲断魂"也好，却没有被蘅塘退士收入《唐诗三百首》，而是出现在良莠不齐的《千家诗》中。

先聊聊杜牧的《清明》。

清明时节雨纷纷，路上行人欲断魂，借问酒家何处有，牧童遥指杏花村。

《清明》好在哪里？没有理由。清明和问酒之事有什么必要联系？也没有，一旦有些注释者把"路上行人欲断魂"向许多涉"诗"未深的读者硬解释成诗人的愁肠郁结，这就坏了，只要有了可疑的"我"出现，诗意就大打折扣，"路上行人欲断魂"只是路上行人欲断魂而已。行人真的会愁苦吗？这不一定，此刻也有春风得意的，只是诗人在这个阴阳感通的节气，看到了人间的大苦。所幸他都没说出来，只说"路上行人欲断魂"，叫人误以为他愁肠郁结，诗人潇洒着呢，哪儿那么多惆怅。

诗人作诗，就像毒药和解药一起吃，是很痛快的事。

杜牧把这些诚实的光景还给行路的人，而他自己的方向是找酒家，似乎他对这个俗世的唯一问题就是：酒家在哪里？

酒家在"杏花村"。"杏花村"是个地名，每当诗歌中出现地名时就会让诗变得踏实，这是个接地气的好办法，也使得诗歌倍加沧桑。这个地名还与起句的天时合。从"清明时节"到"杏花村"，你跟着诗人不知不觉地从天到地，由宏入细地一气呵成，然后闻到酒气。

今天正好是清明节，电视新闻里的女主播在朗诵这首《清明》。忽然发现她们比往日里多了一分优雅。这一刻，杜牧把她们变成了唐代闺阁中的花朵。

现在来看看这首《将赴吴兴登乐游原》。

乐游原上望昭陵。

"乐游原上望昭陵"，既然回望，那便是不忍离去，这个谁都可以看出来，什么事叫他不忍离去？这就要看看他所望的是什么，是"昭陵"。昭陵在九嵕山，是唐太宗的陵墓。杜牧望昭陵，这里有忠义。杜牧的诗有着很强的现实批判性，他所望的是"昭陵"，这里还有对当下的不满。回过头读前边的两句"清时有味是无能，闲爱孤云静爱僧"，就不是泛泛之言了，而显得无比深沉。

欲把一麾江海去。

再来读"欲把一麾江海去"。"一麾"出自颜延之《五君咏》"屡荐不入官,一麾乃出守",在颜延之诗里是指麾之义(动词),与旌麾的麾(名词)没关系,大概是后人觉得领一面旌麾去牧守也很有画面感,就用它来代指外任一事了。由此可见,中国文化中的讹误是很有趣味的一个研究课题。讹误有时会产生美,我很早就想写一本书,就叫《穿凿附会学》,可惜我这种想到哪儿写到哪儿的人很难做学问,做学问首先要严肃,肯定不关女主播的事。

好吧,现在来做学问:杜牧自是需要"一麾",因为他名字就叫"牧之"。

千古之谜

《锦瑟》
李商隐

锦瑟无端五十弦，一弦一柱思华年。
庄生晓梦迷蝴蝶，望帝春心托杜鹃。
沧海月明珠有泪，蓝田日暖玉生烟。
此情可待成追忆，只是当时已惘然。

　　如果说杜甫好在"花溅泪"，那李商隐一定好在"玉生烟"。一个实到泪痕可见，一个虚到梦幻难寻。

　　"花溅泪"，是感时看到花而溅泪，以乐景写哀。"玉生烟"则是古人发现良玉由于温度异常，在暖日之下会形成一层氲，这氲在光照下会有流动的感觉，像是烟云，就称之"良玉成烟"。古人还观察到絮化为萍、石为云根、老鱼吹浪、腐草为萤……有一部分的美是不科学的，科学又是另外一种美。

　　宋代人喜欢惹是生非，或说是借题发挥。李商隐的《锦瑟》宋人看到了，哪里肯放过，怎么也得生出几个故事来。刘攽说："《锦瑟》诗，人莫晓其意，或谓是令狐楚家青衣也。"依我看，刘攽说"人莫晓其意"主要是想把话题引到"令狐楚家青衣"上来，他未必真就不晓其意，刘攽像个小说家。

比刘攽晚的黄朝英在《缃素杂记》中也提到《锦瑟》诗，他说黄庭坚不解其意，后来去问苏东坡，苏东坡说："此出《古今乐志》，云：'锦瑟之为器也，其弦五十，其柱如之。其声也适、怨、清、和。'"于是他就把"庄生"一句对应到"适"，"望帝"一句对应到"怨"，"沧海"一句对应到"清"，"蓝田"一句对应上"和"。并且赞曰："一篇之中，曲尽其意。史称其瑰迈奇古，信然。"这完全是为了玩味而借题发挥了，与《锦瑟》诗没多大关系。

明代人不屑宋人"青衣"或"咏物"之类的说法，宋人也并没有给《锦瑟》定义，只是明代人不太适应宋人的趣味。到了清代，这事儿就变得越来越乏味了，对于《锦瑟》普遍的看法是"自伤"，这就像是近现代对《诗经》的解读一样，没有了所谓的"穿凿附会"，诗歌越来越远离它的本来面目，简直就无趣。

《锦瑟》到底写了些什么？我认为古人说得都对。说"青衣"的或许看到了爱情，说"悼亡"的或许看到了生死，说"自伤"的或许看到了疲劳，说"咏物"的或许看到了情调……

《汉书·郊祀志上》：秦帝使素女鼓五十弦瑟，悲，帝禁不止，故破其瑟为二十五弦。

这段关于瑟的记载很有意思，秦帝让一位擅长音乐的神女弹奏五十弦瑟，但终因曲调悲伤过度而把瑟改为二十五弦，这大概是中国最早的文化管制。李商隐的瑟为何还是"五十弦"？看了《汉书》里的这个故事恐怕就明白了，五十弦瑟是他的自喻：多情难为世用。

唐代的大诗人戴叔伦把好诗的气象比喻成"蓝田日暖，良玉生烟"，可以远望，但没办法置于眼前。戴叔伦肯定没想到，他对诗歌的憧憬，成了对百年之后李商隐诗风的一个极好诠释。

李商隐既然好在"玉生烟"，那自然是只能远望而无法置于眼前的，宋人的"青衣"、"咏物"说，明清人的"悼亡"、"自伤"说云云，实际上都是在远望，而想置于眼前，立即迷离恍惚了。

《锦瑟》诗中间两联都是世间迷离恍惚之景，被李商隐写成了一种风情。

薛宝钗是个很浪漫的女人

《为有》

李商隐

为有云屏无限娇，凤城寒尽怕春宵。

无端嫁得金龟婿，辜负香衾事早朝。

读李商隐的《为有》，竟然想到了薛宝钗。

薛宝钗一定也读过《为有》，我现在很想知道她是怎么看这首诗的。薛宝钗在我印象中一直是个很浪漫的女人，只不过她打算用现实来验证浪漫，这样做的好处是可以有效避免越来越多的男性因不负责任而像贾宝玉那样大彻大悟。

李商隐的《为有》揣度了女性的心思。传统女性我只听过"将翱将翔，弋凫与雁"这样的枕边风，没听说过"无端嫁得金龟婿，辜负香衾事早朝"，更没听说过"悔教夫婿觅封侯"的，他太超前了，简直就是女性主义的先驱。唐代诗人写宫怨、闺词，多是托妇人之口伸己之怨，妇人在古代社会处于一个"无为"的位置，而诗人多半也不负责任。

李商隐的《为有》，清代诗人屈复已经说得很清楚了："玉溪以绝世香艳之才，终老幕职，晨入暮出，簿书无暇，与嫁贵婿、负香衾者何异？其怨也宜。"这么看来此诗语言上的"无限娇"、

"无端"、"金龟婿"、"辜负香衾"实乃兴风作浪、掀涌波澜。

能借来女性天真烂漫的诗大都不赖，《诗经》中的《鸡鸣》和《女曰鸡鸣》，我向来代替《春秋》和《左传》来读。

纪晓岚说《为有》是"弄笔戏作，不足为佳"，然而这样以闺闱为题材的戏不是谁都能"戏"得平地风波起、言外情趣生的。《女曰鸡鸣》戏出了古代民间小两口的恩爱日常，顺便也戏出了先秦中国夫妇的内外分工、阴阳和谐。李商隐这一戏则像是给《诗经》中的《鸡鸣》翻案，又带着唐代诗人特有的大彻大悟和不负责任。

男女闺闱之情拿来做文章，很有辐射力。在传统文化中，男女与天地、君臣、尊卑、有为无为种种概念都属于一个体系，诗人大可从中去影射、隐喻、寄托……元代戏曲家白仁甫的《阳春曲》中有"笑将红袖遮银烛，不放才郎夜看书"这么一句，虽说有些闺闱情趣，但语言、格局就无法与唐人的香艳倾城相提并论了。

《为有》不仅是女性对早朝的看法，简直就是女性对早晨的态度。

莎士比亚的《罗密欧与朱丽叶》中的朱丽叶说"Yond light is not daylight ; I know it,I.It is some meteor that the sun exhales……"而中国《诗经》中的妇人会催促丈夫"会且归矣，无庶予子憎"。将朱丽叶的话译为古文也就不过八个字"此非晨光，乃流星耳"。与中国女性的干练相比，朱丽叶就是个话痨。

中国有个成语叫"鸡鸣戒旦"，中国古代的女人一定比鸡醒得早。

唐代最温情的一封邮件

《夜雨寄北》
李商隐

君问归期未有期，巴山夜雨涨秋池。
何当共剪西窗烛，却话巴山夜雨时。

在这初冬天气，给一个有美德的女人沏一壶茶是件很享受的事情，沏上好的白鸡冠。

品着茶与之话话世故，那更是赏心乐事。只可惜一个有美德的女人在这初冬天气正在家里洗洗涮涮、缝缝补补什么的，要不怎么能叫有美德。李白的《春思》说"春风不相识，何事入罗帏"，所谓美德，通常就是不解风情。

事实上在这个初冬天气，我独自泡了一壶茶读《世说新语·贤媛》，寻思了一阵杏安寺里的梅花。杏安寺我没去过，可能并不存在。杏花像宋人的诗，梅花才是唐人的诗。宋人的诗滑稽就滑稽在"一枝红杏出墙来"，梅花就不出墙了？倒也未必，但唐人不会关心这么无聊的事儿，唐人只关心"一行白鹭上青天"。

要去杏安寺里看梅花，最好是夜里翻墙进去。之所以要选择夜里翻墙进去，原因有两个：一是我怕庙门口的韦陀菩萨；二是我读过《国风》中的《将仲子》，有了这个层面的知识就不至于跳下去时一脚把梅花踏折了。

说到《国风》,《叔于田》是爱慕,《东门之墠》是距离,《蒹葭》是淡淡的相思,《芄兰》是深深的痴情,《匏有苦叶》是漫长的等待,《绿衣》是痛彻的怀念……

郑、卫写尽了世间的男女之情,归根结底还是"乐而不淫"的,这是多情的艺术。古人说"多情乃佛心",一个艺术家是可以"乐而不淫"的,以前赵雅芝演的白娘子千娇百媚,却不会叫人想入非非,这是老艺术家的功底,不像如今的电视剧,非得叫广电总局给剪了胸才能播。

《唐诗三百首》唯一令我不满的是写男欢女爱的诗太少了,《诗三百》起码有一百在写这件事情。我推测这是由于《唐诗三百首》是蘅塘退士和夫人一起汇编的,夫人不允许一个男人这么多情,只允许这个男人对她多情。

唐代的男性本质上就是多情的,李益与霍小玉,韩翃和柳氏,唐玄宗和杨贵妃,李白和玉真公主,李商隐和女道士,元稹和莺莺,崔护和桃花……此刻,我想到了崔护的《题都城南庄》,这首诗有这么一个故事:

博陵崔护,资质甚美,而孤洁寡合,举进士第。清明日,独游都城南,得居人庄。一亩之宫,花木丛草,寂若无人。扣门久之,有女子自门隙窥之,问曰:"谁耶?"护以姓字对,曰:"寻春独行,酒渴求饮。"女入,以杯水至。开门,设床命坐。独倚小桃斜柯仁立,而意属殊厚,妖姿媚态,绰有余妍。崔以言挑之,不对,彼此目注者久之。崔辞去,送至门,如不胜情而入。崔亦睠盼而归,尔后绝不复至。及来岁清明日,忽思之,情不可抑,径往寻之。门院如故,而已扃锁之。崔因题诗于左扉曰:"去年今日此门中，人面桃花相映红。人面不知何处去，桃花依旧笑春风。"后数日，偶至都城南，复往寻之。闻其中有哭声，扣门问之。有老父出曰："君非崔护耶？"曰："是也。"又哭曰："君杀吾女！"崔惊怛，莫知所答。父曰："吾女笄年知书，未适人。自去年已来，常恍惚若有所失。比日与之出，及归，见在左扉有字。读之，入门而病，遂绝食数日而死。吾老矣，惟此一女，所以不嫁者，将求君子，以托吾身。今不幸而殒，得非君杀之耶？"又持崔大哭。崔亦感恸，请入哭之，尚俨然在床。崔举其首枕其股，哭而祝曰："某在斯！"须臾开目。半日复活，老父大喜，遂以女归之。（出自《本事诗》）

这里有爱情也有生死，大概汤显祖的《牡丹亭》从中受到了启发。

去年今日此门中，人面桃花相映红。人面不知何处去？桃花依旧笑春风。

从此诗看，唐人有些诗的格调全在取材。桃花开时，记忆中那人面与桃花呼应，相思不清。若不是看在桃花开的份儿上，必落痴淫笑柄。这既是多情，又是法度。晚唐的李商隐也是多情的，他写"已闻佩响知腰细，更辨弦声觉指纤"又是一个故事，女主角闪亮出场……李商隐是诗人里的土豪。

君问归期未有期，巴山夜雨涨秋池。

"君问归期未有期，巴山夜雨涨秋池"，这是唐代最温情的一封邮件。一句心事，一句物事，此"巴山夜雨涨秋池"里应有老杜"未待安流逆浪归"的郁邑，却含蓄不露，含蓄不露正是"西昆体"的好处。此番情景只待日后回溯，只言片语又添一分惆怅。

此诗历来饱受议论，有人说是他写给妻子的，有人说是他写给朋友的。后者认为李商隐居留巴蜀期间，正是在他三十九岁至四十三岁做东川节度使柳仲郢幕僚时，而在此之前，其妻王氏已亡。写给朋友，这个说法很肉麻，李商隐肯定不同于魏安釐王，这么温情的诗能是写给谁的呢？

李商隐在一个风雨交加之夜，想着和一个女人话话世故应该是件美事。美好的事物却总不能兑现，那就只能期待着有朝一日"却话巴山夜雨时"了。这是一种对美事的失望状态，只怪他多情，大家就跟着多情吧。

在那个失意的东川之夜，李商隐写下了《夜雨寄北》这首诗。他不是寄给某人的，他是要寄给未来的自己。

哥窑的瓷器

《寄令狐郎中》
李商隐

嵩云秦树久离居，双鲤迢迢一纸书。
休问梁园旧宾客，茂陵秋雨病相如。

我住在上海读书的那些年，每天只吃一碗阳春面，晚上饿了，就买两个茶叶蛋，超市的阿姨总想多送我一个。我说："你送我的都是压在底下的，被压成歪瓜裂蛋。"阿姨骂道："侬讨娘子呀！"随后，她色眯眯地瞥我一眼，问我想要什么样子的，上海女人就是嘴巴硬心软。我说："金丝铁线。"

出釜含烟绿乳滋，褐皮将去数金丝。但教儳舍无香气，也似官哥两宋瓷。

回到小楼，吃着阿姨送的一堆零食，我在小本上随手写下了上边这首打油诗，还有备注："客越日贫，食久生情，歌以咏之。"至于"金丝铁线"，本是形容宋代官、哥的瓷器。

哥窑有个特点，窑釉面有网状开片，或重叠犹如冰裂纹，或成细密小开片，俗称"百圾碎"或"龟子纹"，以"金丝铁线"最为典型。明代的《格古要论》中讲："哥窑纹取冰裂、鳝血为上，梅花片墨纹次之。细碎纹,纹之下也。"哥窑是宋代五大名窑之一,其特点是端庄古朴,纹片纵横,李商隐的绝句形碎而气浑,其中也有开片,李商隐是传世的哥窑。

李商隐善于用典,他把典用得"纹片纵横",他用典来开裂那些支离破碎的惆怅。"休问梁园旧宾客,茂陵秋雨病相如",这"梁园"、"茂陵"、"相如",即是李商隐的"金丝铁线"。他《瑶池》中的"八骏日行三万里"久为人乐道,在我看,这也是从裂纹中来的,只有自然的冰裂才会产生如此奇异的美感。

用典不化,本是诗家的忌讳,善于用典的诗人往往是"抄袭"高手,王维在这方面比较突出,他的"海鸥何事更相疑",化用了《列子》,"王孙归不归"化用了《楚辞》……李商隐不同于王维,他用典往往不化。这对于其他诗人来说是个缺陷,但在李商隐这儿反而成了特点,原因和哥窑一样:"开裂原本是瓷器烧制中的缺陷,后来人们掌握了开裂的规律,有意识地让它产生开片,从而产生一种独特的美感。"

李商隐追求这种"开裂"的病态美,成就他特有的典雅。换句话说他是不化而化,美得无比虚弱。

"金丝铁线"是需要晕染的,哥窑在烧成后常用人工方法把纹片着色。着色剂有墨汁、茶叶汁、没食子酸等有色液体。大纹片由于粗而深,着色剂很容易渗透进去,着色后颜色很深,十分醒目,小纹片由于细而浅,着色剂不容易渗透进去,着色后颜色较浅……李商隐用典的时候也善于晕染,他有时用情来晕染典,有时用景来晕染情,有时又用典来晕染议论。

这种笔法类似中国山水画里的拖泥带水皴,以至于产生事未化而意已化的奇特效果,使人但见性情,不睹典故了。

死灰复燃之美（一）

《蝉》

李商隐

本以高难饱，徒劳恨费声。
五更疏欲断，一树碧无情。
薄宦梗犹泛，故园芜已平。
烦君最相警，我亦举家清。

一树碧无情。

"一树碧无情"不是世态炎凉，是他的心。

死灰复燃之美（二）

《贾生》
李商隐

宣室求贤访逐臣，贾生才调更无伦。
可怜夜半虚前席，不问苍生问鬼神。

有些诗通篇议论却能风传千古，这样的诗通常议论的都是说不清楚的事儿。

李商隐这一点很像杜甫，他的议论有杜甫的透彻，但缺少杜甫的圆满。李商隐的议论，就好像提出了一个没有答案的问题；杜甫的议论圆满在他的问题基本上都不需要答案，问的都是废话，但让他问出来，却令人惊喜，又或者说杜甫问得儒雅，就像孔子答得含蓄一样美。

"屈平词赋悬日月，楚王台榭空山丘"，文化像一棵大树，艺术是夏天浓密或秋天萧疏的枝叶与寒来暑往、旦暮风云的际会，而社会是树下的一个蚁穴。艺术家是可以通过一门雕虫小技修到无我的。"雕虫小技"这个说法看似是艺术家自谦，实际上是见识、是境界。政治家就不一定有这个灵性，并不是他们没有天赋，主要因为他们工作的环境不能离江山太远。既然无法臻至一个无我的境界，那就还有神佛，还有鬼怪，又或许像古人说的什么山有魑魅？江有蛟龙？要问的就越来越多了。

可怜夜半虚前席，不问苍生问鬼神。

义山这句真是当头棒喝，令人想到许多人都是打着苍生的名义在与鬼神做买卖。

宣室求贤访逐臣，贾生才调更无伦。

贾谊在唐代，成了诗人们抒写伤怀的模特儿，几乎到了泛滥的地步。宋之问、张九龄、李白、王维、孟浩然、白居易、元稹、罗隐、贾岛、韩愈、戴叔伦、钱起、李商隐、韩偓……都常提起他。杜甫、刘长卿等人，一提起他就掉眼泪。

贾谊是西汉初年著名的政论家、文学家，他是一个有学问、有志向的年轻人，《汉书》有这样的记载：

贾谊，雒阳人也，年十八，以能诵诗书属文称于郡中。河南守吴公闻其秀才，召置门下，甚幸爱。文帝初立，闻河南守吴公治平为天下第一，故与李斯同邑，而尝学事焉，征以为廷尉。廷尉乃言谊年少，颇通诸家之书。文帝召以为博士。是时，谊年二十余，最为少……

他十八岁即有才名，后由河南郡守吴公推荐，二十余岁被文帝诏用为博士，不到一年被破格提为太中大夫，直至去世也才三十三岁。

贾谊的志向是什么？用现在的话说就是希望社会和谐。他力主改革弊政，提出许多重要的政治主张，可一旦社会和谐了，许多人的利益就会受损，这些人很不希望社会随便和谐。贾谊因此遭群臣忌恨，被贬为长沙王的太傅。

　　贾谊的死也很有意思，他是见到梁怀王堕马而死之后，深自歉疚，直至忧伤而死。毛主席曾对此事发表过一番议论："贾生才调世无伦，哭泣情怀吊屈文。梁王堕马寻常事，何用哀伤付一生。"大概毛主席认为贾谊的才学是举世无伦了，但心智似乎还不成熟。也确实了，梁怀王堕马而死，又不关他的事，他歉疚什么呢？

　　贾谊自然是没有鬼神的问题能困扰他，他的困扰是不明白帝王堕马原来只是寻常事。反正谁都有不明白的事情，就像汉文帝不明白鬼神之事一样。

　　李商隐《贾生》中的议论，不在贾生长也不在汉文帝短，而是在历史的无奈上。

一根长长的凤毛

《无题二首》

李商隐

其一

来是空言去绝踪，月斜楼上五更钟。

梦为远别啼难唤，书被催成墨未浓。

蜡照半笼金翡翠，麝薰微度绣芙蓉。

刘郎已恨蓬山远，更隔蓬山一万重。

其二

飒飒东风细雨来，芙蓉塘外有轻雷。

金蟾啮锁烧香入，玉虎牵丝汲井回。

贾氏窥帘韩掾少，宓妃留枕魏王才。

春心莫共花争发，一寸相思一寸灰。

"宓妃留枕"，这是美事，中国古代最优秀的女性都是抱着枕头来约会的。

这也是丑事，宓妃毕竟是曹植的嫂子。以施耐庵先生的看法，嫂子不应对小叔子心存幻想。我们讲另外一个事好了，宋玉的《高唐赋》中有这么一段，同样也是美事。

昔者先王尝游高唐，怠而昼寝，梦见一妇人，曰："妾，巫山之女也，为高唐之客，闻君游高唐，愿荐枕席。"王因幸之。去而辞曰："妾在巫山之阳，高丘之阻，旦为朝云，暮为行雨，朝朝暮暮，阳台之下。"旦朝视之如言，故为立庙，号曰朝云。

"王因幸之"，这个王也不去先搞清楚怎么回事就"幸之"，真没文化。如今看来，宋玉的《高唐赋》倡导的即是西方二十世纪才出现的女权与性解放。

李义山吃饭八成是自带一个锅子，人家都往菜里下料，他是往料里下菜，以现代的饮食习惯看，就是吃火锅的吃法。这样说似乎有些矫揉，但我看他的《无题二首》其一"蜡照半笼金翡翠，麝薰微度绣芙蓉"、其二"金蟾啮锁烧香入，玉虎牵丝汲井回"就是火锅底料，底下的才是他要吃的。

李义山作诗宗于老杜，老杜如凤归去，还留下一根凤毛，这根凤毛就是李义山。我早先读他的诗，总觉得他像《西游记》中那个不食人间烟火的猪八戒，后来又觉得他的诗是官、哥烧出来的瓷器，蕴藉中有一种病态之美。里边有故事，却迟迟不肯道破，害得许多好事之人非要搞清楚《锦瑟》是什么东西。

《无题二首》其一的首联很有致，一虚一实，一紧一松。其二的"蓉塘外有轻雷"，着实不关"芙蓉"的事，也不关"塘"的事，是一种心境。"贾氏窥帘韩掾少，宓妃留枕魏王才"之后两句可谓是"曲尽其妄"，神会庄周去了。

开头说中国古代最优秀的女性动辄就"愿荐枕席"，看似仗义，然而一响之欢后，往往是不尽的惆怅。

一晌惆怅

《无题》

李商隐

相见时难别亦难，东风无力百花残。

春蚕到死丝方尽，蜡炬成灰泪始干。

晓镜但愁云鬓改，夜吟应觉月光寒。

蓬山此去无多路，青鸟殷勤为探看。

　　李商隐的《无题》都是写给谁家女子的，这事历来受人猜疑。我想一个诗人如果不是爱上了一个仙女，绝对写不出这样的诗。与仙子传情，自是天机不可泄漏，故托以《无题》示人。

　　凡夫与仙女邂逅，终究是一场惆怅，这事曹植早就抱怨过。

　　中国古代的神化、小说、戏剧多半记述此事。宋人写诗话总是神神道道，动辄梦见一女鬼夜来题诗，醒来还记得真切，回头一翻前妻的遗物，果然有这首诗（这得与前妻结多少恩怨）。这在今人看来简直就是迷信，但我能理解宋人，宋人附庸风雅，鬼也一样阴魂不散。今人都比较忙，人忙鬼也忙，都急着投胎去了，哪儿有那个闲工夫给活人托梦啊，各自保重吧。

　　宋人神神道道是一种文学风气，八成是受了宋代小说家的影响。宋人崔伯易在《金华神记》中有一个扑朔迷离的故事：

汴人有吴生者，世为富人。而生以娶宗女，得官于三班。嘉祐中罢任高邮，乃寓其家于治所，而独与兄子赍金缯数百千，南适钱塘，道出晋陵，舣舟于望亭堰下。是夜月明风高，生乃危坐舷上，颓然殊不有寝意。久之，忽有褏衣披发持刃炬自竹林间出者，后引一女子冠玉凤冠，曳蛟绡文锦之衣，颜色甚丽，而年十八九耳。生见而惊。俄顷至岸侧，回叱褏衣者，曰："可去矣，无久留也。"于是灭炬泣拜而去。女子即登舟而坐，谓生曰："见向来褏衣者乎？此君之夙仇也，而索君且数十年矣，乃今方得之，第以我故得免。不然，今夕君当死其手！"生闻益惊骇不自安。女子笑曰："君怯耶？"即以金缕衣置肩上，生稍安。乃问曰："若神欤？其鬼耶？"女子曰："我非人，亦非鬼，盖金华神也。过去生中，尝与君为姻好，窃知将有所不济，故相救尔。今事已，我亦当去君矣！"遂去不复返顾。

生以目送，至于林中不见。将掩关，忽睹女子坐其后，生大惊。女子笑曰："知君怯，故相戏。安有数十年睽索，一旦邂逅而速往者耶？"遂相与入舟中，取酒共饮，其言谐谑，悉如常人。然生诚曰："毋高声，恐兄子之知。"女子曰："我声特君可闻。他人虽厉声，亦不能闻也。"生益疑，窃自惧，曰："此果神也，固无所惮；倘鬼，则必有所畏矣。"因出剑镜二物示之。女子曰："此剑镜尔，精与鬼则畏。夫阳剑，物而有威者也；鬼，阴物而无形者也。以无形而遇有威，是故销铄其妖，而不能胜，故鬼畏剑也。镜亦阳物而至明者也，精亦阴物而伪变者也，以伪而当至明，是故暴著其形，而不能逃，故精畏镜也。昔抱朴子尝言其略，而我知之且久矣，乃欲以相畏乎？"生惧起谢曰："诚无他意。"至明起谓生曰："舟楫已有晓色，势不能久留，当与君子诀矣。君后十年，游华山日，多置朱粉于路隅，梧桐下，扬之。虽然，君今不可终此行，恐复不济也。"因索笔题诗一章曰："罗袜香消九九秋，泪痕空对月明流。尘埃不见金华路，满目西风总是愁。"书已，辄复流涕歔欷而去。明日思其言，遂回棹，不复南去。复以其事语人，人或诘其兄子，果亦不知也。

这段文字我时常拿出来赏玩。看完第一段觉得已经是山穷水复，第二段又节外生枝，给人惊喜。事出于怪诞，却又能安抚（"知君怯"）。其中怪诞处细密可玩，如"于是灭炬泣拜而去"、"我声特君可闻"、"君后十年，游华山日，多置朱粉于路隅，梧桐下，扬之"；其中安抚处又皆在情理，如"安有数十年睽索，一旦邂逅而速往者耶"。更有不尽处，如"至明起谓生曰"。读来先是不安，后来慢慢心安。这神仙至少没有误人子弟，不误人子弟的神仙就是好神仙。

李商隐能把男女之情写到一个生死的高度，尤其是他的那些《无题》，离别在他的笔下变成了生离死别，爱情在他的笔下变成前世今生，他就是这么浓烈，浓烈之中他把人世写得格外迷离。

李商隐像一个公园，你可以去那里散步、徘徊，人们来这儿绝对不是为了找谁，总是漫无目的来了又去；又像个酒馆，并不是没人品评这好酒，它太醇，人都吃醉了。他的语言本身就太美，无法叫人只当作文字来咀嚼，看着看着，你就忘记了文字，进入到他的情调之中。这就像是你来管平湖家做客，管先生刚好不在，而他家的后门敞着，你想他一定是到后花园散步去了，想去找找他，可厅堂中的博古架上摆放着世间少有的文玩，你终究还是止步于此。

我当初学琴的时候最着迷管平湖的挺拔，每欲细听他如何吟、猱，可听着听着便忘了这个目的，进入到他的琴境之中去了。读李商隐也有同样的感受，好的艺术想必都是这样，只有享受的份儿。金人元好问说："诗家总爱西昆好，独恨无人作郑笺"，难怪无人笺注。

李商隐是可以与杜甫、李白、王维做邻居的。杜甫极实，他极虚，都老辣沉郁；李白以气胜，他以色胜，都不睹文字；王维愈淡愈浓，他愈浓愈淡，都冷艳绝世。他生在晚唐实属要为唐诗压阵，晚唐有了他和杜牧，唐诗才不至于虎头蛇尾。

后世将李商隐与杜牧并称为"小李杜"，他与杜牧最大的不同是杜牧看起来万里无云，实则风霜雪雨，他看上去很"病态"，实则雄健之极（真正病态的是李贺）。他还与温庭筠合称为"温李"，与温庭筠最大的区别是温虽然霞帔霓裳，重重纱罗下是林黛玉的单薄身子，他襞积重重，里边是杨玉环的丰韵。

我现在很喜欢讨论人的体质问题，甚至觉得一个艺术家的艺术风格很大程度上取决于他的体质。有时候，美是一种健康的体现。

试看此诗除了"相见时难别亦难"以外，其余都带着比兴色彩，他在虚实、松紧的搭配上似得杜甫文章的"呼吸"方式："相见时难别亦难"为实，马上接"东风无力百花残"一句虚闲之笔，另《无题二首》其一中"来是空言去绝踪"为实，马上接"月斜楼上五更钟"一句冲淡之笔。虚的艳丽，实的深婉。"东风无力"，正是伤时所感，"百花残"亦是伤时所见，看似一句闲庭信步，却处处能惹人惆怅。"春蚕到死丝方尽，蜡炬成灰泪始干"一句历来为人脍炙，足见其比兴寄托之深。

春蚕是愁绪。京剧《周仁献嫂》里唱道："愁绪春蚕吐，血泪子规啼。""晓镜但愁云鬓改，夜吟应觉月光寒"，这两句于转折中笔落实处，这也是杜甫惯用之笔法，至末句再抛开，若转联抛出去则末句往往落于实处，这是杜甫的家学。"青鸟殷勤为探看"，这是阻隔之痛，也是距离之美。"青鸟"者，已然寄予神化，这里是曲写，对面着笔。如果"蓬山"还象征着人生的归处，那"青鸟"就是爱情。

最近看了香港导演许鞍华拍的电影《陶姐》，剧末有一位老人坐在养老院里的轮椅上吟诵李商隐的这首《无题》，更觉它是色彩千古不退的壁画、余音万年回绕的古曲。

无论到了什么年代，只要读李商隐的诗，都有一种死灰复燃之美。

"莫愁"是谁？

《无题二首》

李商隐

其一

凤尾香罗薄几重，碧文圆顶夜深缝。

扇裁月魄羞难掩，车走雷声语未通。

曾是寂寥金烬暗，断无消息石榴红。

斑骓只系垂杨岸，何处西南待好风。

其二

重帷深下莫愁堂，卧后清宵细细长。

神女生涯原是梦，小姑居处本无郎。

风波不信菱枝弱，月露谁教桂叶香。

直道相思了无益，未妨惆怅是清狂。

"莫愁"就是没有愁，天真而洒脱。

看到李商隐《无题二首》其二中的"重帷深下莫愁堂"，对这个"莫愁"产生极大的好奇，这里的"莫愁"是对年轻女子的代称。

"莫愁"是古乐府中的女子，一说是洛阳人，一说是湖北人，她亲戚不多。一般情况下，一个女人给别人生了孩子之后，爱慕她的男人总该死心了，可到了唐代，诗人们依旧爱她，不知为何。南朝梁武帝的《河中之水歌》中：

河中之水向东流，洛阳女儿名莫愁，莫愁十三能织绮，十四采桑南陌头。十五嫁为卢家妇，十六生儿似阿侯。卢家兰室桂为梁，中有郁金苏合香。头上金钗十二行，足下丝履五文章。珊瑚挂镜烂生光，平头奴子擎履箱。人生富贵何所望？恨不早嫁东家王。

"人生富贵何所望？恨不早嫁东家王"，说来何其高古风华，今人口拙，说"我宁愿坐在宝马车里哭，也不愿坐在自行车后笑"亦是此意，却遭人启齿。这是个典型的带有《周南》操守的《郑风》女子。

重帏深下莫愁堂，卧后清宵细细长。

"重帏深下莫愁堂，卧后清宵细细长"，我对这个"细细长"也抱有极大的好奇。一看这"细细"二字，便觉有"我"在，却混同在属于"清宵"的"长"字中。这大概是杨亿、刘筠他们学不到的"西昆体"。

扇裁月魄羞难掩，车走雷声语未通。

这句中的"扇裁月魄"，出自班婕好《怨歌行》"裁为合欢扇，团团如明月"，"车走雷声"出自司马相如《长门赋》"雷殷殷响起兮，声像君之车音"。这两处的对比，前者是团扇如明月一样圆，后者是车行像雷声一样远。句中"月魄"、"雷声"皆在千里之外，而作用于初见君子时以团扇羞掩面、乘车远去却未通话语的回忆之中，只觉回忆也遥遥渺渺，无边无际了。

因此颔联中这个"月魄"、"雷声",既在情理中,又出于意外地跃然纸上,把相思一下子拉到千里之外的月上云间。李商隐是极擅于比兴的,对于他来说越是典重、越是辞藻,出来的意境就越是淡远。后来宋人所谓的"西昆体",学的也不过就是这些东西。

其一,颈联的"断无消息石榴红"中孤凄阻隔之意,堪比老杜"低空有断云"。

《唐书·乐志》中载:"莫愁乐者,出于石城乐,石城有女子名莫愁,善歌舞。""莫愁"并不缺乏美育和德育,她能歌善舞,左右逢源。我认识的一个当代诗人,他竟然写"莫愁原是多愁女,枉害相思二十年"这样激愤的句子。看来人有了美德,更难释去忧愁。

"莫愁"究竟是谁?她面如满月、丰腴富态,她是唐人所追求的美和从容?她是唐代诗人的祠庙。

天孙巧匠

《早秋》

许　浑

遥夜泛清瑟，西风生翠萝。

残萤栖玉露，早雁拂金河。

高树晓还密，远山晴更多。

淮南一叶下，自觉洞庭波。

正在弹琴，唰啦……一片叶子落下，这声音轻快，甚为动听。

琴馆的落叶我是从来不扫的，我有听叶落之癖。记得明代文学家袁宏道曾说："面目可憎之人皆无癖之人。"说来也是，米芾有拜石之癖，嵇康有锻铁之癖，陆羽有饮茶之癖，熹宗有执斤之癖……张宗子说："人无癖不可与交。"这是因为无癖亦无深情。有情之物皆有癖，连老天爷都有癖，老天爷的怪癖就是捉弄人。

叶子落到地板上和落进叶子堆里的声音不太一样。落到地上清脆，落入叶子堆则是"沙沙"声，前者幽寂，后者萧瑟。这么一来，擦地板的工作量就很大，必须得将落叶一一扶起，擦过之后再小心翼翼地安放，人为自己的癖好付出一些也是值得的。我冬天养这些叶子就是为了留着听，听这一叶陨落的声音，轻快悦耳，不像死了人那样哭哭啼啼，哀天恸地，就这样"唰啦"一声，何其干净。在这个冬天，这几乎成了琴声的伴侣。

《淮南子·说山训》曰："见一叶落而知岁之将暮。"

《淮南子》本名《鸿烈》，我一直认为它原来的名字更好听。"鸿烈"听起来大而远，像远处的山、天际的海，暗蓝色的声响。若非道家，再没哪家经典敢起这个名字，压不住的。书的内容以往大略读过，懒得去回忆，我现在更关心主编《淮南子》的刘安，他是皇族，这种身份的人，情怀经常会客串见识，所以说见一叶落而知天下秋的人是性情中人，并不一定是有见识的人。《淮南子》究竟是见识大还是情怀大，这是古人留下的谜题。许浑《早秋》里的"淮南一叶下，自觉洞庭波"，大概与我持相同疑惑。

和严谨的科学考古不同，诗有时候就是对古人留下的谜题的一种没有答案的解谜。关于一叶落而知天下秋这件事，我大概调查了一下：

唐人敬括有"前庭一叶下，言念忽悲秋"；宋人司马光有"初闻一叶落，知是九秋来"；强幼安有"山僧不解数甲子，一叶落知天下秋"；辛弃疾有"铮然一叶，天下已知秋"；明人李昱有"朝来一叶落，秋至万家同"；何景明有"山城一叶下，水榭已迎秋"……没想到玩味此事之人如此多，千秋万代的落叶。

唐代高明的诗人处处能小中见大、大小对比，直写"一叶下，天下秋"应始于晚唐，这些人是诗人里的"投机分子"。

淮南一叶下，自觉洞庭波。

"见一叶落而知岁之将暮"，除了告知岁之将暮，叶落之后还有一个好处，就是可以看到树的姿态，莘莘确确，甚有骨力。

唐诗离现代人的生活有多远？

《春宫怨》
杜荀鹤

早被婵娟误，欲妆临镜慵。
承恩不在貌，教妾若为容。
风暖鸟声碎，日高花影重。
年年越溪女，相忆采芙蓉。

唐诗距离现代人的生活太远吗？

我们试着换个读法，"苦恨年年压金线，为他人作嫁衣裳"，这句是打工者的抱怨；"安得广厦千万间，大庇天下寒士俱欢颜"，这句说的是房地产行业的传统；"承恩不在貌，教妾若为容"，这句是在说演艺圈的潜规则；"语不惊人死不休"，这句是现代新闻媒体的追求；"未必逢矰缴，孤飞自可疑"，这说的是文艺界的矫情……

谁说唐诗距离我们现代人远了，依我看，无论什么时代，只要你还是中国人，那唐诗就是一颗透彻、世故、多情的中国心。即便您已经不需要艺术与文化了，把《唐诗三百首》当作《中国潜规则历史宝鉴》来读，也会大有长进。这是真实无妄的中国文化，这些"文化"千古不灭。

如果说杜荀鹤的《春宫怨》前半还只是看破了世情，那后半就是言之不尽的诗意了。世情、诗意，有世情的诗意或者有诗意的世情，缺一不可。

风暖鸟声碎，日高花影重。

"风暖鸟声碎，日高花影重"，无疑是杜荀鹤在这首诗里打开的另一片天地。

写景，宋人写起来风月花影，却像盆景。不过就是些小意趣、小情怀，而唐人的景总是与情相参，情景交融，是天地间的大美，杜甫说"两个黄鹂鸣翠柳，一行白鹭上青天"，这即是天地间的大美，这其实也是在说各干各事，各有各的道道。

"景越藏，诗境越大，景越露，诗境越小"，明代人唐之契观察到的这一诗歌规律是有一定道理的。所谓藏，从技术层面来讲就是情景交融得好，所见、所想，无声、有声，诗歌是最立体的艺术。

"年年越溪女，相忆采芙蓉"，此类诗结句之妙莫过从一个时空中跳出来。

走失的神仙

《陇西行》
陈　陶

誓扫匈奴不顾身，五千貂锦丧胡尘。
可怜无定河边骨，犹是春闺梦里人。

戚派最重韵味，王文娟的鼻音好听，金彩凤有金石之音……

我做吴越客的那些年，常在天蟾听戏。天蟾的舞台布景是很有传统的，加之吴越人心思细腻，擅于把这种事情做好。天蟾的布景时有妙句引人玩味，记得有一次，台上的背景是一幅行军图，几个佩剑擎弓、虎眉虬须的壮硕武士跃然幕上，此图题为《甲胄出巡图》，题以小篆。以"甲胄"代将士，真个威武有气势，我当时很欣赏这幅《甲胄出巡图》的名字。

五千貂锦丧胡尘。

这里的"貂锦"也是代指将士。想想唐代诗人多用心，如果要代指将士，可以用的词汇就太多了，用兵器、护具、战马此类种种名称代指将士都不失威武，而这里诗人为何要用"貂锦"这个衣物名词呢？我想就是为了衬托出将士们"不顾身"的壮烈。如若是"五千甲胄丧胡尘"，便生硬了许多，缺少这"由来轻七尺"的血性。这么一来，也不难理解陕西兵马俑中的将士为何连头盔都不戴。相反，如果天蟾的那幅布景题为《貂锦出巡图》，也就不及"甲胄出巡"那么凛肃有气势了。

古人作诗就是这么意味深长，细致入微，但绝不是啾啾细声，我们如今看起来顺理成章，实则处处匠心。

我曾经在上海天蟾"进修"多年，见到这个舞台布景：《甲胄出巡图》，但那一晚演的是哪出戏，却怎么也记不起来了，或许是《邯郸梦》，或许是《雁荡山》、《挑滑车》什么的，肯定不是《春闺梦》。程砚秋的《春闺梦》应当就是从陈陶《陇西行》中衍出来的。

回到北方，最怀念的地方还是天蟾。中国传统文化一半在戏曲中，一半在讹误中，读书是学不来的。

当然也不是所有书都不好，比如我最近读的《岩石学》、《武夷岩茶制作工艺》、《齐民要术·饼法》、《普通地质学》、《中国古代民事诉讼法》、《农田水力学》、《养花要领500答》、《鲜花饼做法大全》……以及推荐给女性朋友的《时尚简单钩针编织》、《秋冬的童话·手编优雅上衣》和小朋友的《牛奶盒实用手工布艺》……这些书我都试读过，于人无害。

陈陶的诗有仙气，据传到了北宋开宝年间还有人见到过他。

女蛮国来的菩萨

《苏武庙》

温庭蕴

苏武魂销汉使前，古祠高树两茫然。

云边雁断胡天月，陇上羊归塞草烟。

回日楼台非甲帐，去时冠剑是丁年。

茂陵不见封侯印，空向秋波哭逝川。

我不知道温庭蕴的"鸡屋茅店月"有什么好，我只知道他的"小山"重叠得好。

前一阵子看《甄嬛传》，又听到了温庭蕴的《菩萨蛮》。《菩萨蛮》这个词牌有意思，它与传说中存在于唐代的一个小国有关。唐宣宗时期，突然有个"女蛮国"派遣使者进贡，清一色的女人，她们身披璎珞，头戴金冠，梳着高高的发髻，宛如菩萨，当时人称菩萨蛮，于是有了后来的《菩萨蛮》词牌。

小山重叠金明灭，鬓云欲度香腮雪。

温庭蕴的词，语言极美，"小山重叠金明灭，鬓云欲度香腮雪"，明明是要写美人，却又是"山"，又是"云"，又是"雪"的。为什么要拿山川来比美人，这事得问贾宝玉去，贾宝玉说

"凡山川日月之精秀只钟于女儿"，若是找不到他就多读读古诗，无处不是"鬒云"、"翠眉"，抑或"……仿佛兮若轻云之蔽月，飘飘兮若流风之回雪。远而望之，皎若太阳升朝霞；迫而察之，灼若芙蕖出渌波……"就连美人眼睛里都装着"秋水"。

这充分体现我们祖先对大自然的热爱。

无论贾宝玉怜香惜玉，还是西门庆调猱酿旦，都是我们祖先对大自然的热爱。当然，蒲松龄先生约狐会鬼另当别论。

懒起画蛾眉，弄妆梳洗迟。照花前后镜，花面交相映。新帖绣罗襦，双双金鹧鸪。

这里边的"懒"字很关键，有这个字在才会有故事。她为什么"懒起"？这一问诗就好了。直到结局，都以为会真相大白的时候，他却写了一笔"新帖绣罗襦，双双金鹧鸪"这样的衣饰，感人在此，什么都不说，却什么都蕴藉在里边。

温庭蕴的词和诗完全是两个水准，就像李商隐的五律和七律也是两个水准，宛如大地的断层。他的《苏武庙》历来备受合誉，但纪晓岚说只"五、六生动，余亦无甚佳处，结少意致……"这个说法并没有问题。五、六就像刘禹锡的"三足鼎、五铢钱"，虽然生动但可惜熟透，诗人话说得太透、太巧就不可爱了。

无论是温还是刘的怀古，说来说去，说得再高妙也不过"烟消云散"四字，这不是透、巧是什么？哪里像人家杜甫怀古，一门心思为古人着想着，或像他的"酒债寻常行处有，人生七十古来稀"，巧不巧？也巧，但是不透。恍兮惚兮，其中有象；恍兮惚兮，其中似乎什么都有，又什么都无。

现在越来越觉得，诗就是一种怀着造化之功的温和。

诗人里耍杂技的

《瑶瑟怨》
温庭筠

冰簟银床梦不成，碧天如水夜云轻。
雁声远过潇湘去，十二楼中月自明。

"裊枝啼露温钟馗，水腻花腥李玉溪"，记不清是从哪里看到的这么一个句子，像是在启功先生的书法中。但我并不觉得玉溪诗水腻花腥，玉溪诗如唐宋绢本工笔，似浓实淡，似贵实朴。要我说"裊枝啼露"的是温钟馗，"水腻花腥"的还是温钟馗。

温庭筠被称之为温钟馗，因其相貌哀驰。不过钟馗可是极有文化气质的，记得曾经在上海一条卖旧货的街上见到一方铁砚，似床，砚头有一铁叉，我正疑惑，摊主一语惊人："此砚曾为钟馗所用。"江浙一带读过书的人偶尔还会来个小幽默。

就中国画里的钟馗，杭州的苏伐罗吉苏伐罗先生曾在自己的《钟馗醉酒图》上题过：

吴道子有《趋殿钟馗图》，马和之有《簪花钟馗》，张渥有《执笏钟馗》，梁楷有《钟馗策蹇寻梅图》，牟元德有《钟馗击鬼图》，孙知微有《雪中钟馗》，李公麟有《钟馗嫁妹图》，王蒙有《寒林钟馗》，唐伯虎有《钟馗春郊小骑图》，钱谷有《钟馗移家图》，郭诩有《钟馗杂戏图》，陈洪绶有《钟馗元夕夜游图》，齐白石有《钟馗搔背图》……

齐白石有《钟馗搔背图》，这是我记忆里的事，金农肯定不知道世上有齐白石这个人。钟馗平日里做官、踏雪、寻梅、簪花、搔背、杂戏、夜游……捉鬼只是他的爱好之一。这个爱穿红衣、"毛鬣如戟"的单身痴汉应当被文艺青年拜为祖师。

温庭筠的诗我不怎么读，看一眼便头晕。古人说读孟郊的诗如嚼木瓜，读温庭筠的诗如观柳絮，这位古人真会兜圈子，说来说去，无外乎说人家孟、温的诗是"感官刺激"罢了。孟郊的呕心沥血和温庭筠的文学天赋成就了他们的诗歌，同样也是他们的短处，这有些像赵孟頫。

从内涵上来看，孟郊的诗"穷"，温庭筠的诗"腻"，都是"不健康"的体现，"穷"容易造成营养不良，"腻"容易引发糖尿病。清人贺裳说："大抵温氏之才，能瑰丽而不能淡远，能尖新而不能雅正，能矜饰而不能自然，然警慧处，亦非流俗浅学所易及。"才气，大多时候正是诗人的障碍。但话又说回来，盛唐的神品太多，把后人的嘴都吃刁了。

温庭筠的光芒应该还是在词上。好词当如涓涓细流，而不是扑面桃花，温氏写词脉络好看。但要把诗也写成词的味道，就像是用布头做一件礼服，怎么看都是和尚百衲。

温庭筠的"鸡声茅店月，人迹板桥霜"（《商山早行》）被宋人鼓吹，以至历来为诗人所乐道。欧阳修在《六一诗话》中记载梅圣俞说好诗须"状难写之景，含不尽之意"，严维的"柳塘春水漫，花坞夕阳迟"如在目前；温庭筠的"鸡声茅店月，人迹板桥霜"则"道路辛苦，羁旅愁思，岂不见于言外乎？"我不大在乎宋人的看法，"鸡声茅店月，人迹板桥霜"这两句虽说有些情景，但气息尖刻，像是装帧精美的挂历，只适合挂在宋人家里，我看到的是欧阳修、梅尧臣他们生活得太安逸了。至于李东阳说到的"二句中不用一二闲字"（《怀麓堂诗话》），也不出老杜随口一句"春岸桃花水"，况且杜甫这句还暗含武陵人桃源的典故，有何新意？

明代的胡应麟认为此诗与杜牧的"青山隐隐水迢迢"入盛唐亦难辨。杜牧尚可商榷，温庭筠的"雁声远过潇湘去"，盛唐绝句的转折处何曾见有如此靡曼？倒是"夜云轻"犹可赏玩，夜气静时备觉行云轻快。"赏玩"句子也是从宋人那里开始的坏习惯。

温庭筠就是一种调调，有很多人嗜好此种。有人说他无骨，依我看他练的就是缩骨功，郭诩的《钟馗杂戏图》可以送给温钟馗，他是诗人里耍杂技的。

有了，才能放下

《利州南渡》

温庭筠

澹然空水带斜晖，曲岛苍茫接翠微。

波上马嘶看棹去，柳边人歇待船归。

数丛沙草群鸥散，万顷江田一鹭飞。

谁解乘舟寻范蠡，五湖烟水独忘机。

唐诗的好坏，要看你怎么去读。

如果你最近天天在读盛唐诗，杜甫、李白、岑参，偶然翻到了温庭筠，那是会大倒胃口的，如果你这一阵子刚好在看崔涂、郑谷、张乔之类，突然看到温庭筠，你会眼前一亮，仿佛又看到了一丝希望。

清代的文学批评家金圣叹把温庭筠的"澹然空水"玩味得不亦乐乎，深深陶醉在里边。再美也不过是个"澹然空水"，何以至此？有些诗句在后世引发的反响我始终不能理解，若说"李杜文章在，光焰万丈长"，我还是可以理解的。

金圣叹对《利州南渡》颈联的理解是这样的：

"……日愈淡，则岛愈微，渡愈急，则人愈哗，于是而鸥至鹭飞……"

　　还有另一位清代人赵臣瑷也明确指出："五六写人方争渡，禽鸟为之不安……"我至今也没看出来他们所说的渡急人喧、禽鸟不安在诗中什么地方出现过，我怕看出来之后会让诗意变窄，我宁愿认为温庭筠只是在写景，如此而已。若以金、赵他们这种眼光，那末句用范蠡写"忘机"典故，意在景中之人各有机事，而我独忘机也。这可能是清人太把"忘机"这个典故当回事了，要太把"忘机"当回事，那就还没有"忘机"。

　　围绕此事，自然联想到这里。当然，也可能温庭筠确有此言外之意，但也有可能是清代文人普遍对社会不满。往坏里联想和对美的陶醉都是对社会的不满，我是比较了解传统文人们的诟病的。

　　温庭筠还不至于这么小心眼吧，非要拿待船归渡的人们来映衬自己澹然的情怀。

　　谁解乘舟寻范蠡，五湖烟水独忘机。

　　尾联"谁解乘舟寻范蠡，五湖烟水独忘机"，我认为这只是温庭筠单纯的感慨，这也符合晚唐人写律体诗的习惯。这个感慨倒很有意趣，乃此诗之骨，而前边六句都是温庭筠的能事——状景。《利州南渡》就好在此，他的目光始终在景上。

　　有人说范蠡这个人进退有度，早就知道难与越王共安乐，乘舟而去，一走了之不说还拐走了西施，他本身就是个很有机心的人，温庭筠拿他做榜样也好不到哪里去。但温庭筠在诗里说"谁解"，这两个字很重要。我想，温庭筠用范蠡来做"忘机"一事的文章，这才是他的见识，"忘机"这件事情的次第很重要，有了，才能忘。

范蠡辅佐越王勾践兴越灭吴后功成身退，化名姓为鸱夷子皮，与西施出姑苏，泛一叶扁舟徜徉五湖七十二峰之间，身为布衣还能经商成巨富，又三散家财，自号陶朱公。世人誉之："忠以为国；智以保身；商以致富，成名天下。"范蠡把权力、金钱、美人都经历了一遍，他此时真正有条件"忘机"了。

释迦牟尼、陈抟、吕洞宾、贾宝玉……都是经历过世间繁华，最终大彻大悟的。一事无成，你就说"放下"了，躲进深山享受清静，你说生了清静心，那都是在给自己画圆。真正"放下"、"忘机"，都是饱经沧桑之后才有条件进一步去尝试的事情。

我也不解乘舟寻范蠡，我不想打扰他和西施在太湖上划船。

男人的老师

《金缕衣》

杜秋娘

劝君莫惜金缕衣，劝君须惜少年时。

花开堪折直须折，莫待无花空折枝。

《杜秋娘诗》是一首诗，是杜牧的诗。

有一年，杜牧在金陵碰到了杜秋娘，此时的杜秋娘已是人老珠黄，面容憔悴。杜牧想是被她的年老色衰所感动（"感其穷且老"），一口气写下了一百一十二句的《杜秋娘诗》并序，惹得自己一番惆怅。我想，如果用杜牧的《杜秋娘诗》为杜秋娘《金缕衣》作序也蛮好的。

女人是可以做男人的老师的，男人没有女人不长智。

"京江水清滑，生女白如脂"，杜秋娘得江浙水气滋养，天生丽质，可她的身世并不好，母亲是南京的官妓，杜秋娘是她与杜姓的官员所生，官员升迁后就把情人抛弃了，杜秋娘就在妓院长大。十五岁时被镇海节度使李锜以重金买入府中为歌舞伎。杜秋娘才高，自谱一曲《金缕衣》，从此，她做了李锜的老师，后来李锜谋反被杀，杜秋娘入宫为奴，因祸得福，她又做了宪宗的老师……

前一段时间看宫廷剧《甄嬛传》，有一集一个常在于湖边唱这首《金缕衣》，被华妃碰到了，叱责这个常在，说她唱的是"淫词"，甄嬛为她打抱不平，说《金缕衣》是古圣贤教人珍惜光阴之曲，此时皇帝躲在后边偷听得挺开心。这一段拍得很有意思，如果说《金缕衣》有《摽有梅》的遗韵，这两位佳人的解读，一个像朱熹的注解，一个像五四以后的说辞。

到底是"珍惜光阴"还是"淫词"？说不清楚最好。

《金缕衣》也好，《摽有梅》也罢，这都不是寂寞，而是女人的一种慷慨。男人慷慨时往往还带着些警策，女人慷慨时就真春花烂漫了。朱熹这个人最了解的就是女人，他对《诗经》的解读也是有着"别趣"的，这与《诗经》的本质无关。

我认同华妃的"淫词"说，相较"古圣贤教人珍惜光阴"，这反似一股清流，与《传》、《笺》、朱子不谋而合。"淫词"有时候是很纯粹的，我站在孔子的时代看这个问题。在中国，千百年来《诗经》并没有变，变的是不同时代对"淫"的解释，不同的解释造就了不同的时俗。《红楼梦》里警幻仙女说贾宝玉"淫"，贾宝玉为自己辩解道："我年纪尚小不知淫为何物，顶多只是知情。"警幻仙女说："知情更淫。"仙女对"淫"的理解比较深刻。

杜秋娘"花开堪折直须折，莫待无花空折枝"看似说得快意，实则委曲至极。她的弦外之音是她这一生花开时却未找到一个好归宿，直到一切"成追忆"，万般"已惘然"，以此聊自消遣。杜甫说"莫思身外无穷事，且尽生前有限杯"，看似说得洒脱，实则尽是蹉跎，杜甫的言外之意是他这一生总是在想那些无穷的身外之事。杜甫可谓是"深人无浅语"。

这些都可看作诗歌的委曲之美，委曲是有道的，同样也是一种气质，陈廷焯的《白雨斋词话》所言："终不许一语道破。"

当今人发奋把杜秋娘所慨之事都做到不留遗憾时，美，就渐渐不在了。

一只可疑的孤雁

《孤雁》

崔　涂

几行归塞尽，念尔独何之。

暮雨相呼失，寒塘欲下迟。

渚云低暗度，关月冷相随。

未必逢矰缴，孤飞自可疑。

崔涂的《孤雁》题下原有两首，《唐诗三百首》选的是《孤雁》其二。其一是：

湘浦离应晚，边城去已孤。如何万里计，只在一枝芦。迥起波摇楚，寒栖月映蒲。不知天畔侣，何处下平芜？

末两句"不知天畔侣，何处下平芜"，离乱中语也。

崔涂生于丧乱动荡之世，皮、杜的忧国忧民，李、杜的胸怀天下在那个时代全成往事。他一生漂泊，对于唐王朝已然绝望。他善于写羁苦离愁、漂泊乱离中的感受，有头巾气，但无锤炼雕饰。

他的七绝别有趣味，乱世中的趣味。五律最佳，往往通篇肺腑之言，而读者不觉其累，一派真挚可怜。坏处是诗中少有浑涵意外之气，这也是江浙人的格局，谁叫富春山那么秀美来着。偶有"花老"、"笳愁"，便显得无端的沉郁了。崔涂的七律音调局促、词义絮叨，基本上没有什么可观之处。五律之中，《孤雁》二首历来受人鼓吹。

"孤雁"这一题材一贯是文人的自比，但我读杜甫的"谁怜一片影，相失万重云"，读着读着，竟读出了圣人气象。孤雁离群，大多是伤弓之"孽"，而杜甫是心怀黎民的"圣"。无此怀抱的"孤飞"自然是"可疑"的。

闻一多也写过一首《孤雁》诗："不幸的失群的孤客！谁让你抛弃了旧侣，拆散了阵字，流落到这水国的绝塞……"这便是可疑之处。

南流的蕃情

《书边事》

张 乔

调角断清秋，征人倚戍楼。

春风对青冢，白日落梁州。

大漠无兵阻，穷边有客游。

蕃情似此水，长愿向南流。

张乔的"蕃情似此水，长愿向南流"，仔细回味一下，"愿"字好。

这个句子既有诗人的风骚，又有臣子的警策。张乔这样有经世之才的人生在晚唐实属糟践了。在晚唐，这样的人基本上派不上用场。

蕃情似此水，长愿向南流。

这句大多解为"以南流之水比喻蕃情，希望吐蕃能长久归顺中央政权"。若依这种解释，前边一联"大漠无兵阻，穷边有客游"岂不是有些落空？现在的注解都说尾联是张乔在抒发他"渴望民族团结"的心愿，那他的确是个好公务员，但作为诗人，格调太低了。我认为他的本意是借着"长愿向南流"而写"长欲向南流"这种历史规律，从而警策唐王。

用水来比蕃情，水乃无情物，这里还有这么一层。水长愿南流，这是由于天向东南倾斜，老天爷偏心东南，连孔雀这么自信的动物都要东南飞，还有谁不喜欢往好地方走。

警策唐王，对，这像是诗人干的事。唐代流传千古的诗人，大有说着朝廷不爱听的话被流放的。流放，也是大唐的胸怀，放在某些朝代，杀了也白杀。中国古代的奸臣都是有真才实干的，纯粹靠溜须拍马、说些吉利话流芳千古的少之又少，而且奸臣干的事情，忠臣是干不了的。

说句题外话：流芳千古和遗臭万年都是有信仰的人造出来的词。

虽然当时唐代的西部地区出现了一度和平安定的局面，但诗人看到的是"大漠无兵阻"，朝廷疏于布防，若胡马南牧则如流水一般畅通无阻，终为隐患。这才是诗人的本意。再者，晚唐诗人写结联普遍都有警策的倾向，若非如此，全诗就太过平淡无趣了。

春风对青冢。

"春风对青冢"，此一笔描写昭君墓。这里的"春风"二字只是对于"青冢"而言，因到了秋天塞草皆枯，唯独昭君墓上草色青青，如沐春风，所以有"青冢"之名。

但愿学者们千万不要考证此事，一经考证美就不在了。

写艳情诗正好

《已凉》
韩 偓

碧阑干外绣帘垂，猩色屏风画折枝。
八尺龙须方锦褥，已凉天气未寒时。

以韩偓的才情格调，写艳情诗正好，写别的总觉得太絮叨，至晚年的几首七律，才得了些工部余响。

早期的韩偓跌宕风流。韩偓是李商隐的外甥，风流自不关李商隐的事，倒是有他几分典雅。晚期的韩偓沉郁顿挫，沉郁也不似杜工部那么温雅雄壮，倒是沾染了几分离乱。总之，他"实"起来离杜甫很远，"虚"起来又离李商隐很远，夹在中间，似乎有些尴尬。

像韩偓这样的诗人，若是放在唐以后的任何时代都是"一代诗宗"，唯独在唐代就显得那么纤弱。"信知尤物必牵情"，这是早年的韩偓。昭宗弘奖风流，他深得昭宗亲信，过着优渥奢华的生活，这个时期他开创了"香奁体"。"好将心力事妆台"，这是他的志向。早年的韩偓艳词丽句比比皆是，特别是对女性态度的描写，脉络细微。"一手揭帘微转头"、"娇羞不肯上秋千"、"眼波向我无端艳"、"几回抬眼又低头"、"举袂伴羞忍笑时"、"脸粉难匀蜀酒浓"（韩偓笔下的女性都爱喝酒）……这得多少"模特儿"让他写。

近乎白描，略带晕染，五代的周文矩、顾闳中，近代的张大千画女性皆谙熟此法。

后人要么说他"脂粉词"，要么说他"丽而无骨"，但韩偓平生所历正好相反，他是一个敢于与弑昭宗、篡唐的朱全忠抗争的耿介忠良。清人纪晓岚《四库全书总目》有这样的评价："偓为学士时，内预秘谋，外争国是，屡触逆臣之锋，死生患难，百折不渝，晚节亦管宁之流亚，实为唐末完人。"纪晓岚也想做这种人，一不小心做成了书生本"色"。

这样一个有气节、铁骨铮铮的士大夫，平时竟然好写些艳词丽句，并整理成《香奁集》发表，似乎与他的生平出入甚大。中唐伊始，这种情况也见怪不怪了，盛唐诗人往往诗如其人，到了晚唐，诗成了一些诗人的"药"或"后花园"。也许对于早年的韩偓来说，诗就是他的风流之所，也只有唐人有这么大的动静，谁说儿女情长之后就英雄气短来着。

韩偓的这首《已凉》出自《香奁集》。

韩偓要是活在当下，八成可以拿个戛纳最佳导演了，这样中国电影还有的聊。不同于杜牧，他适合拍文艺片，小制作、小成本，杜牧是拍大片的。

此诗前三句皆为布景，末一句又似旁白，并没有故事情节，只是运用"镜头"说话。如果换成杜牧，必须有故事，一句"唯觉樽前笑不成"，平日之欢愉景象尽知矣。"韩导"的"镜头"由外而内："碧阑干"、"绣帘"、"猩色屏风"、"折枝"、"锦褥"，单是色彩就觉得光鲜浓艳，像是加了滤镜，华贵更是一看便知。至人的起卧之处给出这么一个"注解"："已凉天气未寒时。"

已凉天气未寒时。

"已凉天气未寒时"，一下子便将"镜头"剪辑到初秋，这一远一近、一冷一暖、一有情一无情的对比，不经意间令人伤感，其中的故事更是耐人猜想。

一石打飞千年鸟

《春怨》

金昌绪

打起黄莺儿，莫教枝上啼。

啼时惊妾梦，不得到辽西。

这只倒霉的"黄莺儿"不定是从王维经过的若耶溪边飞来，路上刚好被杜甫春望时一瞥惊心，此时却被饧眼蒙眬的金昌绪一飞石打起……

这只"黄莺儿"从唐朝一直飞到宋朝，落在马中玉送苏东坡离开杭州途中的一棵柳树上，它还在唧唧啾啾地抱怨个不停，这只鸟简直就是话痨。苏东坡听到鸟叫，随口道了一句"花本无心莺自诉"，这只鸟终于不知所踪。

许多诗人在抒写自己的怨恨时，习惯用无情之物的天真烂漫来衬一笔，杜甫的"感时花"、"恨别鸟"也属于这个范畴。但有时候也会用无情之物与人互动，如杜甫的"樯燕语留人"，这是杜甫的多情。戎昱把杜甫的这个句子拆成"黄莺久住浑相识，欲别频啼四五声"，变成了他的多情。诗人多情时鸟儿也有了留人之意；诗人伤怀时，连秋风都会为他从天上悲愤而来，尽管这些悲欢离合的确不关鸟和风的事。

金昌绪的《春怨》是个古老的题材，《诗经》中《君子于役》诸篇启发此类征苦闺怨，然而作诗贵在独辟町畦，此诗虽属征苦闺怨，却不直接道来，而是迂曲说出。令狐楚有"几度春眠觉，纱窗晓望迷。朦胧残梦里，犹自在辽西"（《长相思》），写春闺残梦，犹在辽西，金昌绪此诗只怪黄莺儿惊梦，不得到辽西，更周折、幽怨一层。

此诗章法颇似鱼，读来鳞次栉比又一气自然，堪称唐诗章法的范本。好诗的章法都有些像鱼，光滑而有鳞次。

一说鱼，想起八大山人来。

八大山人喜欢画鱼，他画的鱼目瞪。有人说这鱼、鸟给了世界一个白眼，有八大自己的怨愤在。而我在欣赏他的鱼、鸟时感受正好相反，我觉得他笔下的鱼眼亮心钝，好就好在没有怨愤，或者说早早与人情世故不相干，大有江湖意了。

与人情世故划清干系，这是八大所画之鱼的暇逸，能画出没有人情世故的鱼来也着实不易，这么说来好像其他画家所画的鱼都有人情世故在，还真是，齐白石也喜欢画鱼，他画的鲤鱼尾部怎么看都和他大老婆的脚脖子一般粗，这便是人情世故。

有一年在上海和朋友们去看一个拍卖预展，见到一张回流的齐白石群虾，在议论如何鉴赏时，我自知难与言说，只好说齐白石的虾真迹比伪作大。其实在我看来是他的气格比较大，何况他是读书人，他画虾也像做文章，处处在谋篇布局。

说好诗的章法像鱼，这是信口开河。一首好诗的章法也可以说像射箭、包饺子……射箭、包饺子之时也有起、承、转、合。